张源　主编

白璧德文集

第 6 卷

论创造性及其他

唐嘉薇　译

龚世琳　校

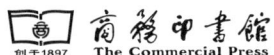

Irving Babbitt
ON BEING CREATIVE AND OTHER ESSAYS
1932 by Houghton Mifflin Company

据美国霍顿·米夫林出版公司 1932 年版译出

《白璧德文集》总序

"新文化运动"后期,美国哈佛大学教授欧文·白璧德(Irving Babbitt,1865—1933)的人文主义学说通过吴宓、胡先骕、梅光迪、徐震堮、张荫麟、梁实秋等学人的译介与阐释进入中国,与其他西方观念和思潮一同参与推进了中国的现代转型,在中国现代思想史上留下了不可磨灭的印记。

与世界思想潮流相应,现代中国也出现了"保守""自由""激进"等不同思想支流,且其中某些成分可找到远在西方的源头,如胡适等"自由派",即中国"新文化派"右翼,吸收了其美国导师杜威(John Dewey,1859—1952)的实用主义;李大钊、陈独秀等"激进派",即"新文化派"左翼,则选择了马克思主义。此外还有以吴宓为代表的"学衡派"等"保守主义者",即"新文化运动"的"反对派",继承了其美国导师白璧德的人文主义。中国现代思想史上"自由""激进""保守"的三重变奏,实为思想界、知识界的先行者与爱国者汲引不同西方思想体系,就中国现实而提出的同一个问题——中国的现代转型问题,所给出的不同的乃至对立的解决方案,这在今天已成为学界共识。不过,"激进""自由""保守"三分法,仅是宏观审视现代世界思想格局的大致框架,未可视为壁垒分明的固定阵营。

比如,作为现代中国自由主义及保守主义思潮来源地之一的美国,本身并不存在欧洲意义上的保守主义传统。自由主义作为美国社会的主流意识形态,自始至终占据着绝对的统治地位。如果一定要讨论美国的"保守主义",首先要明确,这并非一套固定不变的政治原则与意识形态,而更多地关系到人群的态度、情感与倾向,代表了人们维持现状的愿望与"保守"既定习惯、秩序与价值的心态。在美国这片土地上,人们要"保守"的正是自由主义的基本信念与价值,从而美国"保守主义"的核心实为自由主义。这两种"主义"就这样在美国发生了奇特的错位现象:"保守主义"的核心理念反倒是"自由",意图"保守"的是古典自由主义的基本信念;而"自由主义"的核心理念则是"平等",此即美国自由主义思想体系中较为"激进"的一个分支——"新自由主义"(new liberalism)的根本信仰。

20世纪早期的美国正处于"进步时代"(the progressive era,1904—1917),针对19世纪后期经济飞速发展引发的各种问题,全社会展开了一场规模宏大的改革运动,社会思潮由此在整体上呈现出"激进"的品格。实用主义者杜威所倡导的以"民主教育"(democratic education)为核心的"进步教育"(progressive education)便是上述进步改革中的重要内容。这一教育理念吸引了诸多知识分子,如哈佛大学校长艾略特(Charles W. Eliot,1834—1926)率先推行的一系列教育改革便是"进步教育"运动的重要组成部分,自此"民主教育"理念在美国逐渐占据上风,与此前占统治地位的"自由教育"(liberal education)理念恰好构成了一对"反题"。人文主义者白璧德作为"自由教育"的坚决捍卫者,针对杜威的教育理念提出了严厉批评:二者的对立当然不仅表现为教育理念上的冲突,而且是在更广泛的意义上代表了"自由"原则与"平等"原则的对立,此即"新""老"自由主义的对立。在社会整体大环境下,杜威被老派自由主义者斥为"激进主义"的代表,而白璧德则被新自由主义者归入了"保守主义"的阵营。

自1915年秋天始,白璧德第一代中国学生陆续来到哈佛,后于20年代初将"白师"学说带回中国,以之为理论武器,对胡适等人领导的"新文化运动"大加批判,谱写了美国白(璧德)-杜(威)论争的中国翻版。只不过,20世纪20年代的中国,那个曾经无比尊崇传统的国度,已经以最大胆的姿态拥抱了自身的现代转型,杜威式的"激进主义"与来自法、俄的激进主义相比,最多只能归入"新文化运动"右翼阵营,而白璧德人文主义则顶风而上,与中国本土传统力量一起成了"顽固不化"的极端"保守主义"的典型。就这样,白璧德人文主义在美国与中国的特定历史时期屡屡发生奇特而有趣的"错位"现象,并"将错就错"在中国现代思想史上产生了重要的影响。

自白璧德人文主义首次译入中国(《白璧德中西人文教育谈》,载《学衡》1922年3月第3期)距今已百年。百年来光阴如流,时移世易,我国在现代转型期间未及充分吸收转化的思想资源,或将在当下焕发出新的可能与意义。白璧德的人文主义时至今日在我国仍然缺乏系统译介与研究,这与该学说在中国现代思想史上的影响殊不相称,不能不说是一种缺憾。职是之故,我们特推出《白璧德文集》(九卷本),这将是一座可资挖掘的富矿,宜在今后产生应有的影响。

迄今美国本土出版的白璧德著译作品共有九种(以出版时序排列):

1. *Literature and the American College: Essays in Defense of the Humanities*(1908)

2. *The New Laocoon: An Essay on the Confusion of the Arts*(1910)

3. *The Masters of Modern French Criticism*(1912)

4. *Rousseau and Romanticism*(1919)

5. *Democracy and Leadership*(1924)

6. *On Being Creative and Other Essays*(1932)

7. *The Dhammapada: Translated from the Pali with an Essay on Buddha and the Occident*(1936)

8. *Spanish Character and Other Essays*(1940;1995年更名为 *Character and Culture: Essays on East and West* 再次发行)

9. *Irving Babbitt: Representative Writings*(1981;其所收录文章,除"English and the Discipline of Ideas"一篇外,均曾载于此前各书)

《白璧德文集》中文版在美国白氏现有出版书目基础上,重新编定了第九种,内容包括收于前八种之外的白氏全部已刊文稿四十二篇(以出版时序排列),主要分为以下四类:(1)曾以单行本刊出的"Breakdown of Internationalism"、入选诸家合集的"Genius and Taste""Humanism: An Essay at Definition",以及收入 *Irving Babbitt: Representative Writings* 的"English and the Discipline of Ideas"等重头文章;(2)曾于"新文化运动"时期译入我国(因而于我们格外有意义)的篇目,如演讲稿"Humanistic Education in China and in the West"及书评"Milton or Wordsworth? —Review of *The Cycle of Modern Poetry*"等;(3)其余书评十九篇(包括匿名书评十篇——一个有趣的问题:白璧德为何要匿名?);(4)其他文章十七篇(包括介绍法国文学作品两篇,回应当代批评文章六篇,各类短文八则,以及生平自述一份)。编者依循前例,将这部著作命名为《人文主义的定义及其他》(*Humanism: An Essay at Definition, and Others*),此为真正意义上的白氏第九部著作。现在我们可以有把握地宣称,商务印书馆推出的"大师文集系列"之《白璧德文集》(九卷本),在文献收录与编纂方面,比美国本土版本还要更加完备,更为合理。为方便读者比照原文,我们标出了原书页码,并制作了九卷本名词索引附于末卷。

感谢商务印书馆倾力支持,白璧德先生系列文集由此得以打造成型。这套文集也是中美几代人文学者长久友情结出的果实,感谢美国天主教大学荣休教授瑞恩先生(Claes G. Ryn, 1943—)等美国当代"白派"(Babbittian)师友的无私襄助,尽管当他们最终看到《白璧德文集》中文版比美国版还要完备,心情亦颇复杂而嗟呀不已。

继起《学衡》诸公未竟之功,是编者耿耿不灭的夙愿。最要感谢的是我们十年合作、精勤不殆的译者群体,大家彼此扶助,相互砥砺,当年优秀的学生如今已成长为优秀的青年学者,投身文教事业,赓续人文香火——十年愿心,终成正果。我们谨以中文版《白璧德文集》(九卷本)纪念《学衡》杂志(1922年1月—1933年7月)创刊一百周年暨白璧德人文主义学说抵达中国一百周年,以此向百年前一腔孤勇、逆流而行的《学衡》诸公致敬,并向他们的老师——影响了中国几代学人的白璧德大师致以最深切的怀念之情。

张源

2022 年 1 月

第一事物并非种籽,而是完成了的实是。

——亚里士多德:《形而上学》,1072b

目　录

序言 …………………………………………………………… 1
导言 …………………………………………………………… 3

第一章　论创造性 ……………………………………………… 26
第二章　华兹华斯的原始主义 ………………………………… 50
第三章　想象力的问题：约翰逊博士 ………………………… 87
第四章　想象力的问题：柯勒律治 …………………………… 99
第五章　美学理论家席勒 ……………………………………… 123
第六章　朱利安·班达 ………………………………………… 159
第七章　批评家与美国生活 …………………………………… 168
第八章　浪漫主义与东方 ……………………………………… 189

人名索引 ……………………………………………………… 208
术语对照表 …………………………………………………… 215

序　言

本书中《华兹华斯的原始主义》一文包含了笔者在多伦多大学所做三场讲座的主要内容，主办方是威廉·J. 亚历山大（William J. Alexander）众门生为纪念恩师创立的基金会。笔者愿对多伦多之行期间所承蒙的盛意表示感激，尤其感谢多伦多大学学院院长马尔科姆·W. 华莱士（Malcolm W. Wallace）。

论朱利安·班达（Julien Benda）一章来自笔者为其《贝尔芬格》（*Belphégor*）英译版（布鲁尔，沃伦及普特南［Brewer, Warren and Putman］版）所作的导言。笔者感谢该书出版方同意再版此文。论柯勒律治的文章最初发表在《十九世纪及其后》（*The Nineteenth Century and After*）期刊上。论约翰逊博士一章发表于《西南评论》（*The Southwest Review*）上。"批评家与美国生活"一章发表于《论坛》（*The Forum*）期刊上。"论创造性"和"浪漫主义与东方"两章发表于《文人》（*The Bookman*）期刊（纽约）上。为使这些文章彼此衔接呼应，笔者做了一定增补删节。但笔者并未删去所有重复之处。若问理由的话，可以说这些重复的文字能些微地澄清当今关于人文主义的误解与混淆罢。

欧文·白璧德

马萨诸塞州　剑桥

1932 年 3 月

导　言

本书题词中那句亚里士多德的格言①含蓄地否定了那种被今人称为"溯源方法"（genetic method）②的主张，这一格言及其暗含的态度表达了本书各篇文章的要旨。过去一段时间里，人们越来越关注起源而非目的，其兴趣之强烈不曾见于亚里士多德的时代。尼采③说，德国人

---

① 英文直译为 The first is not the seed but the perfect。——作者
译文出自亚里士多德：《形而上学》，吴寿彭译，商务印书馆1959年版，第249页。本书脚注如无特别注明，均为译者注。

② 此处的"溯源方法"主要指18世纪后期和19世纪以来，愈发强调追溯事物或观念的历史、重视起源的趋势。这种趋势在19世纪后期的发展被称为历史主义（historicism, Historismus）思潮，在德国思想界的发展尤为兴盛。根据伊格尔斯（Georg G. Iggers）的说法，Historismus这一说法最早见于施莱格尔（Friedrich Schlegel）评论温克尔曼（Johann Joachim Winckelmann）的段落。在19世纪，历史主义思想在德国渗透到经济、法学等多个领域。正如白璧德所言，该思潮在欧美文化中产生了广泛、持久的重大影响，例如，白璧德的主要论争对手之一——与他同时代的约翰·杜威在其思想论述中就吸收了历史溯源的方法。当白璧德批判"溯源方法"的时候，他常常在连带批评"原始主义"和浪漫主义，这提示读者去关注历史主义思潮在发展中与原始主义、浪漫主义密不可分的关系。另外，读者会注意到，在白璧德本人的批评论述中，历史方法也是为其所用的工具之一：白璧德对"溯源方法"、浪漫主义的批判，对"创造性"等概念的正本清源，在一定程度上是通过追溯这些思潮和观念本身的历史来达成的。

③ 尼采（Friedrich Wilhelm Nietzsche, 1844—1900），德国哲学家、文化批评家、语言学家，思想史上推进了现代性的关键人物，著有《悲剧的诞生》《不合时宜的沉思》《查拉图斯特拉如是说》《超越善恶》等作品。此处白璧德所引用的这句话　（转下页）

偏好所有"潮湿""模糊"和"进化中的"事物。然而这种偏好远非仅限于条顿民族，它相当普遍，甚至给一整个时代打上了印记。我们仍然生活在一种所谓"原始主义"的运动（primitivistic movement）之中。古代也有人，尤其是某些诗人，曾将这类原始主义幻想拿来消遣，但原始主义作为一派严肃的人生哲学得以确立，并有颠覆人文及宗教标准之势，则唯独出现于上两个世纪，至少在西方是如此。

原始主义者常常以某种形式将"自然的"和"人工的"对立起来，并以此为出发点对传统标准进行攻击。然而，要称得上一位彻头彻尾的原始主义者，单强调这一对立是远远不够的。某些希腊人，尤其在后苏格拉底时期，同样在"自然"（physis）和"惯例"（nomos）之间建构了对立，而且其极端程度不亚于现代人的版本。然而即使他们有时候走了反叛传统的极端，希腊人也通常不会失去理性。希腊人最终放弃他引以为傲的理性（reason）——如果真能说他们放弃了理性的话，那并不是为了情感直觉之类的理由，而是为了基督教所称的神圣意志（divine will）。① 简而言之，从心理学的角度讲，斯多葛派②及其他古代理性主义者所言的"自然"，往往让位于体现在神恩（grace）中的超自然。

（接上页）出自《超越善恶》（1886）中尼采对德国民族特性的评论。早在《不合时宜的沉思》（1876）中，尼采就明确批评了德国文化界长久以来对追溯历史源头的热衷。不过有不少学者指出，尼采在深刻反思19世纪历史主义等传统的同时，也关键性地继承和推进了这些传统。

① 此处指从公元1世纪起，基督教思想在希腊—罗马世界的传播。

② 斯多葛派（Stoics），公元4世纪后期由基提翁的芝诺（Zeno of Citium）创立的哲学学派。"自然"在斯多葛派思想中具有核心地位。该流派认为人实现幸福关键在于遵从自然之道生活，人的自然天性（human nature）体现理性，这种理性得到充分发展、臻于完善时是神圣的。

对照之下,现代思潮的一个鲜明特征乃是向亚理性(subrational)的沦陷。反对"回归自然"的论调,所需的工作不仅是重新确立理性的地位,否则的话事情就相对简单了。在理性之问后面还潜藏着棘手得多的难题——意志之问。何为传统基督教之根本?关于这一问题尚存有不同意见。有不少人以为,道成肉身(Incarnation)的教义据有这一至高的、核心的地位。而神恩是包括道成肉身在内的一切之根基,这个观点即使仅从神学角度来看大概也成立,因为神子被派往人间,乃是承蒙了父之神恩。若不从神学角度而从心理学角度来看问题,几乎必然会得到笔者所提出的结论:神恩确实为根本核心。

然而自文艺复兴以来,自然主义风潮渐兴,如今其势头几乎不可抗拒。必须承认,对于投身这一风潮的人士来说,在包括心理学在内的任何意义上,神恩都已失去了感召力。自然主义一派的个人主义者们不仅丢弃了神恩,还将超验意志的观念一并全部舍弃。简而言之,他们不承认人需要谦卑。确信这种态度大大不妥的反对者们有两条思路。他们可以单纯拒斥个人主义,回归到一种纯粹的传统主义立场之中——那种至少在信仰、道德方面通常与罗马天主教会相关联的立场。或者他们可以像穆尔①先生那样,试图寻求一条折中之道,一方面是过于绝对、已近于专横的宗教的传统权威,另一方面是个人判断难免落入的无政府状态。

阅读过笔者前作的诸君知道,在标准(standard)这个问题上,笔者

---

① 穆尔(Paul Elmer More,1864—1937),美国记者、评论家、散文家。"新人文主义"运动领袖之一,白璧德的挚友;同时也是基督教的护教者,在宗教问题上与白璧德观点有分歧。

所提出的思路与前面提到的这些截然不同。下面笔者会简要重述这些前作中的主要论点。笔者之所以这样做而甘冒冗赘之嫌，首先因为，认定本书的所有读者都熟悉这个论点，恐怕不大妥当；其次因为，该论点的某些方面明显需要进一步阐明。

　　在此书中和其他作品里，笔者力图辩护一种立场，笔者将其定义为实证的、批判性的人文主义。自古希腊时代起，人文主义者就致力于避免极端。一个人，若要做到生活均衡有度，就需要为自己立下一条并不容易做到的规矩。其人生态度必然会是二元性的。此处的"二元性"来源于一种认知：人有两个"自我"，一个能够施加管束；另一个需要受到制约。对于此二者之间的对立，西塞罗①讲得精辟。这位西方的人文主义大家说道："人之心智天生由两部分组成。一部分为欲望，即希腊人所谓本能冲动（hormé），它驱使我们汲汲营营；另一部分为理性，它为我们指明方向，教我们知所趋避。顺理成章地，理性恰当地发号施令，而欲望服从命令。"②

　　原始主义者试图找出各种理由来摆脱这一二元对立。为此，卢梭③主张人"性本善"。恶的出现并非源于个人的自我失控，而要怪罪"制度"。既然如此，可能有人要问，为何不直接按照西塞罗所说的，重申人文主义二元论，以此来回答卢梭等情感的自然主义者（sentimental

---

　　① 西塞罗（Marcus Tullius Cicero，公元前106—公元前43），古罗马政治家、演说家和哲学家，力图恢复共和政体，著有《法律篇》《国家篇》等。

　　② *De Officiis*, Lib. I, c. 28. ——作者

　　③ 卢梭（Jean-Jacques Rousseau，1712—1778），法国思想家、文学家，其思想和著作对法国大革命和19世纪欧洲浪漫主义文学产生了巨大影响，著作有《社会契约论》、小说《爱弥儿》和自传《忏悔录》等。

naturalist)呢？为何要引入神恩这一纯宗教问题,使讨论复杂化呢？笔者曾不止一次讲过,在构建一套站得住脚的人生哲学的尝试中,现代人有一项重大疏忽——被忽略的正是决定成败的那块拱心石。要弥补这一欠缺,单单依照西塞罗的思路重提"理性"也许是不够的。此处我们不妨来比较一下西方人文主义和远东儒学的伟大传统,也许会有所启发。黑格尔说,①凡孔夫子所授,西塞罗皆已讲过,而且讲得更高明。然而,儒家学说中有一核心要义,不仅西塞罗没有关注,就连至少在理论层面上当得起西方人文主义第一人的亚里士多德,也几乎未有涉及。这一关键观念即为谦卑(humility)。西塞罗式的人文主义只认理性,与斯多葛学派的主张没有本质区别。这种多少带有斯多葛派克己精神的人文主义在许多高洁之士的生活中占有一席之地,甚至是他们所遵循的首要准则。然而与无依无凭、全然独立的理性相比,理性若能获得一个更高意志(higher will)的支持,即儒家所言的顺从"天意"(will of heaven),似乎可以更好地控制自然人(natural man)②。无论如何,当笔者提出是否有某个关键观念被现代的人生哲学理论遗漏时,指的正是此更高意志。在西方,这种意志的发挥与教条的天启宗教密切相连、不

---

① 转引自 J. E. 斯平加恩(J. E. Spingarn)。——作者
　　J. E. 斯平加恩(Joel Elias Spingarn, 1875—1939),美国学者、文学批评家、社会活动家,其思想深受意大利哲学家克罗齐影响,著有《文艺复兴时期文学批评史》等。黑格尔(Georg Wilhelm Friedrich Hegel, 1770—1831),西方唯心主义哲学的代表人物,运用辩证法体系性地构建了精神和历史的发展,对后世包括历史唯物主义、存在主义在内的多个流派皆有巨大影响,著有《精神现象学》《大逻辑》等作品。
② 关于"自然人",不同哲学家根据所持"性善论"或"性恶论"而有不同观点。白璧德认为人性是二元的,此处的"自然人"可理解为人的"低级自我"(lower self),具有无限扩张的冲动。

可分割。更高意志被等同于上帝意志,更高意志的运作(operation)则被等同于神恩的法则。若是如此,便可以主张说,如果人文主义者向高于理性的某种存在寻求凭依,就只能转向基督教。对于秉持这种传统主义立场的人士,笔者并无异议。① 但同时,对于那些否定人文主义具有独立合法性、认为人文主义只能是神学的婢女(ancilla theologiae)或者至少须具有宗教性(religionis)的意见,笔者无法赞同。有很多良善之人,要他们再信仰教条的天启宗教已绝无可能,这个事实也许令人悲伤,但已无法回避。难道因为他们没有宗教信仰,这些人就应该被判流放至充满哀哭切齿之声的黑暗深渊吗?从本质上削弱教条的天启宗教的,其实是实证批判精神的兴起。而笔者有所局限的方案并非欲立人文主义以代宗教,而是仅仅针对那些自称秉持实证批判精神的人士,以子之矛攻子之盾,努力使其明白,在一个关键方面他们还不够实证、不够批判。以当代心理学为例也许最能说明问题。心理学家们以贯彻实验精神为借口,几乎只关注人性中亚理性、动物性的方面。实际上,大家似乎理所当然地认为心理学是一门纯粹的自然学科,以至在某些院所学校的学科划分中,心理学跟哲学系已全无瓜葛,被归入了生物学门下。然而,我们同样可以设想出一门人文心理学,甚或宗教心理学,它以其特有的方式也能体现实验精神或符合经验。尽管人心中的更高意志无法用数据来证实测量,但它却是难以否定的根本事实,是个体的直接心理体验。自然,这种体验对于不同个体来说,程度大有不同,由此,

---

① 参见 *Democracy and Leadership*, pp. 316-317。——作者
译文出自白璧德:《民主与领袖》,张源、张沛译,商务印书馆2022年版,第292—293页。

神恩的奥秘便得到了纯粹的心理学解释。如果我们试图明确定义更高意志,借用沃尔特·李普曼①先生对一种现代人渐渐丢失的信仰的描述,应该再恰当不过,这种信仰相信"存在着一种永恒的绝对精神,有如君王般掌管着个体的种种欲望"。就其对个体言行的影响而言,所谓"永恒的绝对精神"可以理解成加于自然人放纵"欲望"之上的限制。这种自我限制、集中且精约(concentration and selection)的做法,乃人之为人的至高境界。而现代主义者(modernist)却意图将其贬低成狭隘与贫乏,贬低成威廉·詹姆斯②所谓的"严冬般的否定性"。

可能有人要问,既然某些现代主义者对"永恒的绝对精神"这一观念抱有敌意,且一并反对将克制的精神法则置于性情自我(temperamental self)之上,那他们又如何规避放纵所带来的种种弊端呢?在回答这个问题之前,笔者先从《民主与领袖》(Democracy and Leadership)里拿来一句话:"这个时代最令人忧虑的,并非其公然信奉的物质主义,而是那些被认为代表了精神性的东西。"③我们可称之为虚假的精神性,可以看到,它是一种对于神恩体验的亚理性拙劣模仿。正因如此,即使是那些认为仅需西塞罗式二元主义便已足够的人文主义者,若要了解自18世纪以来随原始主义或情感的浪漫主义

---

① 李普曼(Walter Lippmann,1889—1974),美国作家、记者、政治评论家,其关于媒体与民主制的专栏文章和论著在美国有持久影响。曾就美国民主制中媒体的作用与杜威有过著名论辩。

② 威廉·詹姆斯(William James,1842—1910),美国心理学家,实用主义创始人之一。作家亨利·詹姆斯之兄。

③ 译文出自白璧德:《民主与领袖》,张源、张沛译,商务印书馆2022年版,第30—31页。

(emotional romanticism)兴起而演变出的状况,也需要将神恩学说及伪神恩学说纳入考虑。阿瑟·O.洛夫乔伊①教授称,在这一时期,并无某一场特定的运动可被统称为浪漫主义,有的乃是多股浪漫主义潮流,彼此各有不同,需要区别清楚。笔者的意见恰好相反,笔者想极力强调的是,确有这样一场可被统称为浪漫主义的运动。仅就传统学科的范畴来说,这场运动发展的顶点,是模仿论(idea of imitation)和自发论(idea of spontaneity)之间多种形式的对立。"创造性"的观念由自发论而来,如今仍在各国皆大行其道,笔者将在本书的同名篇目中讨论。自发论更重要的一面也以不同面目在各地出现,它宣称,那种传统上以神恩形式与超理性(superrational)的意志相联系的"爱",通过亚理性的情感泛滥即可达到。就此关键点来讲,原始主义可被看作基督教的一支异端。在本书后续的几篇文章,尤其是论华兹华斯的一篇中,笔者试图从心理学而非神学角度来整体探讨该问题。

若说,笔者肯定更高意志的方式是实证的,而笔者最为关注更高意志如何影响种种调和性的品德(mediatory virtue)的立场是人文的,那么,笔者又是在什么层面上追求批判性的呢?简而言之,笔者认为,要想在现代精神所规定的条件下解决标准问题,就需要富有批判性。对自己情绪冲动听之任之的人惯于在两个极端之间大幅摇摆。性情主义者(temperamentalist)的代表卢梭曾说:"事物之于我,要么重于一切,要么一文不值,并无折中选项。"我们若要行人文主义之事,在极端之间

---

① 洛夫乔伊(Arthur O. Lovejoy, 1873—1962),美国哲学家、观念史学家,其观点与论著对观念史研究具有重要推动作用。他曾在《观念史》(*Essays in the History of Ideas*,1948)一书中探讨定义浪漫主义思潮的困难。

寻求调和,并非只要运用内在制约(inner check)来管束情绪就够了,还需要明智地(intelligently)运用这一制约才好;要想运用明智,就得有可供参照的标准(norm)。从前,一提到规范标准,往往就会联系到形而上学中或神学中的绝对(absolute);因此谁若试图维护标准,就立刻被扣上绝对主义者的帽子。例如,桑塔亚那①先生著了一本书,用意之一明显是要驳斥笔者立场,在该书结语处,桑塔亚那先生得意洋洋地讲:"绝对论充斥着腐朽味与火刑的烟味。"②绝对主义也许并不像桑塔亚那先生想的那般邪恶,但就算不论这点,他的话也伤不到笔者。笔者一直努力论证的是,即使不要绝对主义,标准仍可不失。

对这一点的探讨中很容易出现误解,笔者需做不少重复回顾,还望各位包涵。笔者曾讲过,严格来说,人生并非此一处恒常,而彼一处无常;人生所呈现的,乃一无常之恒常。③ 而且个人无法置身于其外来端详这一恒常,因为个人本身即一无常之恒常。从心理学的角度讲,内心和外界的变化无常,与虚幻(illusion)感是紧密相连的。由此说来,在历代英语文学作品中,关于人生最为中肯的一句评语当数莎翁名句:"我们的本质原来也和梦的一般。"④然而就世界文明而言,在莎翁出现之前,人生虚幻如梦的道理早已被参悟。古往今来,这个道理总被反复言说,就其本身而言,倒也不见得有多大启发性。例如,很多印度教徒对

---

① 桑塔亚那(George Santayana,1863—1952),美籍西班牙裔哲学家、文化批评家,批判实在论的代表之一,在论著中采用自然主义的思路来调和自然与精神。著作有《理性的生活》、小说《最后的清教徒》等。
② *The Genteel Tradition at Bay*, p.74.——作者
③ 关于这一概念可参见钱锺书《管锥编》"论易之三名"篇。
④ 译文出自《暴风雨》梁实秋译本。

于摩耶(māyā)①似乎过于重视。在这一点上,早期佛教徒比其他多数印度教哲人做得更好,因为早期佛教徒不仅更多通过心理学而非形而上学来解释人生如梦的道理,还更明确地阐释了什么是真正的醒悟(true awakening)。佛陀(Buddha)一词本义即"觉悟者"。佛教讲,除佛祖以外的众生,皆梦游之人。这令人想到歌德②所言:"谬误之于真实,好比梦寐之于醒觉。"如此说来,我们到底有多清醒,完全取决于我们对于真实有多少领悟。关于领悟真实所面临的困难,仍有许多人同情本丢·彼拉多③。但就何为真实,我们仍可粗略辨释一番。福音书中讲:"你们必晓得真理,真理必叫你们得以自由。"令人自由的真实绝非行为主义者讲的真实。而另一方面,姑且不论基督教和佛教在神学层面差异多大,它们对于何为真实这个问题的心理学阐释却在一定程度上不谋而合:例如,这两种宗教所称的真理都包含对一个更高意志的信仰,且都认为自由依存于该意志的活动,尽管两种宗教对这种依存关系的阐释确实相去甚远。

人文主义和宗教所言的真理都涉及发挥人所特有的那种意志。这种真理却日渐被湮没了。究其原因,明显不仅在于前文提及的那些原

---

① "摩耶"为印度教用语,指世间万事万物实为幻象。

② 歌德(Johann Wolfgang von Goethe,1749—1832),德国文学家、批评家、科学家,其作品和思想在西方世界广泛、深刻的影响持续至今,著有《少年维特的烦恼》《浮士德》《威廉·迈斯特的漫游年代》等。

③ 彼拉多(Pontius Pilatus),罗马帝国犹太行省执政官(约公元26至36年在任),据载主持了对耶稣的审判,并判决将耶稣钉死在十字架上。《新约》福音书中称,彼拉多原本不认为耶稣有罪,但最终迫于犹太教宗教领袖的压力而做出了处死耶稣的判决。史料上关于本丢·彼拉多在审判中的态度有不同记载。白璧德以本丢·彼拉多代指那些迫于外界声音、违心遵从谬误的人。

始主义者捏造出对真理的亚理性拙劣模仿,还在于机械论者(mechanist)和决定论者(determinist)几乎完全否定了真理。在不少论者眼中,后者的危害甚于前者。这些论者认为,当下最紧要的是设法逃离机械主义的极端,不论机械主义指的是心智的僵化还是外部世界里机械的增多。对于这一看法笔者不敢苟同。人类逐渐能驾驭自然之力,机械论是一利器——只要人类不在驾驭自然过程中失去对自身的控制,那么这一成就没什么害处。跟机械论者相比,原始主义者更为隐秘地败坏了克制原则(principle of control)。他们不但造出站不住脚的学科以取代传统训练,还常常攻击科学理性(scientific intellect)本身,甚至达到了蒙昧主义的地步。针对机械论胜利的反对声浪中,最激烈的正来自原始主义者。

然而,科学常常僭越而成了伪科学,这的确是严重弊端。当下科学人士所享有的威望其实源于范畴上的根本性混乱。在某些话题上,大众期待科学人士能指点迷津,但科学人士在这些领域并不比一般人更有发言权。例如,人们关注密立根先生和爱丁顿先生①之间关于宇宙是否正在"走向衰竭"的辩论,好似这场辩论有什么深刻的宗教意义。科学人士自己也常常陷入这种幻象(illusion)。比如,一位著名物理学家在论及物理学领域内某些令人困惑的最新进展时讲道,这些发展并

---

① 密立根(Robert Millikan,1868—1953),美国物理学家,曾获诺贝尔物理学奖,主要成就包括以油滴实验完成了基本电荷测量,验证爱因斯坦光电效应公式的正确性,测定普朗克常数,等等。爱丁顿(Arthur Stanley Eddington,1882—1944),英国天体物理学家、数学家,是第一个用英语宣讲广义相对论的科学家,以其对恒星的运行、内部结构和演化方面的研究而闻名。

不能说明科学走到了一筹莫展的困境；恰恰相反，它们也许意味着科学即将发现神明。当然，我们应注意别把话说得太绝对；例如，对于所谓设计论证明（argument from design）的古今变体，我们不应将其斥为完全的无稽之谈。在18世纪的自然神论者（deist）眼中，自然万象背后有一位神圣的钟表匠。① 而詹姆斯·金斯②爵士从天体研究中推断上帝是一位超级数学家。

但是，我们不妨借用《效法基督》③中的话——此话并无丝毫提倡蒙昧主义之意——来评论当下某些挖掘自然深藏之奥秘的尝试："既然我们在末世审判时不会因不了解隐晦、混沌的事理受责，那又为何要对它们寻根究底呢？"身为杰出科学家的帕斯卡④曾断言，人类不可能把握住容纳其自身的两个无限——无限大与无限小，哪怕是把握二者之一也不行。而那些雄心壮志的科学理论家似乎想尝试这断无可能之事。但即使这种研究并非伪科学，那它也如帕斯卡所言，在人文价值领域无关紧要。帕氏在三级秩序之间所做的区分再重复也不为过：物质最低，理智第二，仁爱（charity）最高。唯有最高的仁爱秩序，帕氏才称

---

① "钟表匠"类比（watchmaker analogy）是自然神学和设计论证明中的重要论证手法，主张宇宙万物的精妙结构背后有一位像钟表匠一样的智慧的设计者。牛顿和笛卡尔都是这一观点的支持者。

② 金斯（James Hopwood Jeans, 1877—1946），英国物理学家、天文学家、数学家，从理论上证明了在恒星形成过程中的"金斯不稳定性"（Jeans instability）。

③ 《效法基督》（The Imitation of Christ），著名的基督教灵修书籍，成书于中世纪。普遍认为其作者为肯皮斯（Thomas à Kempis）。

④ 帕斯卡（Blaise Pascal, 1623—1662），法国数学家、物理学家、神学家、哲学家、散文家，概率论创立者之一，提出密闭流体能传递压力变化的帕斯卡定律，著有《关于真空的新实验》《算数三角形》，以及哲学著作《致外省人书》《沉思录》等。

之为超自然的;其境界远非自然科学所能及。

自然科学逾越本分的倾向源于理性的僭越——这是傲慢压倒谦卑的一种具体形式。如果承认更高意志的存在,就必须同时承认,在与更高意志的关系中,理性的地位并不是首要的,而充其量只是工具性的。就定义来看,更高意志既然高于理性,那么后者不可能归纳出前者的本质。笔者在前文已经指出,人生还有一个方面使理性主义者束手无策:人生的统一(unity)和多样(diversity)彼此交融、无法分开——换句话说,人生里的真实与幻象彼此交融、无法分开。若像理性主义者总想做的那样,试图将统一与多样明明白白地区分开来,则或者落入"一"的玄思,或者囿于"多"的冥想。西方哲学史就是"一"与"多"两派之间无益的斗争史。由此可见,还是不要做个理性主义者更为理性些。

一般来说,过分抬高自然科学的那些人通常都属理性主义一派,而并未真正体现实证精神与批判精神。《费加罗报》(*Figaro*)①最近采访了一位著名天文学家,请他谈谈诗歌与科学孰重。这位天文学家轻蔑地把诗歌说成幻象,而科学才能给人"真理"和"现实"(看似是除尽了幻象的现实)。这种态度尽管仍然常见,但近来的思辨科学家(speculative scientist)的立场却与此有别。例如,爱丁顿非常愿意认可幻象的价值,即使在科学领域也不例外,甚至若从字面意义理解他的一些言论,会得出科学"真理"与虚幻无异的结论。然而,爱丁顿不但有滑入一种可疑的神秘主义的危险,而且他并未给出任何标准,用以区分

---

① 法国的综合性日报,也是法国国内发行量最大的报纸。

16   论创造性及其他

科学家们能获得的真理和其他类型的真理——例如人文主义者所追求的真理。

虽然要质疑唯有科学能确定无疑地发现真理和现实的说法,我们还是应当承认,科学依靠可靠的实验方法证明了,在物质世界中存在着一个恒定元素,尽管这一元素也不能完全脱离偶然性。同理,我们希望,即使无法从狭义的实验性层面,也至少从经验性层面来证明,在人性的变化反复之中,也存在一样恒定不移的东西。笔者试图说明,在人文价值(human value)领域内的探究,若想不失实证精神和批判精神,并同时做到秉持一套既不绝对又不虚幻的标准,就必须努力恰当地协调自身的两种能力:一种笔者称之为想象力,它发散出去,能捕捉事物间的共通之处;另一种笔者称之为分析理性(analytical reason),它分辨和检验想象力的统合性活动,检验所参考的依据并非哪种理论,而是实际经验。①

由此所得的标准可为前文所称的纯西塞罗式人文主义所用。节制、明理、得体等诸般体现人文精神的品德,皆曾依照这种方式达成,今后想必也能如此。若要再进一步,去处理原始主义者对于"仁爱境界"的拙劣模仿,并在广泛意义上处理更高意志这一题目,明显会有更棘手的问题浮出水面。有人说,要妥当地处理这些问题,必须在教条和神启中寻求支持。如之前所言,笔者无意与持这种意见的人争论,但仍坚持认为,对于这些棘手问题的探讨也能符合实证精神和批

---

① 这两种能力在阿诺德(Matthew Arnold)的批评观和批评实践中有详细阐述,参见阿诺德的《莫里斯·德·介朗》("Maurice de Guérin")等篇目。

判精神。

人文主义若不向基督教正统俯首称臣便没有用处的这种观点,其最重要的一个论据在于,只有基督教才能赋予明显迷失方向的现代生活以核心意义。毫无疑问,人生中目的论色彩的消退与传统宗教的衰落是直接相关的。强调科学的自然主义者们对于哲学中所谓的终极原因抱有的敌意尤甚。诚然,产生这种敌意的原因部分在于,不仅某些正统神学家,还有18世纪的自然神论者,对于终极原因这一概念的使用都不够慎重。这个问题绝对是每一位严肃的思想家都要面对的。亚里士多德讲目的先于起源(如本书题词中所言),他指的是至高完美的终极目的(End)本身。亚氏将这一终极目的(end of ends)描述成"不动的推动者"(unmoved Mover)。① 对于亚氏这般将一个形而上学的抽象概念而非人格神定为其宇宙观核心的做法,穆尔先生一直紧逼不放。其实,不动的推动者未见得是一个单纯的抽象概念。华兹华斯在观看自然景象时,觉得好似体会到一种"本质的宁静,居于不息躁动之中"(central peace, subsisting at the heart of endless agitation)②。就连穆尔先生本人,在其早年尚未如此执着于神学的时候,也曾感到"不动的推动者"之理念在鼎盛时期的古希腊雕塑中得到了体现。这一时期的雕塑表达了一种静中之动,且动与静之中同样洋溢着生命力。若仅将不动的推动者理解成一个形而上学的抽象概念,它确实不配取代有意志、有目的的神明,在这点上我们必须赞同穆尔先生。然而有一点,我们仍

---

① 也被译为"第一因"或"原动力"。
② 出自华兹华斯的长诗《漫游》(The Excursion)第四卷。

可质疑,若我们只求养成人文品德,便更要质疑:要想还原人生中的目的论要素,难道一定要基于关于上帝和灵魂的教条吗?难道就不能从心理学经验入手吗?此外,我们应当把观看古今的眼界放宽一些,将远东纳入视野。若能如此,我们便会发现,东方人成功将人文品德和宗教品德树立并举,乃是基于一些迥异于西方观念的假设。例如,佛陀所授义理在西方人看来必定包含着令人大惑不解的悖论:他在教义中未给上帝留下一席之地,并否定了东西方通常所谓的灵魂;但同时,他又立下了一个可媲美基督教理想的神圣典范。而且,只要对古代典籍有所研读,就无法否认,佛陀及其许多早期弟子不只是理论上的圣人,而且真正达到了超凡至圣的境界。穆尔先生在最近的一篇文章中承认了这些,但他却在文末称,佛陀所建立的,好比一架阶梯,瑰丽宏伟,但阶梯尽头却只有虚无——此番意象,用来形容可悲的徒劳,并加之于一位宗教大师,可谓无比高明。穆尔先生的文章尖锐地呈现了一个问题:宗教境界的高低是取决于一个人修得了多少"精神之果"(fruits of spirit)①呢,还是取决于一个人的神学主张呢?若要坚持说神学主张为修得精神之果的必要前提,早期佛教(更不必提其他非基督教信仰)便可提供反例。笔者深知,一己拙见并非绝对正确,且这种比较极难做到完全公允,但若非说不可,在笔者看来,佛教出的圣人不比基督教的少,佛教也不似基督教那般为狭隘狂热所累。

或许无须多言,笔者并非作为一名佛教徒说出上面一番话,也无意

---

① 原文出自《新约·加拉太书》第 5 章第 22—23 节。原文 Spirit 首字母大写,特指基督教中的圣灵。白璧德化用此语泛指各大宗教中精神修行的成果。

劝西方人放弃基督教,改信佛教。勒南①曾说,乘坐巴黎的公共马车时若还保持风度教养,就必会冒犯同行乘客间的规矩。同理,如今谁想做佛教徒的话,也必会与西方文明的某些根本理念有所冲突。当然,其实要想做基督徒也难免冲突。克己(renunciation)对于基督教和佛教而言都乃核心理念,然而这一精神对于西方现代主义者来说却愈发疏远了。总体上讲,东西方的人生观是彼此对立的——而真正的基督教具有强烈的东方气质,关于这一点笔者在本书最后一章中有更详尽的论述。

目前各方势力正在集结,咄咄逼人。为了平衡局势,需要将哲人贤士动员联合起来与之对抗。当然,召集圣哲,必然要对吸纳对象的水平严格考察一番。然而,教条式的狭隘排外却是我们难以承受的。穆尔先生最近作了一篇论佛教的文章,字里行间就有偏狭之嫌。然而多年以前,穆尔先生曾就古印度文化有过一番精辟之言,他说我们应当对这种文化有所了解,并非为了做"佛陀的门徒或梵天的信仰者",而意在"让存于经验之中的高尚庄严成为个体生活的支撑"。大体而言,这正是修习远东文化背景所应持的精神。如此更充分地审视人类经验,便能体会到,即使不必非得像亚里士多德的形而上学那样,或像传统基督教神学那样,要求一个终极或绝对,也能使人生获得人文的甚至宗教上的意义。与欧洲思想家们的看法迥异,有一些亚洲的大师认为,良善生活本质上并不能通过认知求得,而要凭借意志达到,这种观点令人深

---

① 勒南(Ernest Renan,1823—1892),法国批评家、历史学家、语言学家、宗教学者,法兰西学术院院士,主张运用历史学和语言学的方法来研究基督教。著有《科学的未来》《耶稣传》等。白璧德评价勒南"完美地体现了现代批评精神",参见《法国现代批评大师》第九章"勒南"。

以为然。有根据相信,个人若在行事中追随内心已有的光芒,这种光芒便会不断增长。这是一条逐渐显现出来的路,至于它最终引向何方,笔者个人的看法可以借用纽曼①主教的一句话来表达,虽然笔者的引用可能与其原意有所不同:

我不寻

远方景色——只求足下跬步。

像笔者这样为求智慧,在东西方众多源流中皆有采撷的人,也许要被指责为过度的折中主义。一般来说,折中的哲学的确是东拼西凑、不伦不类的理论。为了回应这个问题,笔者要采用歌德等人的做法,在折中的哲学和折中的哲学家之间做一个区分。世界历史已到了如今这个阶段,我们有理由认为,那些仍不太折中的哲学家不大靠得住。据载,佛陀于菩提树下彻悟后不久,有人问其师从何人。佛陀回答:"诸物降伏,诸物我知,一切无染……吾自通晓,谁为吾师?"②若在今天有人这样讲,也许是第二个佛陀。但至少有微小的可能性,此人只是一个精神病人。本质上讲,智慧要靠参悟;但个人先要汲取前人教诲之精华,以

---

① 纽曼(John Henry Newman,1801—1890),英国神学家、学者、诗人,英国基督教圣公会内部牛津运动领袖,主张恢复一些早期基督教传统和天主教礼仪,后改奉天主教。著有收入牛津运动宣传文集《时论书册》中的一系列文章、《大学的理念》等。白璧德在下文引用的诗行出自纽曼所作的一首基督教赞美诗《慈光引领》("Lead, Kindly Light"),表达了作者祈求神明指引的虔敬之情。

② 出自《法句经》,二十四品"爱欲品",353。译文出自白璧德:《法句经——译自巴利文并附论文〈佛陀与西方〉》,聂渡洛、黄东田译,商务印书馆2022年版,第173页。

免虚构或妄想被当作了深刻洞察。

以此处提到的想象力的问题为例,也许能最好地说明何为笔者所谓的恰当的折中方法。分析这个问题,笔者认为应当将一个苏格拉底提出的观念与一个佛教中的观念联系起来,再通过结合二者来为一个基督教中的核心观念辩护。不难发现,笔者在本书及其他作品中努力构建的对立,并非新古典主义者创立的并被浪漫主义者继承的理性与想象之间的对立,而是不同性质的想象力之间的对立。当一个词语中潜藏着可能引起混淆的两层含义时,若想在讨论中具备批判精神,就一定要借鉴苏格拉底及其归纳定义法。约翰·塞尔登①讲"词语主宰人类",如果我们同意他的说法,运用苏氏归纳法对所有通用术语进行一番梳理便非常重要。还有句名言据说出自拿破仑:"想象力主宰人类。"若将这句话与塞尔登的名言联系起来,那将苏氏归纳法运用于想象力一词的重要性就尤其显而易见了。

笔者曾讲,想象力发散出去,捕捉事物间的相似之处。由此,即使没有终极或绝对,我们也能在人生经验中确立某些恒常因素,前提是,对于想象力所捕捉到的相似性,要用人所特有的分辨力来充分验证其是否真实。笔者坚持认为,原始主义者们意图回归的"自然"并未被这般充分验证,因此大体上是虚构或妄想。原始主义者还将其所谓的"自然"描绘成人类博爱大同的基础,这尤其荒诞。此处,亚理性和超理性被混淆了,与之紧密相关的是某些通用术语在使用中的混乱。在

---

① 塞尔登(John Selden,1584—1654),英国法学家、学者,被弥尔顿称为"本国以博学传世的第一人",曾从历史学和法学角度为英国议会限制王权的立场辩护,著有《什一税史》《闲谈录》等。

探讨班达（Benda）的文章中，笔者曾指出，从帕斯卡到卢梭，对"心灵"和"情感"等术语的使用发生了根本性变化。卢梭仍然用这些词来指称某种直接体验，这就是卢梭的用法和前人的用法间仅有的共性了。当帕斯卡谈"心灵"时，他通常指神恩启示及与其紧密相关的"仁爱秩序"；而卢梭所谓的"心灵"通常指放纵的情感。众所周知，卢梭对于心灵的诉求乃是他反抗原罪说的一环。对于原罪说，笔者并无辩护之词，但有证据表明，因为丢弃原罪说，我们失去了一些极为要紧的东西，而能否以某种形式将其找回，则是我们文明的生死攸关的大问题。

让我们来思考一下，以帕斯卡的方式或以卢梭的方式理解"心灵"一词，会造成什么实际影响呢？帕斯卡眼中与心灵相关的神恩启示，明显涉及一种精神活动或精神工作，而卢梭所谓的心灵则不涉及这些。恰是就这一点，笔者要引入佛家的观念来支持笔者应用于心灵一词的苏氏二分法，并以此从心理学角度证明原罪说中所包含的真实成分。笔者意图指出的，是精神奋发之人与精神怠惰之人的区别。与此相应的区别在基督教中也能找到。对于另一些人，该区别同样具有无法估量的价值，这些人努力想解决一个人文主义的难题：如何能避免极端立场所意味的怠惰？

笔者尝试通过苏格拉底的方法和佛教的观点，细致分析心灵一词。从分析中能看出，宗教意味上的"爱"并非一种个体随波逐流、听凭自身堕入的情感状态，而是一更高意志进行活动的结果。当然，若有人更进一步，遵从正统基督教的规训，就此意志做出某些神学断言，这并无不可。但笔者的目的仅仅在于示范说明,即使在心理学范畴以内,我们也能恰当地兼容折中各家之言,以此来辩护基督教核心的某样精神。

如笔者之前所言,有些人要说,人文主义者只应考虑如何节制、理智而得体地生活即可,不应多管宗教之事。笔者的回应是,如今人文主义者的头号对手是主张人道主义的"理想主义者"。尽管此派理想主义者常常盗取人文主义者之名(至少在美国是如此),但本质上讲,与其说他们是伪人文主义的,倒不如说他们是伪宗教的。例如,真正的人文主义者会赞同西塞罗,认为在世俗中,充分定义的公正(justice)乃所有美德之首。而主张人道主义的理想派则将安宁(peace)而非公正置于首位。实际上,只有在个体的宗教生活中,安宁才高于其他。但丁讲"他的意志给予我们安宁"①,谁会认为他所谓的安宁是指一个日内瓦的超级委员会②(在理论上)所建立的那种安宁呢?

通常来说,人道主义的理想派还会以"自由主义者"自居。此处不妨再用苏格拉底辩证法来支持基督教之真实。圣保罗③讲:"主的灵在哪里,哪里就得以自由。"④此处笔者仍旧作为单纯的心理学观察者,而

---

① 《神曲·天堂篇》,第三歌,第85行,译文出自朱维基译本。但丁(Dante Alighieri,约1265—1321),意大利诗人、作家、哲学家,文艺复兴的先驱之一,所著的《神曲》被视为中世纪最重要的诗作之一和最伟大的意大利语文学作品,对后世有深远影响,并推动了文学创作中意大利俗语的使用。

② 应指"一战"结束后成立的国际联盟(League of Nations)。它是世界上第一个以维护世界和平为主要任务的国际组织,总部设在日内瓦。于1946年被联合国取代。

③ 圣保罗(Saint Paul,约5—约64/65),使徒时代最有影响力的基督教使徒之一,在小亚细亚和欧洲传道并建立教会。原为犹太教徒,后皈依基督教。

④ 《新约·哥林多后书》第3章第17节。

非一名正统基督徒来发言,在典型的现代主义者所谓的自由中,笔者找不到多少"主的灵"。我们应当像对待"爱"的观念那样来分辨"自由"的观念,以此来区分精神懒惰之人与精神勤勉之人,这一点十分重要。卢梭称自己将"不可撼动的自由精神"建立在"一种难以置信的怠惰之上"。卢梭所患的这种隐匿的、心智上的怠惰症,在现已流行了数代的自由主义潮流中过于泛滥。该潮流的主要意图并非加强掌控力,而在于抛弃控制。卡莱尔①以其生动的语言将这种自由主义描绘成给魔鬼松绑。在他笔下,伴着相继到来的每一次脱控解放,大众都欣喜若狂地齐声高唱:"荣耀,荣耀,绳子又松开了一根!"卡莱尔本人所提出的捆绑魔鬼的方案不大可靠,其原因能以数言讲清。其一,卡莱尔要我等平凡大众所服从的"英雄",其过人之处为外在工作的勤勉,并不在内在工作(inner working),而人之所以为人,皆要看内在工作。其二,卡莱尔贬低苏格拉底所强调的自知之明,而无论是内在工作还是外在工作,若想做到聪明通达,几分自知之明实在必不可少。尽管如此,卡莱尔认为现代主义者所持的自由观片面到了危险的地步,这种看法无疑是正确的。极端、偏颇之物往往会颇具讽刺意味地走向自身的反面。国内外许多现代派的自由主义者居然转而期待莫斯科能给出他们求的"自由"!现代主义潮流的确有不少可取之处;但它唆使人们将想象力空掷于定义混乱的通用术语上(为首的便是自由),仅就这一点,我们便

---

① 卡莱尔(Thomas Carlyle,1795—1881),苏格兰散文家、历史学家、批评家,在维多利亚知识分子中有很大影响,认为历史是由伟大人物推动的,社会的建立和组织应基于英雄崇拜,著有《旧衣新裁》《法国革命》《论历史上的英雄、英雄崇拜和英雄业绩》等。

可借用柏克①评价法国国民议会的说法来批评它:这股潮流带来的进步只停留在表面,而其犯下的错误则涉及根本。因它在定义方面的欠缺,这股潮流所树立的种种"理想",即使仅从其所追求的社会公益角度来推敲,也大体是虚幻的;若从个人精神的角度来看,这些理想对于均衡的人文精神或安宁的宗教境界都无所助益。在本书后面的篇章中,笔者将尽力让诸位看到,面对这些所谓的"理想",除非我们满足于做纯粹的传统主义者,否则第一步,便应当以比当下众知识分子犀利得多的眼光,对这些"理想"做一番透彻的批评。

---

① 柏克(Edmund Burke,1729—1797),英国政治家、哲学家,曾在英国下议院担任辉格党议员,后成为该党中保守派"老辉格"(Old Whig)中的领袖之一,对法国大革命多有批判,著有《反思法国大革命》等。

第一章　论创造性

近来关于人文主义的争论充分表明,当年圣伯夫所预言的"大混乱"①已然降临。虽然这场混乱不限于美国,也同样发生在欧洲,但在美国混乱程度却更加严重。跟欧洲相比,新型教育在美国造成了更大破坏,这种教育所关注的无论如何都不是传播"世界上最优秀的思想和言论"(the best that has been thought and said in the world)②。通常来讲,只有通过汲取这些"精华"(best),一个人才有可能逐步形成批评标准。而最近这场人文主义之争让人觉得,我国批评标准的败坏比预想的还要严重。那些反人文主义批评家的言论简直可以集成一篇语录,作为蒲柏(Pope)等人所著的幽默小品《低劣诗歌之艺术》(" Art of

---

① 圣伯夫(Charles A. Sainte-Beuve,1804—1869),法国文学评论家,曾在不同人生阶段参与了法国思想文化界的多次不同运动,其作品和思想以广博丰富著称,被白璧德视为19世纪极具代表性的人物,著有《文学肖像》《月曜日漫谈》等。圣伯夫预言的"大混乱"指古典主义的传统标准的颠覆,出自 *Portraits Littéraires*, vol. 3, Garnier frères,1864,p. 550。

② 来自阿诺德的著名定义:文化是努力去了解世界上最优秀的思想和言论,而批评则是学习、传播世界上最优秀思想和知识的不带偏见的努力。参见其《当今批评的功用》及《文化与无政府状态》第五章。

Sinking in Poetry")①的姊妹篇。这篇《低劣批评之艺术》中的出色范例包括玛丽·科拉姆(Mary Colum)女士的评论,她称从《诗学》(*Poetics*)中看,亚里士多德的文学品味无异于我们眼中属于疲惫生意人的那种品味——偏爱"优秀的侦探小说和煽情故事(melodrama)"的趣味;还包括埃德蒙·威尔逊(Edmund Wilson)的评论,他认为索福克勒斯(Sophocles)笔下角色所体现的伦理实质(ethical substance)并不比尤金·奥尼尔(Eugene O'Neill)先生笔下的人物更多。② 批评家们如此妄言,竟从未有相当数量的读者追究责问。我们有理由说,当今出现了文化崩溃。否定标准的最极端形式,是对于古典传统和基督教传统西方两大主要传统的拒斥。据福塞特(Fausset)先生称③,所有正统的及"公认"的基督徒都理解错了基督;而亨利·黑兹利特④先生则称,谁若维护礼仪(decorum)⑤,谁便一定是个贾斯帕·弭可脱⑥。甚至那些承认生活中仍然需要宗教品质及人文美德的人,也认为这些与艺术和文学领域无涉;该领域的一切应当由创造性天才(creative genius)全权支配。

---

① 蒲柏、斯威夫特等人曾组成一个小团体,以 Martinus Scriblerus 为笔名撰文,讽刺当时为数不少的拙劣文人。《低劣诗歌之艺术》("Peri Bathous, or the Art of Sinking in Poetry")是这些讽刺文章之一,戏仿朗吉努斯的《论崇高》("Peri Hupsous"/"On the Sublime")。蒲柏在文中首次使用了 bathos(βάθος)的概念,作为 hupsos(ὕψος)即"崇高"的反义词,意指原本崇高的风格突然变得陈腐荒谬,也译为"突降法"。

② 见 *The New Republic*, March 19, 1930, p. 115.——作者

③ 见他的 *The Proving of Psyche*.——作者

④ 亨利·黑兹利特(Henry Hazlitt,1894—1993),美国记者,常为《华尔街日报》《国家》等刊物撰稿。

⑤ decorum 是古典传统中的重要概念,有合宜得体之意。

⑥ 贾斯帕·弭可脱(Caspar Milquetoast),漫画人物,以性格懦弱著称。Milquetoast 为 milk toast 的双关语,后被引申指胆小鬼。

的确,人文主义者与反人文主义者之间的一些主要争论点最终都汇聚到创作这一观念上。反人文主义者称,人文主义者都是些心灵贫乏之人,试图抑制真正艺术家们的自发性(spontaneity),并将他们驱逐回、囚禁于"文雅传统"之一隅。

其实不应忘记,这些反传统主义者自身背后也有一个不短的传统。他们关于创造性的理念直接承袭自18世纪,其中的核心内容毫无改变;这种观念源自18世纪原始主义者们在"自然"(the "natural")和"人工"(the "artificial")之间树立的二元对立。这一对立致使人们愈发偏爱和痴迷那些未经开化的年代和个人。照那些资深原始主义者来看,要想称得上是原创天才,一个人非要毛发相当蓬乱不可。按狄德罗(Diderot)的说法,"诗歌应有野性蛮荒的磅礴之势",文明教养意味着模仿他人;而要想创造,则必须要坚持想象力和情感上的自发性。为了追求自发性而拒斥模仿,这一立场引发了持续至今的一连串后果,不仅影响艺术和文学,还涉及生活。

几乎从一开始,原始主义者们便认为,创造力不但是自发性的,而且它几乎无法被创作者本人控制。爱德华·扬①(于1759年)写道:"可以说,原创作品有如植物一般……它是生长起来的,而非制造出来的。"柯勒律治②追随德国人,将扬所谓的"植物一般"改说成"有机

---

① 扬(Edward Young,1683—1765),英国诗人、剧作家、文艺评论家,对早期的歌德等德国狂飙突进运动的参与者有所影响,并被视为浪漫主义运动的先驱,著有长诗《夜思录》。

② 柯勒律治(Samuel Taylor Coleridge,1772—1834),英国诗人、批评家、哲学家,他与华兹华斯合著的《抒情歌谣集》宣告了英国浪漫主义的开始,并将德国唯心主义思想引入英国,著有诗歌《古舟子咏》《忽必烈汗》,批评性自传《文学生涯》等。

的"——这仍是鼎鼎有名的称法。由此衍生出了早期浪漫主义者反复强调的天才灵感(genius)与区区才能(talent)间的区别。据黑兹利特①讲,"才能是一种服从主观意志的力量,而天才灵感不受意志的控制"(talent is a voluntary power, while genius is involuntary)。简而言之,对于自己所做心中有数之人便不是天才了。与有机自发和单纯机械模仿的二元对立紧密相关的是,相比于意识(conscious),人们对于无意识(unconscious)占据主导地位的兴趣。自18世纪以降直到精神分析学派出现,这种兴趣披上过形形色色的外衣。卡莱尔认为,无意识不仅是创作灵感(creative genius)之泉,还是宗教智慧的源头。他大呼:"苏格拉底与耶稣基督之间的区别!伟大的意识!比意识伟大不知多少的无意识!前一个是匠心巧琢而来(cunningly manufactured);后一个则浑然天成(created),鲜活灵动,赋予人以生气。"诸如此类。

　　将创造与自发性相关联,不仅解放了本能与情感,而且如笔者上文所说,还解放了想象力。"创造性想象"(creative imagination)这一说法的出现标志着与新古典主义决裂的重要一步。谁若浏览过18世纪那些"天才"书籍,便可证实,想象具有多高的创造性,并非根据它有多贴近共相(universal),而要看它多标新立异。过度沉溺于新奇正是将现代与以往所有时代区分开来的突出标志。在文学艺术中,这意味着只追求新花样(invention),几乎不讲其他。模仿原则被人嗤之以鼻,而标新立异则受人追捧。导致这种局面的一个主要因素无疑是自然科学取

---

① 威廉·黑兹利特(William Hazlitt,1778—1830),英国随笔作家、批评家、画家,与19世纪的主要英国浪漫主义诗人多有互动,其文学和艺术批评对济慈等人产生了一定影响,政治立场较为激进,著有《席间闲谈》《时代精神》《拿破仑的生平》等。

得的巨大成就。艺术家与文人们不甘落后,想要像科学家们那样令人啧啧称奇。然而这些人的新奇创意并不像科学发现那样经得起现实的检验。它们大都是两种行为的产物:一是放任想象力在"妄想国度"(empire of chimeras)中无所事事地游荡;二是努力表现出自己与他人某些难以言明的不同之处,即布朗乃尔①所谓的个人的独特性,明明无法道明,却偏偏试图要道明。的确,因为一个多世纪以来对于特殊癖性的纵容,如今这种独特性可谓泛滥。对于创造性的一种理解,从一开始就是片面的,其最极端的形式便最终导致了对亚理性和异常的崇拜。而它的一切形式都反映了趋于自然主义的现代潮流。从前,"创造性"一词恰恰被用来称呼超自然的存在——比如那首古老的拉丁语赞美诗《求造物主圣神降临》("Veni Creator Spiritus")中的用法。从"创造性"一词的这一用法与"创造性化学""创造性推销法"等用法之间的差别,便可推测出自然主义之潮涨了多少。

一

若真想把创造性这个题目梳理清楚,便需要回溯到早于现代,甚至早于中世纪的时代,回溯到柏拉图和亚里士多德所开辟的西方思想源头。有一个历代以来为人所乐道的观念(主要来自柏拉图):诗人若要真正拥有创造性,就必"狂暴"或"疯癫"。在有些神秘的《伊安篇》(Ion)中,这个观点的呈现形式至少在表面上让人想起原始主义对于无

---

① 布朗乃尔(W. C. Brownell, 1851—1928),美国文学批评家,受阿诺德的文化观和文学批评理念影响颇深,著有《法国特征》《法国艺术》《维多利亚时代的散文大师》等。

意识及自发性的崇拜。柏拉图笔下的苏格拉底讲:"只要还保有一丝理性,便绝对无法创作出诗歌。"人们通常认为《伊安篇》是盛赞诗人的,但若认为此篇出自柏拉图之手,我们不免怀疑其中有巧妙的讽意,意在显示诗人不如苏格拉底式的辩证家。很明显,就我们所知的伟大诗歌来讲,柏拉图在创作和通识文化素养间所制造的对立并不符合实情。至少就一位伟大诗人但丁而言,我们有确实的根据能下此断言。但丁写道:"有些人既无技艺又无学识,以为仅凭自己的天才,就能贸然用波澜壮阔的风格去吟咏气势恢宏的主题,承认他们的愚蠢吧;让他们别再如此荒唐,如果他们生来懒惰,因此成了呆鹅,那就别让他们试图模仿追求星空的雄鹰。"太多时候,柏拉图关于诗性灵感的理论仅仅让二流诗人更加自负;还引得某些伪古典主义批评家做出怪诞的尝试,即在保留诗性癫狂(poetic fury)的同时将其置于条条框框中。例如,芒伯翰神父①主张,史诗作者在构建情节时不应癫狂,但在各个篇章中可以加入少许诗性癫狂。

此外,是否所有引用柏拉图的人都是其真正信徒呢?这一点是应当质疑的。主张诗人应当"癫狂"的晚近的批评家之一是 J. E. 斯平加恩先生。他所推崇的癫狂真的是柏拉图说的那种吗?若想公正评价柏拉图的灵感论,我们必须在其作品整体精神之上来理解它。若能如此,便会发现柏拉图所说的癫狂与后来的基督教神恩法则一脉相通;而原始主义者们主张的自发性则是对这一法则的亚理性拙劣模仿,或云,将

---

① 芒伯翰(Pierre Mambrun,1601—1661),法国耶稣会牧师,致力于亚里士多德研究,著有多部拉丁语诗作和批评作品。

上帝恩典替换成了自然恩典。当斯平加恩先生劝人以创作的名义,将内心和外在的约束尽数摆脱、解放自我时①,他实为原始主义者而非柏拉图主义者这一点便十分明显了。他在几年前曾说"孩童的艺术与米开朗琪罗的艺术,二者价值相差无几",可以说,这种话只会出自极端的原始主义者之口。②

当然,整体上说,这个话题极难讲清楚。那句老话特别适用于分析创作过程:"一切事物追溯到最后都是谜团。"跟其他话题相比,对创作的研究中更容易碰到某些不可名状的东西——17世纪的法国人常讲的"莫名之物"(je ne sais quoi)。伯阿沃斯③神父讲,神恩本身就是"莫名之物"。然而,虽然有些事物本质上难以说清,且必然永远无法说清,但在它们之间,我们仍能做出实际而具体的区分。诗性"癫狂"的问题与热情密切相关。柏拉图处在最佳状态时身上有一种超理性的热情。这种在伟大诗人和宗教先知身上流露出的热情被定义为"超凡的宁静"(exalted peace)。若想充分讨论创作问题,那么区分柏拉图式热情与原始主义者的热情是非常关键的。从根本上说,原始主义者只承认一种形式的热情——他自己的热情。18世纪的原始主义者在原创天才与形式主义者及干巴巴的理性主义者之间所制造的对立,在今天也仍然受到鼓吹。尼采的《悲剧的诞生》(*Birth of Tragedy*)便呈现了这

---

① 见 *Creative Criticism*, p. 120。——作者

② *Journal of Philosophy*, vol. xi, no. 12, p. 327。——作者

③ 伯阿沃斯(Dominique Bouhours,1628—1702),法国耶稣会牧师、语法学家、文学批评家,他在大受欢迎的作品《阿里斯特与欧也尼的谈话》(1671)中借笔下人物之口探讨了"莫名之物",并宣称它无法以理性探究。

一对立最流行的形式之一。按该书之意,酒神狄奥尼索斯代表创作冲动,日神阿波罗仅代表形式主义艺术,而苏格拉底代表无趣的、瓦解一切的理性主义。① 然而,日神式热情也是存在的,严格从词源学的角度讲,它比尼采所理解的那种纯情感的酒神式狂热更配被称为热情②;因为单纯的感情,无论多么激烈,大概都不如"超凡的宁静"更"神圣"。也许,人性中最崇高的就是对肆意扩张(expansion)的冲动加以塑造、控制和约束的那种精神了。在文学艺术中,该精神与技巧和外在形式相对,呈现为作品的内在形式,或云"灵魂"——虽然这个词已经因为情感主义者(emotionalist)的滥用而不可挽回地贬值了。

二

若说分辨真假柏拉图主义对于分析创造性这一观念很重要,那么讨论清楚模仿论原则就更关键了;因为整个现代运动实际上都根植于对模仿论的反对。要追溯到一套合理的模仿论,我们需要从柏拉图转向亚里士多德。柏拉图将艺术中的模仿看作刻板而毫无灵气的行为,

---

① 应当补充说明,尼采所说的与日神相关的"形式"在某些方面更像席勒(Schiller)在《审美教育书简》(*Aesthetic Letters*)及诗作《幻影的国度》("The Realm of Shadows")中所言及的那种"形式",而非伪古典主义中的"形式"。日神掌管着"清晰与精确",然而这清晰与精确仅限于单纯的表象世界;真实属于代表着"太一"(primordial One)之冲动的酒神。——作者

② 英语单词 enthusiasm 原本是一个宗教词汇,来自希腊语 enthousiazein,后者源自 entheos,由 en(in)+theos(god) 构成,字面意思就是"神灵附体"。因此英语单词 enthusiasm 的本意就是"神灵附体、受到神灵的启发",后来被用来表示"自认为与神有某种特殊联系而产生过度强烈的宗教情感"。20世纪后,该词的宗教色彩逐渐消失,用来表示"对某事物的特别热衷、热情"。

对其大加贬低，可以说给后世的蒙昧主义者们铺好了路；而亚里士多德则不遗余力地试图证明，模仿可以达到理念（ideal）层面，或用我们的话说，可以是创造性的。作品越是成功地在个体中展现普遍性，其创造性便越高。在这一点上出色的诗作具有 spoudaiotes①，马修·阿诺德②（大概是仿效歌德）将其译为"庄重感"（high seriousness）。在《诗学》的第九章中，亚里士多德坚持说伟大诗作应具有典型性和庄重感，这便不留余地地反驳了科拉姆女士提出的《诗学》体现了一个疲惫生意人的观点这种说法。但科拉姆女士有句话说对了，若亚氏的《诗学》被贬低舍弃，那么古典主义的整栋大厦便会倾覆。这并非因为古典主义基于亚里士多德或其他哪位大师的权威之上，而是因为它确实需要某种形式的普遍性法则。而对于创作者如何能通过创造性模仿呈现普遍性这一过程，《诗学》进行了最早且总体而言如今仍最为理想的阐述。

亚里士多德所提出的 katharsis③ 可算在批评中讨论得最多的概念了。要想恰当理解这个概念，必须参考亚氏的普遍性法则。伟大的悲剧描绘激情，而且能做到鲜活动人；同时，它又揭示出激情的普遍性。观众由此被提升到普世境界中，其自我情感中一切狭隘的、纯个人的因素更容易被净化。真正的悲剧的基调中弥漫着"超凡的宁静"——某

---

① 希腊语，表严肃性，重要性，出众、高尚的品质。
② 阿诺德（Matthew Arnold,1822—1888），英国重要评论家、诗人，他的文化观和批评观对白璧德有诸多影响，代表作有《评论一集》《评论二集》《文化与无政府状态》《文学与教条》，诗歌《多佛滩》等。《评论二集》中收录了"评华兹华斯"这一批评名篇。
③ 该词借用自医学术语，指通过艺术或其他引起情感剧烈起伏的方式，来净化、宣泄怜悯、恐惧等情感，从而达到更新和复原的目的。

种程度上,这份宁静能为观众所分享。借用弥尔顿①之语,观众"退下"时"心中宁静,激情散尽"。② 顺便一提,虽然据传是朗吉努斯③所作的《论崇高》("On the Sublime")一文因富有真正的柏拉图式精神,从而与《诗学》中不带感情的分析形成鲜明对比,但该文在关键的一点上与《诗学》达成了一致:与亚里士多德式的庄重感一样,朗吉努斯式的崇高或高尚也要求忠实于普遍性。

最后,若要充分理解亚里士多德的意思,不仅需要将他对普遍性的阐述与他对 katharsis 的论述联系起来,还要参考他关于"编制"(myth)或虚构(fiction)的说法。想要成为有代表性的诗人,就必须像荷马一样,懂得编故事的技巧。简而言之,此人必须是个制造幻象的大师,但这幻象必须像歌德讲的那样,具有更高的真实性。这一概念的优点是,它并非理论性的,它只是单纯描述了一流的文学艺术作品在观众身上产生的效果。

新古典主义者们从亚里士多德那里继承了可信性(probability)的观念,即要忠于普遍性的观点;但他们倾向于从此观念中抹去幻象这一成分,即我们所讲的想象元素。而且,新古典主义者试图呈现普遍性,并非主要通过直接模仿"自然"(此处指亚里士多德所谓的自然,即带

---

① 弥尔顿(John Milton,1608—1674),英国诗人、政论家,普遍被认为是英语文坛中最杰出的诗人之一,对他以后历代诗人影响至深,著有长诗《失乐园》等作品。
② 见《力士参孙》,第 1760—1761 行。
③ 朗吉努斯(Cassius Longinus,213—273),古希腊哲学家、修辞学家、批评家,对柏拉图有深入研究,曾为新柏拉图学派奠基人之一波菲利(Porphyry)和巴尔米拉城女王扎努比亚的老师,著有《荷马问题》等。《论崇高》曾普遍认为是朗吉努斯所作,但 21 世纪有研究者认为它应成书于公元 1 世纪。

有目的性的行为中的人性),而更多是通过模仿典范。典范作家得到的赞赏广泛且恒久(此乃朗吉努斯主张的文学水平之试金石),从而成就了不朽声名,也因此被视为"第二自然"(second nature)。值得提醒的是,模仿典范的做法不一定毫无收获。许多新古典主义者已经证明,此类型的模仿与真正的创造并不相斥。例如,蒲柏模仿贺拉斯的致奥古斯都的书信,便展现了真正的创造力。儒贝尔①说得好,只要仿的不是作品本身,而是精神气质,那么模仿典范合情合理。但得承认,不少二流新古典主义者仿的恰恰就是作品本身,因此不过是对前人的简单复制。

  原始主义者们至少有上文所说的这个借口,于是将模仿原则全都打成伪古典主义的陈规而加以拒斥,并以创造力的自发性之名针对文化开始了一场持久战。不将创造力与模仿相关联,而与自发性相联系,这种做法的明显缺陷是导致创作失去了典型性。就呈现"普遍性之崇高"(grandeur of generality)这点而言,现代人——无论印象派还是表现派,浪漫派还是现实派——似乎都无法媲美过去某些时代的创作者。推动这股特异独行之风的还有一个因素,即自然科学主张,应对生活抱有纯粹的探索态度。但这种态度一旦推广到人类价值领域,往往会沦为伪科学。例如,泰纳②称:"在个体心理学中,研究正常状态,远不如

---

① 儒贝尔(Joseph Joubert, 1754—1824),法国文人,以身后出版的《随思录》(Pensée)而闻名,夏多布里昂、圣伯夫、马修·阿诺德都对他相当推崇。
② 泰纳(Hippolyte Adolphe Taine, 1828—1893),法国批评家、史学家,将实证主义和历史主义应用于文学批评和文化批评,对法国自然主义有重要的理论性影响,著有《英国文学史》(5卷本)、《当代法国的起源》(6卷本)等。

研究睡眠、疯狂、谵妄、梦游和幻觉这些状态更有收获。"他这种说法就属于伪科学。各个流派的自然主义者们一边倒地追求特异，结果就是——用莱昂·赛舍①先生的话说——我们再无法创造出一般类型了。"只有那些反常的、畸形的和荒谬的才被关注。"这般评价，不好笼统地加在当代众人头上，但赛舍先生对于危险倾向的判断无疑是正确的。朱尔·勒梅特尔②抱怨同时代那些标新立异之人，说他们将文学变成了一项"学术界精英特有的神秘消遣"。在那之后，这种消遣变得更加晦涩。某些超现实主义者甚至认为创造就是单纯的自我表达，并以此名义宣称作者没有义务向读者传达任何信息。

在其他艺术领域中——尤其是绘画中——也出现了这种为了自我表达而不屑于被人理解的趋势。丽贝卡·韦斯特③小姐不同寻常的评论就可以极好地说明这一点，她称塞尚是"普桑的传人"。④ 可以承认，

---

① 赛舍(Jean Léon Séché, 1848—1914)，法国诗人和学者，对七星诗社和浪漫主义颇有研究，著有《阿尔弗雷德·德·维尼和他的时代》等。

② 勒梅特尔(François Élie Jules Lemaître, 1853—1914)，法国批评家、戏剧家，法兰西学术院院士，曾任《辩论杂志》和《两世界评论》的戏剧评论家，著有批评文集《当代人》(7卷本)等。

③ 韦斯特(Rebecca West, 1892—1983)，本名西塞莉·伊莎贝尔·费尔菲尔德(Cicily Isabel Fairfield)，英国作家、记者、评论家，曾获大英帝国勋章，著有游记《黑羊与灰鹰》等和小说《士兵的归来》等。

④ *Bookman*, August, 1930, p. 517.——作者
塞尚(Paul Cézanne, 1839—1906)，法国后印象派画家，19世纪艺术理念向20世纪现代艺术过渡的关键人物。他在作画中放弃了透视法，使用色彩来表现形体和空间，强调画家的个人表达，对立体主义等诸多现代绘画流派有重要影响。代表作有《圣维克多山》等。普桑(Nicolas Poussin, 1594—1665)，法国巴洛克时期重要画家，法国古典主义绘画的奠基人。早期偏爱历史题材，色彩丰富，1633年后的作品更显著地体现出古典主义精神，追求理性、和谐、典雅等理想，晚期转而探索风景画。代表作有《阿卡迪亚的牧人》等。

17 这两位画家之间在细枝末节上有一些相似之处(塞尚由衷欣赏普桑),但不应让这些相似点掩盖二人之间本质的差异。普桑秉持新古典主义观,认为画家不应描绘平凡的自然,而应描绘超凡脱俗的自然(la belle nature),这一观点的背后并非只是形式主义。他的风景画也确实在一定程度上达成了这种更加完美的对称和比例。这种创造性选择(selection)不能与塞尚一派画作中那种创造性扭曲混为一谈,后者与现代艺术中很多其他做法一样,源于想要抒发自我的迫切。① 这种迫切最极端的表现形式是否认绘画需要有所呈现。早期德国浪漫派因为一心想解放创造性想象力,居然宣称最高的艺术形式是阿拉伯风格的藤蔓图饰,而某些现代派画家甚至比他们走得更远。

18 需要留心的是,因为创造与普遍性这两个观念已经被分割开来,某些批评术语的使用也随之发生了变化。katharsis 被精神分析学家挪用,用来形容个人通过恣意的自我表达而获得的释放感。这种见解至少在浪漫主义时代就有。拜伦②曾说,诗歌"是想象力的岩浆,它的喷射能预防地震"。崇高一词也不再与普遍性联系到一起。在朗吉努斯的定义下,崇高首要指高尚,但如今人们愈发倾向于用该词指单纯的情感强度。例如,卢梭称自己与乌德托夫人(Madame d'Houdetot)调情时展示出"崇高"的口才。现代主义潮流素来不乏斯平加恩先生之流,他

---

① 在塞尚的理论及实践与某些晚近画家表现主义的夸张风格之间存在着关联,关于这一点,参见 F. J. Mather, *Modern Painting*, pp. 334ff. ——作者

② 拜伦(George Gordon Byron,1788—1824),英国著名浪漫主义诗人,在诗歌形式、技巧方面对古典传统多有继承,曾参加希腊民族解放运动。代表作品有《恰尔德·哈洛尔德游记》《唐璜》等。

们大力主张摆脱内心与外在的约束、放纵自我——至少在艺术中要如此;同时,他们又自诩为崇高的"理想主义者"。

这种理想主义不可避免地会将人带往一个"抨击"(debunking)的时代。但非常不幸,H. L. 门肯①一类抨击者们自身恰恰是他们所攻击的那种弊病的一部分。他们抛弃了虚假的崇高观,却未摆脱虚假的 katharsis 观念。门肯先生讲:"从头至尾,批评家只是试图表达自己……他试图借此为心中的自我(inner ego)实现一种满足感,这种满足感产生于功能得到施展、胸中积压得到发泄,它正是瓦格纳(Wagner)创作《女武神》(Die Walküre)时和母鸡下蛋时所体验到的 katharsis。"而门肯先生对于自我表达的见解,他已经在其他场合讲过了:"跟其他所谓的艺术家一样,作家这种人的自负,跟所有普通人的平均水平相比,要翻上好几倍,以致让自己完全压制不住。他无法抑制冲动,想要在众人面前打转,拍打翅膀,发出挑衅的叫喊。因为这种做法在所有文明国家被警察局(polizei)禁止,他要发泄便只能把叫喊发表在纸上。这就是所谓的自我表达。"不得不说,这种对于 katharsis 和自我表达的理解可算是最低级的蝼蚁之见了。门肯先生似乎有一种天赋,无论谈论什么话题,他都能用最鄙陋的视角去解读。亏得门肯先生一类人的功劳,在摆脱假崇高的同时,真正的崇高也被一并丢弃。我们似乎连尊贵和高

---

① 门肯(H. L. Mencken,1880—1956),美国记者、评论家,推崇尼采的哲学思想,以辛辣讽刺的风格著称,抨击美国社会和文化方面的弱点,在 20 世纪 20 年代的美国颇具影响力。著有《弗里德里希·尼采的哲学》《美国语言》等。

尚这些观念本身都失去了。①

三

有人争辩说,庄重感和忠于普遍性这样的标准高得不切实际,容易使持此标准的人变得盲目,对古往今来许多真正具有创造性的艺术和文学的优点视而不见。已经去世的斯图尔特·薛尔曼②特地指责笔者"用武断的定义竖起了一道'刺栏',必定要让晚于亚里士多德降生在这坎坷世界的创作者被开膛破肚,头断血流"。公平起见,应当补充说明薛尔曼这句荒唐之言是一时气话,而且是在私人信件中说的。如果在古往今来的书籍中,出版商只出版那些具有"庄重感"的书,那大多数出版商恐怕不出几个月就会破产。只要是明白事理之人,都不会坚称亚里士多德的创造性模仿论穷尽了创造的意涵。书籍可有实用,可供消遣,可授智慧。这三类书籍都可以说是"创造性的",虽然其所指的意义有所不同。不能仅凭愉悦感的单一标准来分辨不同类别的书。

亚里士多德讲,悲剧应带来其特有的愉悦感,但一本烹饪书大概也能带来其特有的愉悦感。不过,这两种愉悦感的层次天差地别。若亚里士多德活在当代,可以想象,他在消遣时也能在一本优秀的侦探小说中得

---

① 参见 Alan Reynolds Thompson, "Farewell to Achilles", *The Bookman*, January, 1930。——作者

② 薛尔曼(Stuart Pratt Sherman,1881—1926),美国文学批评家、教育家,曾师从白璧德,是新人文主义运动的主要支持者之一,并根据白璧德的学说与 H. L. 门肯展开激烈论战,但同时也开始思考现代派文学的可取之处。著有《马修·阿诺德:如何认识他》《现代文学论》等。

到乐趣。但不可想象的是,他会将这种小说与《诗学》中所列出的代表作品等而视之。应当补充的是,同为消遣类作品,某些作品的水平却可远超侦探小说一类文字。世界诗歌精华中的一部分作品,说不上对人生真实有深邃解读,反而是在逃避之。济慈①的《夜莺颂》("Ode to a Nightingale")就是一首极其精致的避世诗作。

最大的难题在于避免将不同的概念门类混为一谈。人文主义者们和反人文主义者们都指责对方犯了混淆的错误。人文主义者若维护传播智慧的文学作品,反人文主义者就要指责他不是作为文学批评家,而是作为一个哲学家而发声。文学批评家认为美就是其自身存在的理由,因此他们不许外在的伦理标准入侵艺术的领地。史密斯学院的尼尔森②院长主张,庄重感可以交给牧师们来操心,诗人若能制造出强烈的情感效果就算成功了。这种观点与现代主义运动之初所诞生的一个观念有关——在一味的道德主义(moralism)和为了审美而丢弃责任感的两种态度之间没有折中。一部作品要想产生庄重感,并非一定要以说教作为初衷,这是某些新古典主义批评家们容易犯的错误。但作品的视野的确需要围绕核心性的洞见(centrality of vision)展开,或者说,作品所蕴含的想象力,必要遵从某种真正属于人的规范。上述标准也许看似不易达到,且难以把握,但却是唯一可靠的决定性标准。

---

① 济慈(John Keats,1795—1821),英国浪漫主义诗人,著有包括《希腊古瓮颂》《夜莺颂》等在内的六大颂诗,曾在私人信件中提出"消极感受力"(negative capability)的观念,对现代主义诗歌产生了一定影响。

② 尼尔森(William Allan Neilson,1869—1946),苏格兰裔美国教育家、作家和词典编纂者。曾翻译中世纪传奇《高文爵士与绿衣骑士》,著有《诗歌要义》等。

下面我们来谈人文主义者所说的,现代主义阵营所犯的分类混淆。这个问题所涉及的一切仍然取决于创作者所展现的是哪一种想象力。上个世纪有不少人,其想象力实际上只是在"妄想国度"中"胡乱游荡",但他们却自诩哲学导师甚至宗教先知,而且评论家和公众也接受了这种说法。例如,赫福德①教授称,雪莱②在《解放了的普罗米修斯》(Prometheus Unbound)中"以令人称绝的方式表达了柏拉图和基督的信仰"。与那些明明只有说教性,却自以为达到了庄重感的新古典主义者们相比,赫福德教授这类说法所暴露出来的混淆问题要严重得多。

若想避免原始主义导致的混淆及其他种种混淆,就需要敏锐的批判性。一旦具备这种批判性,就必然会首先抗议当今为了贬低批评家而在他们和创作者之间进行的严格区分。在创作这个话题上,我们的作家所讲的已然沦为套话。当然,对文学创作和文学批评所做的一般性区分不仅方便,而且必要。但与此同时不应忘记的是,相比于创作和批评之不同,优秀文学与劣质文学之间具有更加本质的区别。优秀文学可被定义为完善的形式和优质的内容兼具的文学。不少通常被视为批评性的文字也符合这一定义。伟大批评家十分难得——丁尼生(Tennyson)甚至认为比伟大诗人还要难得。我们不应因此就否认,不

---

① 赫福德(Charles Harold Herford,1853—1931),英国学者、文学批评家,英国学术院院士,编有《本·琼生作品集》。
② 雪莱(Percy Bysshe Shelley,1792—1822),英国著名浪漫主义诗人、评论家,在作品中鼓吹激进的政治、社会思想。著有《西风颂》《勃朗峰》等诗和《为诗辩护》等文。

同文体间的确有高下之分。伟大诗人，尤其是伟大的戏剧诗人，理应居于伟大批评家之上。但若以一位优秀批评家不如某些不入流的诗人和小说家有创造性为理由，来贬低那位批评家，那真是荒谬透顶。当我们对待同一位作家的不同作品时，也要小心同样的失误。论创造性的话，德莱顿(Dryden)的《论戏剧诗》(*Essay of Dramatic Poesy*)不如《奥伦辛比》(*Aurengzebe*)吗？约翰逊(Johnson)的《诗人传》(*Lives of the Poets*)不如《艾琳》(*Irene*)吗？圣伯夫的《月曜日漫谈》(*Lundis*)不如《情欲》(*Volupté*)吗？若果真如此，只能说是创作之不幸。

丽贝卡·韦斯特小姐称，亚里士多德在卢梭之上，这已经是天下皆知的事，谁若再这样讲，就好比带着一股"展示稀世珍宝"的神气，拿出来的却是"镍币一般毫不稀罕"的东西。① 提起这个，将创作与个人独特性的表达联系起来，并由此催动了天才时代的到来，在这件事上卢梭的功劳大概比任何人都大。韦斯特小姐否定人文主义者，认为他们与极端现代主义者们相比缺乏创造力。这种立场属于哪一边，再清楚不过。按这种思路，穆尔先生的《希腊传统》(*The Greek Tradition*)五卷本还不如詹姆斯·乔伊斯(James Joyce)先生的《未竣之作》(*Work in Progress*)②更有创造性(可韦斯特小姐却看似很欣赏《希腊传统》)。穆尔先生说有一批"天才的受害者"，很明显，韦斯特小姐本人必是其中一员。卢梭式谬论居然迷惑了这般聪颖之人，可见不能仅仅将其当作破绽明显的陈词滥调来打发了事。

---

① *The Bookman*, August, 1930, p.516.——作者
② 指乔伊斯的最后一部小说《芬尼根守灵夜》，他从1922年开始写作此书，创作时间达17年。该书1924年起在杂志上连载时，暂名为 *Work in Progress*。

四

在某种意义上,批评家可以追求创造性,但这种意义究竟指什么,则需要我们极慎重地定义。当今所谓的创造性批评家不过是原创性天才(original genius)的一种变体。这类批评家从他人的创造性表达中得到极为生动鲜活的印象,这种印象又深深染上了批评家本人独有的气质特色,因此当它被重新表达时,在这些批评家眼中就算得上新创作了。这种意义上的创造性批评的源头可以在早期浪漫派用兴味(gusto)取代品味(taste)的倾向中找到。黑兹利特、兰姆①等批评家的文字往往展现出强烈的文学兴味,不但令人愉悦,且正当合理。即使是黑兹利特和兰姆,有时也因过分追求兴味,而削弱了判断力。例如,对于兰姆的《论上世纪的风俗喜剧》("The Artificial Comedy of the Last Century")②,我们在欣赏的同时要意识到,这篇文章与事实不大相干。兰姆笔下风趣的悖论有时具有合理性,因其意在抗议人们太过自负地依从正统观点。但若顺这股潮流而下,直至奥斯卡·王尔德(Oscar Wilde)(《身为艺术家的评论者》["The Critic as Artist"]),我们则会发现一种混乱的创造力,它使批评家无所信仰、无所拥护,因此其想象力和情感也就不再受任何控制而恣意游荡。

用在批评家身上的"创造性"一词,还可以被赋予一种完全不同的

---

① 查尔斯·兰姆(Charles Lamb,1775—1834),英国散文家、批评家,他的传记作家之一 E. V. 卢卡斯称他为"英国文学中最可爱的人物",代表作有《伊利亚随笔》、与其姊玛丽·兰姆合著的儿童读物《莎士比亚戏剧故事集》。

② 查尔斯·兰姆的散文集《伊利亚随笔》中的一篇。

含义。我们需要一类批评家来尝试创造标准，这个任务在当前形势下极其困难。如果没有标准，面对让人眼花缭乱的各种现象时，我们就没有任何可供参照的判断核心。没有这个核心，其他形式的创造将会毫无结构可言，从而降格到较低水平。正因到目前为止，整场现代派实验都未能提出这样一个起整合作用的统一原则，这场实验呈现出要倒退至混沌的危险。

通常来说，整合性原则来源于传统。然而笔者前文已经说得够清楚，现代派的一个醒目特点是，他们的创作观不但是非传统的（untraditional），而且是反传统的（anti-traditional）。用现代派自己的话说，他们希望将原创性根植于"某些重大否弃"之上。与现代派形成截然对照的是真正的现代人，后者认为传统是不可或缺的。但对现代人来说，这种立场并不代表回归教条，而意味着用过去经验来补充和丰富当下的经验。若要寻找这样一个实例，能将现代人生观和对待传统的恰当态度相结合，那么我们几乎免不了想到歌德。例如，在与爱克曼的《谈话录》中，歌德的言论全未沾染天才时代流行的谬论（包括那些歌德本人曾一时陷身的谬论）。谁若想在批评中重新融入判断力，想避开如今那印象主义与表现主义互相纠葛的一团乱麻，那就不应忽视歌德。

然而，我们若想将歌德也归入重视鉴别之人的行列，就要先解释一个奇怪的情况——据斯平加恩先生讲，近年来在本国大行其道的、现代派色彩浓重的创作和批评理论，歌德正是它们的发起人之一。根据斯平加恩的引用①，歌德说批评家应该问问自己以下问题："作者给自己

---

① *Creative Criticism*, p. 20.——作者

定下的目标是什么？这个计划作者达成了多少？"据说曾有人成功地在一个樱桃核上雕出了十二门徒像。还有报道称，一个仍在世的德国人用二百五十万根火柴搭建了一座科隆大教堂的完美模型。于是，面对这些人或者用文字完成类似创举的人，批评家应做的就只是祝贺他们成功实现既定目标喽。不过，在把如此谬论归到歌德头上之前，我们不妨先来核对一下斯平加恩先生的引用。我们会马上发现歌德其实还建议批评家问第三个问题："作者的计划是否明智合理？"①斯平加恩先生欠大家一个解释，他为何将歌德的三问减成两问，从而把歌德从一位亚里士多德式的人文主义者变成了一位克罗齐②式的审美主义者（aesthete）？

的确，歌德的某些言论似乎将鉴别这一要素置于批评活动中的次要地位。理解这些言论时，我们需要铭记，有如在其他领域中一样，在批评中，真理也有正反两面。正面真理是，名副其实的批评家必须要进行鉴别；而反面真理则是，批评家的鉴别应当基于尽可能广的理解和同

---

① 见歌德评曼佐尼所著《卡马尼奥拉伯爵》（*Conte di Carmagnola*）一书（*Jubiläums Ausgabe*, vol. 37, pp. 179-190）。实际上这三个问题是歌德从曼佐尼为此书作的前言中直接摘出来的。包含这三问的那段评论文字被准确地收录于 *Goethe's Literary Essays: A Selection in English*, arranged by J. E. Spingarn, p. 140。诺曼·福厄斯特曾单独指出《创造性批评》一书对第三个问题的省略，Norman Foerster, *American Criticism*, p. 119。——作者

② 克罗齐（Benedetto Croce, 1866—1952），意大利哲学家、历史学家、政治家，在历史观方面，认为历史是精神的自我发展，强调变化无时无处不在；在审美方面，提出了审美表现理论（aesthetic expressionism），认为艺术的主要功能应为表达作者的情感和体验，而非再现（representation）。著有《美学原理》《作为思想和行动的历史》等作品。

情①之上。人文主义批评家不单独追求二者中的任何一方,而致力于协调二者;只是,根据面对的情况有所不同,他们也许会偏重于二者之一。歌德明显偏重于理解和同情这一方面,意在纠正当时许多批评家的固执的狭隘。

如今的紧迫形势正好与歌德的时代情形相反。开放品质本身被当作了一种目的,在批评界受到推崇。实际上,甚至在歌德的时代,在广泛涉猎的过程中丢失标准的批评家就开始出现。奥古斯特·施莱格尔②便是一例,他的理解和同情涵盖了艺术和文学中非常宽广的范围,其中一大部分作品很有内在价值,却一度被新古典主义批评家们忽视或贬低。然而,施莱格尔却没能对自己的深厚积累施以正确的价值尺度。歌德说:"在我看来,他对法国戏剧的处理简直可以作为糟糕批评家的范本。"他承认,施莱格尔之学识广博是毫无疑问的,但他补充说:"所有学问加起来仍然不能代替鉴别。"

这后一句评论尤其适用于当代,唯一不同的是,如今广博学识通常并不是个人独有,而是分散在一群专家之中。如今谁若试图为了恢复判断而重塑标准,那就需要与自发性学说正面开战,当然这一学说与某些创作形式可以相容,而在有限的范围和程度上这类创作也是正当合理的,但就一套合格的人生哲学之根基来讲,该学说不容留情。试图将

---

① 此处的同情(sympathy)指情感上的共鸣相通,并不侧重怜悯。
② 施莱格尔(August Wilhelm Schlegel,1767—1845),德国诗人、批评家、语言学家、翻译家,耶拿浪漫派中的主要人物之一,曾与弟弟弗里德里希·施莱格尔创办刊物《雅典娜神殿》,并通过该期刊奠定了德国早期浪漫主义的理论基础。著有《关于文学和艺术的讲稿》《论戏剧艺术与文学》等。

自发性抬到至高的核心位置,这种做法引起的分类混乱上文已有涉及。爱默生①将这种混乱引入了伦理学领域——在卢梭式倾向在其心中占上风的某个时刻,爱默生宣称"来自个人意志的任何干涉都会削弱我们的道德天性"。费希特②将伦理自发性的观念扩展到了整个条顿民族。他讲,条顿人乃"本原民族"(Urvolk)③,即天之选民,因此不需要自身有意识的努力就具有品格(character)。这样鼓励个人或民族单纯的扩张冲动,其中的危险性如今应当已经昭然若揭了。始于歌德青年时代的疾风骤雨般的解放,让人不仅挣脱了传统约束,更卸下了一切限制,这一历程或许可以浓缩在浮士德(Faust)的形象中。斯宾格勒④称,如今浮士德式的人物正日渐逝去。这类人现在也该逝去了,只有这样,文明——笔者指真正的文明,而非斯宾格勒所宣扬的那种特殊意义上的文明——方能存续。

标准不仅对单纯的扩张冲动加以限制,还能为性情反复之人立下某种典范,换言之,标准能让模仿原则复兴。可以承认,可能有某个人

---

① 爱默生(Ralph Waldo Emerson,1803—1882),美国思想家、散文家、诗人、演说家,美国超验主义运动的代表人物,推崇个人主义,其思想体现出古典主义、基督教、浪漫主义等多种传统的影响。代表作有《论自然》《散文一集》《散文二集》《代表人物》等。

② 费希特(Johann Gottlieb Fichte,1762—1814),德国哲学家,康德以来德国唯心主义哲学的主要奠基人之一,他在政治哲学方面的贡献推动了德国国家主义的发展,著有《自然法权基础》等。

③ 费希特在《对德意志民族的演讲》中主张,德意志民族作为"本原民族",完美地代表了整个人类。他进而提倡把这个"本原民族"教化成真正的共同体,从而居于人类理性王国的中心。

④ 斯宾格勒(Oswald Spengler,1880—1936),德国历史哲学家,认为任何文化都像生物有机体一样要经历有限且可预知的生命周期,著有《西方的没落》等。

物,能够凭一己之力,将各方面因素恰当地融合,并借助诗歌等形式创造性地将其表现出来。但如果参考过去经验,那我们只能得出如下结论:通常来讲,重要的宗教的或人文主义的艺术和文学需要传统的支撑。如果一场蓬勃的批评运动能聚集相当多的一群人,他们不仅就完满生活的要义达成了共识,而且还坚持让这一共识在教育中发挥影响,那么经由这些人的铺垫,我们可能会迎来另一种创造,它迥异于过去数代以来大行其道的两种主流创作类型,即浪漫主义和所谓的现实主义。在本国,各种各样的场合都有人宣扬,我们不应再对欧洲旧世界的模式亦步亦趋,现在是展露我们本国特有的天才(genius)的时候了。然而这一宏图大志所涉及的天才观念本身就是从旧世界舶来的一个可疑说法。若我们真正具有勃发的首创精神,那我们就应对18世纪以降的天才这一观念及其在艺术和文学中的影响,进行一番深入细致的梳理辨析。到那时,我们大概就不会像近年来那样,满足于跟风追捧那早已过时的堕落的欧洲自然主义。

第二章　华兹华斯的原始主义

时代不同，人们掉书袋，或者说主次不分的表现方式也不同。当今颇为流行的一个做法是在文学批评中过分注重单纯的历史因素或作家生平因素。正像有句话讲的，本来至多能充当画框的东西，却将画作本身取而代之了。有的批评家不评价作品本身，反而要细致考察一番作者的个人生活；他们最糟糕的文字已经与流言八卦无异，而且常常是恶意流言。

这种主次不分的批评在晚近的浪漫主义研究中尤为明显，而且能够证明，这种批评很大程度上恰恰来源于浪漫派思潮。这些晚近研究中较为重要的作品，以及更早的批评文献，都被收录在厄内斯特·伯恩鲍姆（Ernest Bernbaum）博士的《浪漫主义运动指南》（*Guide Through the Romantic Movement*）一书的首卷中，该书是一套英国浪漫派及前浪漫派的文集，共五卷，非常实用。然而当伯恩鲍姆博士称，浪漫派思潮研究"是古往今来世上最富启发性的文学分支"时，我们便不得不质疑，他批评判断力是不是逊色于他的历史学识。从其著作的上下文来看，伯恩鲍姆博士发出上述言论的理由是，与研究更早的作家相比，研究浪漫派作家时，批评家能够更彻底地投入历史细节及作者生平细节之中。

近年来，研究者们特别致力于考证华兹华斯和他在 18 世纪的经历背景。他们的成果在承认其本身的次要性的前提下，也具有一定价值。塞林科特教授①主编的书中收录了《序曲》(Prelude)一诗迄今尚未出版的几个版本(特别是 1805 年的修改版本)，以及最终于 1850 年面世的版本，使我们对华兹华斯本人的发展有了新的认识。华兹华斯在该诗前后数个版本中进行的修改，常常反映出他人生观的变化：他自青年时代的激进主义，走向晚年的英国国教正统信仰。

无须多言，对于那些喜欢过度纠缠作者生平的人来说，有一桩发现特别令他们津津乐道，那就是哈珀教授②和勒古伊教授③所挖出的，华兹华斯早年旅居法国期间(1792 年)与安内特·瓦隆(Annette Vallon)之间的恋情。事实上，让自己跟这种可称之为"刺探派"的批评流派④扯上关系，勒古伊教授似乎至少一度感到过些许不安⑤。他对英语十四行诗精华其中一首(《好一个美丽的傍晚，安恬，自在》["It is a beauteous Evening, calm and free"])的欣赏，似乎打了折扣，因为他得知华兹华

---

① 塞林科特(Ernest de Sélincourt, 1870—1943)，英国学者、批评家，以对英国诗歌的研究，特别是威廉·华兹华斯和多萝西·华兹华斯的研究而闻名，于 1926 年发现了《序曲》的 1805 年版本，并将它与 1799 年版本和 1850 年的最终版一道编辑出版，另编有《多萝西·华兹华斯日志》等。

② 哈珀(George McLean Harper, 1863—1947)，美国学者，著有《华兹华斯的生平、作品及影响》等。

③ 勒古伊(Émile Legouis, 1861—1937)，法国学者和翻译家，研究领域为英国文学，尤其关注华兹华斯、乔叟和埃德蒙·斯宾塞，著有《英国文学史》(第一卷)等。

④ 原文是 Paul Pry school of criticism，源自英国作家蒲尔(John Poole, 1786—1872)所作喜剧《保罗·普赖》(Paul Pry, 1825)中的同名人物。普赖无业，爱打听别人隐私。pry 有"打听"或"刺探"之意。

⑤ 见他的 Wordsworth in a New Light, p.42。——作者

斯作此诗,并非如此前人们一直以为的,是为了他的妹妹多萝西(Dorothy),而是为了他的私生女卡洛琳(Caroline)。勒古伊教授说:"这首十四行诗是非常醒目的一个范例,说明了华兹华斯是多么惯于将自己人生中最为亵渎的片段神圣化……的确,这位父亲对于种种可能的情况是如此疏于考虑,简直令人惊奇,而且毫无愧疚之情,也实属少见,他是个脆弱的罪人,却让自己化身为一位教皇。"

与此同时,若基于有关华兹华斯的最新两部著作①——它们的作者分别是赫伯特·里德和C.H.赫福德——来判断,虽然有这一波华兹华斯生平研究的热潮,但对他诗歌本身的批评质量却不升反降。这两本书皆笔力不俗,且在细节上也有颇多可取之处。两本书观点上的对立,体现的不单纯是个人层面上的分歧,而是两代人观点上的分歧。赫福德先生就是那种常见的19世纪人道主义者(humanitarian),自我感觉特别良好。赫福德认为,在他所谓的"黄金岁月"里,华兹华斯具有一种与自己志趣相投的"理想主义",他不仅对此大加颂扬,还盛赞华兹华斯在《论辛特拉协定》(The Convention of Cintra)②中所流露出的那种民族主义。

---

① 白璧德此处提到的著作分别为:由里德1929—1930年克拉克系列讲座的讲稿整理出版的《华兹华斯》(1930)和赫福德的《华兹华斯》(1929)。里德(Herbert Read,1893—1968),英国艺术史学家、诗人、批评家,大力支持推动他同时代的现代艺术运动。他的社会观和文学艺术观都植根于他无政府主义的哲学立场,较早将精神分析方法引入英语世界的文艺批评,关于艺术在教育中的功用的著作颇为知名。著有《现代艺术哲学》等。

② 1808年半岛战争中英军联合西班牙和葡萄牙军队击败法军,然而英国派来的官员却与战败方法军达成《辛特拉协定》,允许法军保留战利品并撤离葡萄牙。这一协定引起英国国内公众极度不满。华兹华斯因此事作《论辛特拉协定》,在其中谴责该协定是英国官员对伊比利亚半岛爱国者们的背叛,并主张英国有责任帮助遭到法国蹂躏的民族获得独立,只有这样,英国才能成功解决本国制度中的问题。

与此相反,里德先生倾向于认为,在《论辛特拉协定》中,华兹华斯"所预言的那种政体已经在1914年至1918年的世界大战里寿终正寝"。大体上里德先生并不把华兹华斯的哲学太当回事。他更感兴趣的是追寻"诗人从爱恋安内特·瓦隆到与玛丽·哈钦森(Mary Hutchinson)结婚的十年间曲折的心路历程"。这种不重视文本评鉴,反倒关注作者生平的无关情节的倾向,因里德先生接受了精神分析理论而变本加厉。具体来说,这就意味着,在他的解读中,即使是华兹华斯诗歌中看上去最非个人化的部分,也总是与安内特·瓦隆相关。例如,如果说华兹华斯失去了对法国的信仰,这是"因为他将自己对安内特感情的冷却转移到了法国这一象征之上"。里德先生都不停下想想,18世纪最后十年里,还有众多其他激进人士,其生活中并无安内特这类角色,但他们同样在法国从"人类捍卫者"走向帝国时失去了对它的信仰。应当补充说明,虽然用里德先生自己的话讲,华兹华斯"诗歌的伟大基于动物激情",但里德先生对他的欣赏却不会因此而打折扣。恰恰相反,在里德先生看来,这类诗歌"并不比莎士比亚的作品低级到哪里去"。

对于里德先生用精神分析学派的路数解读华兹华斯的做法,似乎可以用杰弗里①的名言作为合适的评价:"这样是绝对不行的。"我们虽然不轻视从生平信息中所能获得的次要帮助,但仍须大体上认同华兹华斯的观点,即诗歌作品"自身已经包含了一切必要因素,足够我们理解和欣赏该作品",此处还可加上,也足够我们评鉴该作品。在诗人

---

① 杰弗里(Francis Jeffrey,1773—1850),苏格兰法官、文学批评家,于1802年与人合作发起《爱丁堡评论》,以文笔辛辣严厉著称。"这样是绝对不行的"是杰弗里在1814年为华兹华斯《漫游》一诗撰写的书评中的首句。

中,很少有人像华兹华斯那样努力想达到哲学的高度。他不满足于写出赏心悦目的诗句,而想要创作启迪智慧的作品,这种追求就其本身而言完全合理。若要评价这个追求他实现了多少,则取决于如何看待华兹华斯在其创作高峰期(约为1797年至1807年间)所信奉的哲学——我们可将之定义为原始主义。

一

分析华兹华斯的哲学之前,不妨先来迅速回顾一下18世纪为原始主义所做的铺垫。既然这股思潮本身就赞颂源头,我们便来对它追根溯源一番,会颇有助益。就其本质而言,该思潮是对两大西方传统——古典传统和基督教传统——的反叛。不得不承认,这两个传统在某些方面是脆弱的,更不必提,这二者间也并非毫无抵牾。古典传统,特别因为其核心要义是礼仪,逐渐为形式主义所苦。想要摆脱这种形式主义的人便建立起对原创性天才和创造性想象的崇拜,这一点笔者已在本书前面谈过了。再说基督教传统,其强调的核心是人类的堕落状态和由此而来的谦卑的必要性,这些被加尔文等人构建成为一个神学噩梦。例如,帕斯卡曾说,如果没有原罪说,人对于其自身来说就是个无解之谜。乔纳森·爱德华兹①也说:"人性之堕落,所能达到的丧心病狂之程度无法穷尽。"

卢梭提出的人性本善理论很大程度上是对这种神学噩梦的激烈反

---

① 爱德华兹(Jonathan Edwards,1703—1758),北美殖民地时期清教神学家、诗人,是当时旨在复兴新教的"大觉醒运动"的主要领导者之一,著有布道词《落在愤怒的上帝手中的罪人》等。

弹。华兹华斯在《序曲》中写道：

> 像其他青年一样，我从金质的一侧
> 逼近人性的盾牌；
> 为验证那金属的成色，会奋勇出击，
> 会做出至死不渝的努力。①

想要验证人性金属成色的这份热切与其说是青年人特有的，不如说是卢梭式的。但我们也不要忘了，在卢梭之前，英国就有很多声音表达了类似的想法。华兹华斯作品中许多看似是来自卢梭的影响实际上来自这些英国源头。第三代沙夫茨伯里伯爵②的主张中有一部分在18世纪下半叶影响力尤甚，不仅限于英国而且波及其他国家——这部分主张可归纳为道德唯美主义（moral aestheticism）和刚刚萌芽的感伤主义（sentimentalism）。沙夫茨伯里过于感性，不只体现在他关于良知的观念上，还体现在他对神启的看法上，他从外在的自然万象中看到了神性。他攻击旧式的宗教热情——17世纪那些笃信"内在光明"的信徒们所具有的那种热情。与此同时，他为新式的、浪漫主义式的热情铺平了道路。例如，他在其关于自然的狂想篇章中所表现的那种对于自然

---

① 《序曲》，第十一卷，第80—84行（行数对应1850年版本）。本书中的《序曲》译文出自丁宏为译本。

② 第三代沙夫茨伯里伯爵（Third Earl of Shaftesbury，1671—1713），本名安东尼·阿什利·柯柏（Anthony Ashley Cooper），英国政治家、哲学家，反对霍布斯的性恶论，主张人具有道德感（moral sense）即良知，且道德感的本质是情感而非思辨的，他的理论在18世纪的欧洲具有广泛影响，代表作有《人、风俗、意见与时代之特征》等。

风光的宗教式感应,被阿肯赛德①、汤姆森②等诗人继承下去,直至感伤型的自然神论(sentimental deism)不知不觉地一步步最终演化为《廷腾寺》③中的情感型的泛神论(emotional pantheism)。

18世纪人与自然的地位得以恢复,背后的核心观念是同情④。在新式道德的缔造者们中,有人认为同情为人先天所有,也有人从联想法则中推演出同情。据说其中一位联想主义者大卫·哈特莱⑤对华兹华斯的影响极深,还有一本专著专门讨论这个问题⑥。

鼓励放纵情感之人反对的,不仅是新古典学派的形式主义和过分严苛的神学,还有大体可算这两大传统之外的某些人性恶论。厌憎人类的斯威夫特⑦是情况有些特殊的个例,但即使不说他,也还有愤世嫉

---

① 阿肯赛德(Mark Akenside,1721—1770),英国诗人、医生,著有长诗《想象的快乐》,该诗受第三代沙夫茨伯里伯爵和阿狄森影响颇大,其中第一部探讨了审美的快乐。

② 汤姆森(James Thomson,1834—1882),苏格兰诗人,作品倾向于在自然景色、自然哲学和宗教间建立联系,代表作有无韵长诗《四季》,是第一首关于自然题材的英语长诗。

③ 《廷腾寺》("Lines Composed a Few Miles above Tintern Abbey"),华兹华斯的名作,又译《丁登寺》。

④ 与第一章中用法类似,此处的同情指情感上的共鸣相通,并不侧重指怜悯。这是18世纪多家学派理论的重要概念。

⑤ 哈特莱(David Hartley,1705—1757),英国哲学家、医生,联想主义心理学的创始人,生理心理学的先驱。他吸收了洛克的经验主义心理学,认为复杂的情感和观念来源于简单观念的联结,而简单观念又来源于基础的感觉,对柯勒律治和华兹华斯都有重要影响。著有《对人的观察:其结构、义务及期望》。

⑥ Arthur Beatty, *William Wordsworth: His Doctrine and Art in Their Historical Relation*,1922.——作者

⑦ 斯威夫特(Jonathan Swift,1667—1745),英国著名讽刺作家,曾任都柏林圣帕特里克大教堂的主持牧师,著有小说《格列佛游记》,及《一个温和的建议》等诸多政论讽刺文章,后期作品中厌憎人类的情绪愈发明显。

俗的曼德维尔①,他断言自然人的权力意志(will to power)强于善念,这种看法将他与霍布斯②,以及马基雅维利③的某些方面联系起来,也使他明确站到了沙夫茨伯里的对立面。此外还有复辟时期那些"刻薄谐谑派"的残余人士④,他们认为戏剧就是为了

给每个人树起一面可信的镜子
让他看看自己是哪种蠢驴。

部分人士,如阿狄森⑤,试图保留诙谐元素(wit),但将其中粗俗和恶意的成分去掉——简单来说,就是让作品体面些,但也必须承认,这就要甘冒让作品乏味的风险。然而,无论诙谐元素被净化与否,它都没能保住地位,最终流行开来的,是感性元素(sensibility)。需要记住的

---

① 曼德维尔(Bernard Mandeville,1670—1733),荷兰裔英国医生、哲学家和讽刺作家,认为人的大多看似良善的举动实际上出于自利动机,不过最终会对社会有益,著有《蜜蜂的寓言:私人之恶,公众之益》。

② 霍布斯(Thomas Hobbes,1588—1679),英国政治家、哲学家,信奉机械唯物论,在"性恶论"基础上构建了一套自然法学说,著有《利维坦》等作品。

③ 马基雅维利(Niccolò Machiavelli,1469—1527),意大利政治家、哲学家、历史学家,主张虚伪、残酷等不道德行为在政治中是常规且有效的手腕,其名作《君主论》描绘了不择手段的政治家形象。

④ 1660年英国斯图亚特王朝复辟后,英国戏剧开始由清教统治下的衰蔽状态复兴,复辟时期的剧作家以俏皮讥诮的风格著称,白璧德借用当时流行说法称他们为"刻薄谐谑派"(wicked wit),有调侃意味。此处的"谐谑派"有别于更为人熟知的16世纪晚期的大学才子派(University Wit)。下文的引用出自"刻薄谐谑派"作家之一范布勒(John Vanbrugh)的作品《愤怒的妻子》(The Provoked Wife)。

⑤ 阿狄森(Joseph Addison,1672—1719),英国散文家、诗人、辉格党政治家,与斯蒂尔(Richard Steele)合办《闲话报》(1710)和《旁观者》(1711)等刊物,写有诗篇《远征》等以及大量文学评论文章。

一个重要事实是,感性之人①这一形象登场与中产阶级崛起同时发生。可以理解,中产阶级人士已经厌倦了被谐谑派借着复辟戏剧等手段嘲弄。他们坚持在舞台上和生活中都应该被人认真对待,这是完全正当的。应当质疑的是中产阶级的一个倾向:根据一个人有多感情外露,甚或有多容易流泪,来评判其天性有多良善。

最后,应当记得,作为 19 世纪情感的浪漫主义者(emotional romanticist)的前身,这些 18 世纪的感伤主义者在试图解决一个哲学家们制造的困局。特别是洛克②,他通过否定人具有任何超验性,似乎已在那条传统认定的能通往高处智慧之国的道路上标了四个大字:"此路不通。"洛克等人提出的替代路线——理性主义并不尽如人意,尤其是,它没有满足人对于直接性(immediacy)的根深蒂固的渴望。于是人只好转向低于理性的冲动直觉层面去寻求这种直接性。结果就是,有一种先入为主的观念愈加强烈,认为自然的比人工的好,自发的比模仿的强。诗人追求灵感,不再像过去一些宗教诗人那样到超感觉(supersensuous)的层面去寻,也不像人文主义诗人那样到社会中去找,而是到自然以及在他们看来接近自然的事物中去。他们偏爱的,往往是过往时代或现在那些未被文明污染的地域(例如南海的

---

① 该说法来自麦肯齐(Henry Mackenzie)的小说《感性之人》(The Man of Feeling,1771)。该作品为情感小说(sentimental novel)的代表作。

② 洛克(John Locke, 1632—1704),英国哲学家,英国经验主义(empiricism)的代表人物,同时在社会契约论上有重要贡献,著有《政府论》等影响深远的作品。

岛屿）。① 想象渐渐变成了对自然，尤其是对自然野性一面的描绘。这一原始主义潮流最终促成了一类形象的兴起，即所谓爱做梦的年轻诗人。这类形象的一个典型——比蒂（Beattie）的《游吟诗人集》（*Minstrel*）中的埃德温（Edwin）——似乎对华兹华斯有过显著影响。据多萝西讲，《序曲》中的华兹华斯身上明显有埃德温的影子。②

二

若想理解华兹华斯对自然的态度，不仅需要了解18世纪的背景，还要记住，孩童时期的华兹华斯在某些方面极不寻常。华兹华斯的不寻常在于他对自然景象的感知极为鲜明生动（"耳目所接的大千世界"③），更在于他的一个倾向，即有时会质疑这些景象的真实性。如他本人所述："我常常无法将外在事物看作外界存在……许多次我在上学时会抓住一面墙或一棵树，好将自己从唯心主义（idealism）深渊中唤回到现实。"普通学童可不会这样。华兹华斯身上的"唯心主义"明显

---

① 昌西·B.廷克教授考察描述了18世纪英国的各股原始主义潮流，Chauncey B. Tinker, *Nature's Simple Plan*, 1922。——作者
此处的"南海"指太平洋海域。16世纪的西班牙探险家在巴拿马地峡以南发现太平洋，因此将其命名为"南海"。
② 厄尔·A.奥德里奇教授在哈佛大学未发表的博士论文中探讨了这一题目，Earl A. Aldrich, *James Beattie's Minstrel; its Sources and its Influence on the English Romantic Poets*。——作者
③ 出自华兹华斯的代表作《廷腾寺》，本书《廷腾寺》译文出自屠岸译本，个别词句有改动。

是贝克莱①式的。事实上华兹华斯对原初印象以及从中生发出来的联想非常重视，这将他更多地与哈特莱联系起来。异常生动强烈的原初印象，以及偶发的对感官世界真实性的质疑，二者共同在华兹华斯身上塑造出一种能力。可以说，他在这方面能力远超哈特莱和贝克莱，这正是浪漫派心理的首要特质——惊叹(wonder)的能力。他讲述了某次一个"平凡无奇的场景"——一位少女头顶水壶穿过荒凉旷野——随着自己的凝视，突然被赋予了一种"幻觉中的悲凉"(visionary dreariness)。②

浪漫派天赋如斯的华兹华斯，受到了法国大革命的影响。据《序曲》所述，他之所以开始信仰全人类的事业(cause of man)，主要是因为1792年在布洛瓦与米谢尔·波裴③的接触。在其最初的热情涌上来时，华兹华斯眼中的一切都笼罩在田园诗般的辉光之中。真实的世界"散发出传奇小说中的国度一般的魅力"。如今人道主义运动已经日薄西山，我们活在这个年代的人很难想象华兹华斯等人是多么认真地相信革命的许诺，相信全人类的新生即将到来；也很难想象，当明白"理想"与现实最终根本不会交融时，他们经历了多么苦涩的幻灭。其中有些人，在对全人类新的轮回或重生的信仰破灭后，像《漫游》(The

---

① 贝克莱(George Berkeley, 1685—1753)，英裔爱尔兰哲学家、圣公会主教，近代经验主义的重要代表之一，开创了主观唯心主义，著有《视觉新论》《人类知识原理》等。

② The Prelude, XII, 245ff. ——作者

③ 波裴(Armand-Michel Bacharetie de Beaupuy, 1755—1796)，法国大革命时期的将军。

Excursion)①中的隐士那样一直消沉下去。华兹华斯不再相信可以通过集体的改革运动来实现社会正义,之后他暂时接受了葛德文②的理性个人主义(rationalistic individualism)。华兹华斯讲,当他又脱离了葛德文主义时,③有段时间他"在绝望中放弃了对道德问题的思索"。他从绝望中恢复,始于他在1795年跟妹妹多萝西一起在多塞特郡雷思堂定居下来,以及他在1797年搬到欧福顿宅与柯勒律治熟悉起来。多萝西在他的恢复中所充当的角色相对来说容易勾勒一些。在她的引导下,华兹华斯不仅培养了已有的珍惜细致地观察自然景象的天赋("她给我一双耳朵,一双眼"④),还将这种观察与"肃穆而又哀伤的人生乐曲"⑤联系起来。多萝西在她的《札记》(*Journals*)中展露了极为敏锐的感知力,有时近乎达到感觉过敏的程度。这让人想起雪莱某封信里的一段话,他抱怨自己的感觉不时会被激发至"一种极度异常和敏锐的兴奋状态中,仅以视力为例来说的话,青草的叶片与远处树木的枝条都仿若处于显微镜下一般历历在目"。

华兹华斯从柯勒律治处获得的智力刺激对他从多萝西处受到的影

---

① 华兹华斯所著长诗。
② 葛德文(William Godwin,1756—1836),英国政治哲学家、小说家,是功利主义和无政府主义最早的现代支持者之一,著有《政治正义论》《事实如此:凯勒布·威廉轶事》等作品。
③ 勒古伊先生认为在《边界人》(*The Boarderers*)的写作中,华兹华斯已经反对葛德文主义了;而伽罗德(Heathcote William Garrod)先生认为此时他仍然信仰葛德文主义。塞林科特先生所发现的《边界人》原序似乎证明了勒古伊先生的正确。——作者
④ 出自华兹华斯诗歌《麻雀窝》("The Sparrow's Nest"),译文出自杨德豫译本。
⑤ 出自《廷腾寺》。

响提供了必要的矫正，若无这种矫正，多萝西的影响多少会削弱意志。① 相比于妹妹的影响，柯勒律治给华兹华斯的影响更难描述。要想确定这是怎样一种影响，最好的方式也许是考察华兹华斯在结识柯勒律治以后，他在哪些方面与哈特莱这样的纯感觉主义者、联想主义者产生了差异——这二人之间的共同点无疑是很多的。首先，与哈特莱不同，华兹华斯不信任分析行为，以及大体上所有欠缺灵感的知性（uninspired understanding）。柯勒律治也不信任这些，尽管1797年他的怀疑也许不如他开始研究德国形而上学以后那样明显。在信奉原始主义的这一阶段，华兹华斯所表现出的这种反智、反科学的倾向也许还是能主要解释成一种对葛德文式理性主义的反叛。柯勒律治对华兹华斯更为明显的影响，不仅在于后者常常极为重视感官印象，尤其是原初印象，将其看作人之至高精神的最终来源，还在于他倾向于将这些印象超验化。哈特莱按照18世纪自然神论者们的方式，将上帝与自然联系起来。② 但没有迹象显示，在他眼中樱草花蕴含了无法言传的意义。而华兹华斯认为，我们无法直接领悟的洞见，可以通过"感性的光芒"（light of sense）间接获得，"感性的光芒"消逝那一瞬间的"闪烁"揭示了"肉眼不见的世界"。③

柯勒律治后来批评华兹华斯有一种"精神上的浮夸"（mental bombast）——他偶尔会用过于庄重的语气，然而其谈论内容的内在价

---

① 参见 Legouis, *The Early Life of William Wordsworth*, p. 315。——作者
② 特别参见 *Observations on Man*, II, Prop. 57。——作者
③ *Prelude*, VI, vv. 660-602。——作者

值却根本配不上这种庄重。难道柯勒律治本人不应该在一定程度上为华兹华斯的浮夸负责吗？要知道,正是他鼓励华兹华斯赋予青年时代与大自然的接触以超验意义。"宇宙的智慧与精神!"①华兹华斯在《序曲》的第一卷如此呼喊道。就一段关于温德梅尔湖上滑冰集会的描写来说,这样一个开场白似乎是过于夸张了,即使华兹华斯在这段描写中发挥极为出色。

三

至此,笔者所历数的华兹华斯所接受的每种影响,至少都是一致地引导他向平凡简朴的景象和人物寻求智慧。向后向下寻求启迪,而非向前向上,他这般做法意味着什么,勒古伊先生说得精辟:

> 愚昧无知和目不识丁的人走上前来,他们的感受力还没有被分析扭曲,因此能提供对世界的直接感知……尤其是孩子,他们仍半包半裹在那个谜团之中,那是每个生命的起源……重获尊荣的还不止以上这群。接下来是那些头脑中纯粹的智力光芒看上去完全熄灭的人——疯人和痴人,普通人也许是不无道理地认为这些人受到了启示,甚至智者也能从他们那里学到不少,因为没人能预知他们口中会说出什么来。而既然已经承认,所谓的理性生命其实非常无能,难道这些疯人痴人就不会说出神秘且深刻的言语吗?

---

① 《序曲》,第一卷,第401行。

至此,尽管人类已经全员通过了,但队伍还未走完。笛卡尔①式哲学所排斥在外的那些种群——没有理性的动物——就该因为如此微不足道的欠缺而被拒斥吗?它们体现着生命原则;它们有直觉……甚至这还不够。植物也有悲喜;它们有生命有感觉;它们有自己的语言,而诗人应该努力理解诠释它们的语言。

要记得,华兹华斯的原始主义,其反叛对象不仅是欧洲启蒙时代主流的抽象分析理性之极端,还有新古典主义的礼仪观念与模仿论。新古典主义的礼仪原则渗透至各处,诗人若想做到高雅,须在从选词到选材的方方面面遵守之。如此求得的传统意义上的优雅,被诗人当作颜料或镶饰施于作品的外表——当然,此处笔者所说的是新古典主义中糟粕的那一部分。换种比喻,语言和诗歌的关系被看成是机械的,如衣物之于身体,而不像身体之于充盈体内的灵魂那样是有机的。结果就是华兹华斯所哀叹的"华而不实与空洞辞藻"②。针对这种矫揉造作,华兹华斯提出的纠正方案彻头彻尾是原始主义式的。按他本人的说法,诗歌应当是"强烈情感的自发流露",而非追求传统的优雅,只讲模仿。这种情感上的自发性,为那些原始主义意味上最接近自然的群体

---

① 笛卡尔(René Descartes, 1596—1650),法国哲学家、数学家、物理学家,17世纪欧洲理性主义的奠基人,最早抛弃经院方法的思想家之一。提出了精神—肉体的二元论,被视为"现代哲学之父",在数学、物理学领域皆有深远影响。著有《第一哲学沉思录》《方法论》《几何》等。

② 本段所描述的华兹华斯的主张主要出自《抒情歌谣集》(Lyrical Ballads) 1800年版序言。部分引文翻译参考了曹葆华译本。

所拥有,因此若要追求真正的诗性语言,不应像新古典主义者那样去社会顶端找,而应求诸社会底层。一言以蔽之,就是到农民当中去,尤其是像湖区农民那样的,与"美丽永恒的自然万象"有亲密接触的群体当中去。在他们那里,可以择选出人类的真正语言,它没有多余的虚饰,却诗意十足。换言之,诗歌语言与散文化的语言并无本质区别。

华兹华斯在人生不同阶段,关于诗歌语言的理念也有明显差异,而在每一阶段,他的创作实践也常常与其理念相去甚远。若要举一首语言和题材皆符合原始主义的作品为例,《痴童》("The Idiot Boy")比较合适。该诗的解读要参考华兹华斯致约翰·威尔森(即克里斯托弗·诺斯)①的信件。华兹华斯说,自然的观念被造作甚至无情的礼仪观念过分束缚。应当以包容一切的同情取代传统高下观念所带来的排他性。如此,我们不仅能与白痴产生共鸣,甚至还能发现他们身上也有崇高精神。华兹华斯毫不犹豫地用《圣经》中的话来形容他们:"他们的生命与神一同藏着。"②华兹华斯作品中的白痴因为没有"多事的智力"打扰,能够沉溺于对自然的自发享受之中。华兹华斯与其共鸣,一同享受,因此拜伦不无道理地写道:

众看客瞧着"志得意满的白痴",

---

① 威尔森(John Wilson,1785—1854),苏格兰律师、文学评论家,常以克里斯托弗·诺斯(Christopher North)为笔名发表文章,是《布莱克伍德杂志》(*Blackwood's Magazine*)的主要撰稿人之一。
② 出自《新约·歌罗西书》第3章第3节:"因为你们已经死了,你们的生命与基督一同藏在上帝里面。"

心想故事写的正是诗人自己。①

通过抛弃传统的礼仪观念，转而推崇低微卑下，这位原始主义者追求的不仅有同情共鸣和自发性，还有智慧。在传统教导中，我们寻求智慧，要求道于历史上的大师们，如基督或佛陀，或至少是亚里士多德或柏拉图那样的人物。而在《决心与自立》("Resolution and Independence")一诗中，华兹华斯却称，在精神紧张压抑的时候，他会"回想寂寥荒野上那位捞水蛭人"。（顺便一提，从多萝西·华兹华斯的《札记》中，看不出作为该诗主人公的捞水蛭人在真实生活中有什么"决断"或"自立"。）

比《决心与自立》更有原始主义倾向的一首诗是《彼得·贝尔》("Peter Bell")。这首诗中的驴子被称赞，不仅因为它被当作同情共鸣的一个合适对象，还因为它本身就很有同情心，因此很有智慧。彼得·贝尔立志要获得这种智慧。他抬起头，看到驴子

仍站在清澈的月光里；
"我何时能变得像你一般好？
哦！如果，可怜的家伙，此刻我的心地
有你的一半良善也好！"

---

① 拜伦的第二部诗集《懒散时光》(Hours of Idleness, 1807) 出版后受到《爱丁堡评论》杂志的攻击，诗人乃作《英国诗人和苏格兰评论家》("English Bards and scotch Reviewers", 1809) 一诗反击，诗中特意以《痴童》一诗讽刺了华兹华斯的创作主张。

在诗的结尾彼得·贝尔实现了自己的心愿。

自然本身在华兹华斯看来,并非"腥牙利爪",而是爱与怜悯之源。在《鹿跳泉》("Hartleap Well")一诗中,自然使公鹿惨遭猎人毒手的地点变得一片荒芜:

> 公鹿的横死,自然不会不在意;
> 她以神圣的同情表示了哀悼。①

由此可见,在华兹华斯心中,比同情的观念更根本的,是自然性与自发性。甚至可以说,那些还没有从自然堕入世故的生灵拥有一种无意识状态所特有的单纯的智慧。因此,华兹华斯的原始主义,一个主要体现即为他对孩童的崇拜:

> 我们单纯的童年,高坐强大的王位,
> 强于自然万力。②

根据华兹华斯所信奉的联想主义哲学,一个人要经历三个阶段,每一阶段都是上一阶段的发展,比提教授展示了《颂歌:不朽性之启示》("Ode on Intimations of Immortality")中呈现的这一历程。遗憾的是,

---

① 译文参考杨德豫译本,有改动。
② 《序曲》,第五卷,第508—509行。

在此问题上,诗人的心与脑产生了分歧。我们也许不一定像马达里亚加①先生那样,认为"那些让我们收获富于哲思的心灵的余年"②一句是反高潮,认为"一处败笔毁掉整首颂诗的诸多例子里,这句要数最为突兀的硬伤";但再明显不过的是,对于收获富于哲思的心灵实为幸事这一清醒冷静的看法,诗人心里并不认同。心底里他更想要的是逝去的孩提时的自发性,是"那草叶现出风采、那花朵放射辉煌的时光"。

应当及时补充说明的是,华兹华斯不仅谈论自发性,他也确实常常能达到自发的境界。当我们读到华兹华斯在他灵感迸发的岁月里写下的那些最好的作品时,便会不禁感到,原始主义运动中处处强调的人工与自然间的对立,真的不只是一个哲学空想而已。对于当代人有关华兹华斯的见解影响最大的马修·阿诺德,正确地强调了这一点。阿诺德讲,华兹华斯诗歌的精华呈现了一种必然性。在《悼歌》("Memorial Verses")③中,阿诺德精辟道出了当华兹华斯的原始主义得到尽致表达时产生的整体效果:

> 吾辈的灵魂为时代所围困,
> 麻木,直到他来临;
> 他一开口,释放了我们心中的泪水。

---

① 马达里亚加(Salvador de Madariaga,1886—1978),西班牙作家、历史学家、外交家,曾被提名诺贝尔文学奖和诺贝尔和平奖,著有《堂吉诃德:心理学引言》《当代文学肖像》等。
② 出自《颂歌:不朽性之启示》,译文出自丁宏为译本。
③ 此诗为华兹华斯于1850年去世后阿诺德为他所作的悼念诗篇。

他将我们轻放于大地繁花似锦

而又清凉的怀抱中,仿若初生之际,

我们不禁展颜,重获了安宁;

群山环绕着我们,清风

重新拂过洒满阳光的原野;

我们的额头感到轻风细雨。

我们重返青葱岁月;那

死去许久的心灵,

早已枯干尘封,

再度被当初的新鲜所滋润。

值得注意的是,在必然性或云自发性①这点上,华兹华斯佳作与劣作的差距有如云泥;甚至在一些人看来必然性充分的那些作品,也有引发不同意见的空间。如马达里亚加先生,他在晚近的华兹华斯批评家当中总喜欢唱反调,这位魔鬼代言人评论以

带我上!带我上云霄!——

作为开篇的《致云雀》("To a Skylark"),"这种欢欣激动的情绪十分虚假做作,好比一个上了年纪的牧师,努力想跟学童们一同嬉闹"。不

---

① 华兹华斯本人不仅强调自发性,同时也看重自觉的艺术(conscious art)。见他的 Letter to a Friend, Nov. 22, 1831。——作者

过，总的来说，阿诺德赞扬华兹华斯诗歌精华的自发性，这是恰如其分的，不仅如此，阿诺德从华兹华斯大量平庸无味或略具灵气的作品中分辨出真正的神来之笔，这展示出阿诺德具有一种几乎绝对可靠的智慧。阿诺德文章的欠缺在于，它没有说明华兹华斯所具有的，是怎样一种灵感。莱斯利·斯蒂芬①推崇华兹华斯的系统性哲学。阿诺德倒不觉得他的系统性哲学有何值得称道，但又将他作为一位人生批评家（a critic of life）推崇备至。阿诺德称，华兹华斯那些展现了系统性思想，但缺乏诗意的作品，对于"提升者"（uplifter）②有特殊吸引力。

　　阿诺德意图将华兹华斯在平庸作品中表达的系统性哲学，和他诗意而自然地表达的人生批评（criticism of life）区分开来。这种尝试其实经不起推敲。恰恰相反，很多篇章中，我们在字里行间看到的华兹华斯作为一位哲学家，或云人生批评家，再蹩脚不过；但就诗意来说，他却令人心折。无论如何，对这一点的看法要取决于一个人如何看待原始主义。举例来说，华兹华斯极具诗意的两首小诗《逆转》（"Tables Turned"）和《劝诫与回答》（"Expostulation and Reply"），也许算得上英国文学中原始主义表露得最为极端的作品了，甚至有人因为它们太过极端而主张应将其当作戏言来解读。对于认为此诗有戏谑成分的任何解读，我们自然不肯轻信，尤其是考虑到，与明显体现了华兹华斯真诚态度的那些作品，这两首诗所表达的观点并无多大差异。大家应当记

---

　　① 斯蒂芬（Leslie Stephen, 1832—1904），英国作家、评论家、历史学家、传记作家，曾为《康希尔杂志》主编，并于1882—1891年主编《英国传记大辞典》，著有《十八世纪英国思想史》等。

　　② 指热衷于振作社会风气的人士。

得，这两首诗中的一些典型的诗节如下：

> 我同样认为，有一些力量，
> 会自动感染吾辈心灵；
> 学会明智的被动（a wise passiveness），
> 吾辈心灵便可获得滋养。
> ……
> 春天树林的律动，胜过
> 一切圣贤的教导，
> 它能指引你识别善恶，
> 点拨你做人之道。
>
> 自然挥洒出绝妙篇章；
> 理智却横加干扰，
> 它毁损万物的完美形象——
> 剖析无异于屠刀。①

不妨顺便一提，引文中的第二诗节，就其必然性来说非常具有华兹华斯的风格，但作为人生批评，可谓古今文学作品中对阿诺德所主张的文化最彻底的否定。最后一个诗节背后的思想又是笔者前面讲的以直觉、情感之名对理性主义的反叛。信奉原始主义的华兹华斯主张，人应与

---

① 此诗节出自《逆转》，译文出自杨德豫译本，标题有改动。

自然融合，因为这就是与神的融合。然而这一融合却被理智阻碍，因为后者总是纠缠于分析，不会有机而综合地看待事物，而总是倾向于把事物"分割开来"，从而使其变成"毫无灵气的死物"。不仅如此，好分析的人会丢掉天性之良善和本能的情感正确性（instinctive rightness of feeling）。他们随即便会"窥探自己母亲的坟墓，研究起那里的草木来"。①

华兹华斯将诗歌定义为"强烈情感的自发流露"，其中的确隐含了以情感主义（emotionalism）代替思考这层意思。当然，华兹华斯补充说，诗人应当是"进行过漫长深刻的思考"之人。② 但继续读几行就会发现，华兹华斯是按照哈特莱式心理学的说法，仅视思想为"个人所有过去情感的代表"。柯勒律治等人为了避免被人指责以情感主义代替思考，便从德国形而上学那里借来了一个含糊的区分，即较高级的进行综合的理性（Vernunft）和平淡沉闷的进行分析的知性（Verstand）。实际上，无论知性多么平淡沉闷，一旦放弃属于知性的敏锐分辨力，就等于放弃了思考。原始主义者说服自己并非如此，就只有通过歪曲语言形式，通过扭曲心智（mind）、理性等词自古以来久经试验的含义才能做到。这种倾向的一个例子，是 F. C. 普莱斯科特（F. C. Prescott）先生所著的《诗性心智》（The Poetic Mind）。普莱斯科特先生的诗学观中融合了华兹华斯和弗洛伊德的思想。他将通常意义上的心智移交给了科学家和商人。而若想获得创造力和"诗性心智"，就只能被动地在潜意

---

① 出自华兹华斯的《一位诗人的墓志铭》（"A Poet's Epitaph"）。
② 此句中引文皆出自《抒情歌谣集》1800 年版序言。

识的影像之川中随波逐流。

由此而来的幻想(revery)也许的确诗意;在华兹华斯身上,这种幻想往往极其诗意;但恰恰是在面对幻想时,人们需要运用辨别力,或云真正的心智,而不是运用普莱斯科特先生所谓的诗性心智。华兹华斯作为哲学家或云人生批评家的高度,取决于一种说法是否成立:人的精神生活可以在鲜活的感官体验所得中获取必要的支撑,每一样自然物象在其本身的一般意义之外,还有一层超验意义可以将该物象与人及其特殊需要相关联。这种将肉眼所见(sight)与精神洞见(insight)相联系的做法,赋予原始主义者回归自然的行为以宗教意味。由此,华兹华斯称:

……如果说在这沮丧
与退缩的时代,我尚未对人性绝望……
……这都是因为
你们的恩泽,你们,天风与轰鸣的
落瀑! 都因为你们,千山万壑!
啊,大自然,你的恩泽!①……

人可以通过与自然融合获得道德境界的提升——面对这种说法,就需要敏锐地运用华兹华斯所谓的"只能繁育出差别的、冒充高贵的

---

① 《序曲》,第二卷,第440—447行。

次要才能"(the false secondary power by which we multiply distinctions)①。若分辨一番，就会发现，只有在泛神式幻想与真正的冥想被混为一谈的情况下，自然崇拜才能具备宗教性。对与自然交流(communion)即为人之精神道德生活的根基这一说法，华兹华斯本人也渐渐产生了怀疑。在《颂歌:不朽性之启示》的写作期间，华兹华斯已经开始脱离对纯粹自发性的原始主义信仰，虽然如笔者所说，他对此十分遗憾不甘，频频回首，依依不舍。在诗人一生中，《颂歌》之于华兹华斯，好比《忧郁颂》("Ode on Dejection")之于柯勒律治。柯勒律治之所以忧郁，是因为他发现与自然的交流不等于内在生活的真实：

> 哪怕
> 我始终在注视
> 流连于西方天宇的绿色光辉；
> 激情和活力导源于内在的心境，
> 我又怎能求之于、得之于外在的光景?②

当华兹华斯也意识到信仰自发性无济于事时，他首先回归到斯多葛主义(《责任颂》["Ode to Duty"]和《拉俄达弥亚》["Laodamia"])，然后最终退至传统宗教(《基督教会十四行诗集》[*Ecclesiastical Sonnets*])。我们对他最后的印象，是在格拉斯米尔的一座小教堂里白

---

① 《序曲》，第二卷，第216—217行。
② 译文来自杨德豫译本。

首低垂。在这一时期,他不仅成了一名反动人士和"迷失的领袖",而且几乎同样为他的缪斯所舍弃。①

难道不反动,就无法质疑原始主义者冒充宗教的姿态吗?换言之,难道不能基于纯心理学对泛神式幻想与真正的冥想进行区分吗?若要尝试进行这种区分,最好关注华兹华斯"明智的被动"这一说法。前文已说明,原始主义者希望通过与自然交流从而获得的超验感知力,要求个体在一定程度上放弃智力。"明智的被动"涉及一个比智力更要紧的问题,即意志的问题。无须多言,沉浸在幻想中的人表面上一定是懒散。但他难道不是在一个更加微妙的层面上也很懒散吗?真正的冥想与幻想的区别恰恰在于,冥想是一种努力,是更高意志的发挥,而非"明智的被动"。

也许有人要问,为何要如此不同寻常地看待事物呢?比如,为何不将《廷腾寺》单纯当作诗歌来欣赏,而不在意它背后的哲学呢?就算把泛神式幻想与真正的冥想混为一谈,又有什么要紧呢?这些问题的答案关系到华兹华斯一生都在关注的一个题目——幸福。华兹华斯令人钦佩的一点是,身处浪漫主义忧郁之时代,当所有诗人都在比谁更凄凉,都在竞相"展示自己流血的心"②时,华兹华斯却坚称诗人应当是最快乐幸福的人。令人触动的一个事实是,世界上主要的宗教,尤其是基

---

① 但要注意,在 1839 年,华兹华斯写出了四行在其文字中位居上乘的诗句,即关于牛顿的诗句(*Prelude*, III, 60ff.)。而且他在晚年对《序曲》做出了很多可取的修改。——作者

② 出自阿诺德的诗歌《写于雄伟的卡尔特寺院的诗章》("Stanzas From The Grande Chartreuse")。

督教和佛教,都将幸福与明智的勤勉(wise strenuousness),而非与明智的被动相联系。

　　牛津大学的 F. C. S. 席勒①先生最近称,尽管我们也许没能在无赦大罪中加上几条,但至少成功地杜绝了几条。例如,在中世纪被称为"怠惰"(acedia)的罪,即指精神怠惰所带来的抑郁。抛开神学的说法,足够敏锐的心理学分析可以表明,我们远远未杜绝怠惰,恰恰相反,这是我们钟爱且特有的一个症候。约瑟夫·沃伦·比奇②教授也提出类似的问题,他讲,"华兹华斯坐在他那块大灰石上,就好像佛陀坐在他那棵神圣的菩提树下",或大学教授"在度暑假",这三者的状态一样充实。回应这种说法的最佳方式也许就是引用几句有代表性的佛陀的教诲——例如:"奋勉不放逸,节欲慎服己,智者自筑岛,洪水不能侵。"③

四

　　幸福的题目与真正的交流紧密相连。作为"将思想高贵深刻地运用到生活中"的范例,阿诺德引用华兹华斯的诗句:

----

①　F. C. S. 席勒(Ferdinand Canning Scott Schiller, 1864—1937),德裔英国哲学家,实用主义者,主张调和自然主义和形而上学,受威廉·詹姆斯影响颇大。著有《作为假设的公理》等。

②　比奇(Joseph Warren Beach, 1880—1957),美国诗人、小说家、批评家和教育家,著有诗集《脑与心之十四行诗》等和批评著作《十九世纪英国诗歌中的自然》等。

③　《法句经》,第二品"不放逸品",25。译文出自白璧德:《法句经——译自巴利文并附论文〈佛陀与西方〉》,第 20—21 页。

泛播于天下的喜悦。①

无疑,华兹华斯此语巧妙切中了理想目标。但是否能同样确信,他发现了实现这一目标的途径呢?通过感情的"自发流露"或"春天树林的律动",可以达到真正交流所带来的喜悦吗?大家都熟悉下面的诗句,华兹华斯思索

> 善良人无比美好的年华,
> 他发善心、爱心,做几件无名的、
> 被人忘却的小事。②

我们有时也许会忘记,在原来的语境中,上面这些诗行意图提示:饱含爱的举动很大程度上乃发之于自然山水。下面出自《布鲁厄姆城堡酒宴之歌》("Song at the Feast of Brougham Castle")③的诗节也涉及相似问题:

> 在穷人蜷卧的茅舍里,他将爱寻获;
> 日日教化他的是树林溪水,
> 闪烁星空中的静默,

---

① 出自华兹华斯未完成的长诗《隐士》(The Recluse)。
② 出自《廷腾寺》。
③ 此诗主人公克里福德家族继承人亨利·克里福德(约1454—1523)在玫瑰战争中约克家族掌权后在山野间隐姓埋名,后在兰开斯特家族亨利七世夺权后重新继承家业。华兹华斯此诗强调克利福德在自然和穷人中得到的教育。

笼罩孤独群山的沉睡。

遍览各种语言，上面的诗句对于原始主义的表达可谓登峰造极。用阿诺德的话说："自然本尊似乎从华兹华斯手中拿过笔，以其素朴纯粹、洞穿一切的力量替他书写。"

然而，需要质疑的一点是，难道可以认为，该诗节首句所体现的不过是原始主义而已吗？《福音书》中的部分意涵预示了圣方济各（Saint Francis）精神及其对贫穷的赞颂，此句诗的意思不正与之相符吗？毫无疑问，富贵者的精神道路往往荆棘丛生。也可以承认，克里福德男爵（Lord Clifford）能够经受住这些考验，要大大得益于他在做牧羊人那些年的所学。此句诗表达的穷人因贫穷而富有爱这一层意思，才是体现了卢梭精神而非宗教精神之处。宗教评估爱或任何其他美德之有无，不会针对群体，只以个人而论。而卢梭恰恰相反，他大肆渲染富贵显赫之人的铁石心肠和穷人的天性良善，甚至到了煽动阶级斗争的地步；而阶级斗争是毫无基督教精神的。进一步说，从该诗节的余下几句来看，再参考笔者前面所引以及尚可引用的其他章节，华兹华斯的"爱"，如卢梭的"怜悯"（pity）一样，乃源于"自然"，而非某个更高源头。沉睡、静谧和孤独几个观念都是原始主义的，而非宗教的。宗教不向沉睡（或无意识）寻求庇护，而给予人以真正觉醒的希望。它凭基于智慧的融合来驱散孤独，那种智慧超越了"树林溪水"所能教给人的一切。基督教尤其将智慧与圣言而非静默相联系。当然，对静默的崇拜并非总是原始主义的，需要具体情况具体分析。例如，卡莱尔滔滔不绝地赞颂静默,他是作为原始主义者还是智者在发言呢? 当阿尔弗雷·德·维尼①称"唯有静默是伟大的——余下皆为软弱",他的立场是确定无疑的;因为在包含这句话的章节中,作者主张人应当效法狼的死亡方式。

在基督教中,唯有通过神恩,人才能超越自然,而华兹华斯却悖论性地断言,唯有通过神恩,人才能与自然融合:

  ……凭借神圣恩典之力,
  只有如此,哦,自然!我们才能与你合一。②

真正基督教的核心是一种仁爱,从传统上来说它与神恩密不可分,而华兹华斯的拯救方案其危险就在于,它可能导致对于那种仁爱的亚理性拙劣模仿。

此处,我们不妨在弥尔顿和华兹华斯之间进行一番有趣的比较。这二人都庄重地献身于诗歌,但却有所差异。据弥尔顿本人讲,想达到他所追求的最高诗性境界,只能通过"向那永恒圣灵虔诚祈祷,圣灵能够赐予一切话语和知识,派遣他的炽天使,挟裹着他的神坛圣火来碰触净化他看中之人的双唇"③。而华兹华斯体验到的献身,是源于他在一

---

① 维尼(Alfred Victor de Vigny,1797—1863),法国浪漫派诗人、小说家、戏剧家,法兰西学术院成员,著有历史小说《桑·马尔斯》等和诗歌《狼之死》等。
② 出自华兹华斯《并非在生活中那些头脑清醒的幕间》("Not in the Lucid Intervals of Life")。
③ 出自弥尔顿《宗教政府的反对高级教士的理由》("The Reason of Church Government Urged against Prelacy",1624)。

场乡间舞会中的见闻与"寻常清晨的美妙芬芳"①二者间对照的激发。华兹华斯的献身对象乃自然之中的圣灵,而弥尔顿的则是超越于自然之上的圣灵,二者当然不同。

  这两种献身的一个主要差异似乎在于爱之来源的不同。华兹华斯等原始主义者眼中的"自然"既能感受爱,又能激发爱,即可以代替"仁爱秩序"②的存在,但这个自然明显不是实事求是的观察者眼中的自然,而仅仅是一个田园牧歌式的幻梦。这实际上意味着,如果要恰当评价华兹华斯,就不仅要分析他对智性和意志的态度,还须讨论他具有的是怎样一种想象力。想象力一词,自古希腊以来,首先可以指各种感官印象,而华兹华斯的感官印象鲜明非凡(他的视觉印象尤为如此)。但这并不意味着,他所淋漓呈现的自然山水的奇观,可以取代我们对于内心那超越自然万象的力量所应抱有的谦卑敬畏之心。因此,认为与自然的融合具有宗教性本质,华兹华斯和柯勒律治二人还将此当作区分幻想(fancy)和想象(imagination)的基础,这些想法本身就是应当被破除的虚妄幻想。华兹华斯本人也在两类想象力间进行对比——一类是"热情且沉思的"(enthusiastic and meditative),一类是"人文且戏剧化的"(human and dramatic)③;他显然认为自己的想象力属于热情且沉思的一类。尤其当得起热情且沉思之称的,似乎要数但丁这样的诗人,但整体而言,但丁的热情与沉思与华兹华斯的当然并非一类。与华兹华

---

  ① *Prelude*, IV, 309-338.——作者
  ② 指帕斯卡所说的三级秩序中的最高秩序,见本书序言。
  ③ 出自华兹华斯1815年二卷本《诗集》(*Poems*)的序言。

斯不同，但丁本质上不是田园诗人，而是宗教诗人；身为一名基督教徒，但丁关注的首要题目乃人之意志本身及其与上帝意志的关系。没有什么比明智的被动这一原则与《神曲》(Divine Comedy)的真精神更格格不入了。① 作为诗人，但丁不仅远在华兹华斯之上——笔者认为这一点应当是大家的共识；而且，若前文笔者试图建立的区分公正合理，就能得出结论：但丁过于华兹华斯之处，不仅是程度上的，更是本质上的。

显然，若总的来说华兹华斯的想象力谈不上宗教性一类，那它距其本人所谓的人文且戏剧化的一类就更远了。大概很少有哪位大诗人，能比华兹华斯更加平淡无奇地看待生活了。描述自威斯敏斯特桥上俯瞰伦敦的那首十四行诗②不可谓不精彩，简直称得上杰作。但同时，把一座大都市当作静物来描绘，其中有些许悖论的意味。再举一例，《莱斯顿的白鹿》("The White Doe of Rylstone")③一诗的题材似乎适合直接描写个人意志间的冲突及其导致的暴力；而华兹华斯的做法恰好相反，他非要将整个情景转化为"平静中回忆起来的情感"才罢休。《漫游》当之无愧是文学史上最不戏剧化的长诗了。如评论所言，该诗的

---

① 某些极端基督徒认为，人应当听随于上帝意志——这与听随于"春天树林的律动"大相径庭。温和派基督徒则认为，人的意志应当配合上帝意志。——作者
② 指《写于威斯敏斯特桥上》("Composed upon Westminster Bridge, September 3, 1802")。
③ 该叙事诗以伊丽莎白一世统治期间英格兰北部天主教贵族叛乱(Rising of the North)为背景，围绕一位贵族叛乱者之女的命运展开。

高潮是"在教区牧师家用茶"①。正如笔者已明言,就其感知力或想象力的性质而言,华兹华斯不同于身为宗教诗人的但丁,笔者还要进一步直抒己见:华兹华斯与莎士比亚、索福克勒斯这类拥有人文且戏剧化想象力的诗人相比,也具有本质上而不仅是程度上的差异。在其他方面水平相当的情况下,一位在人文或宗教层面进行想象思考的诗人,相比于一位将想象力集中在回归自然这一主题上的诗人,地位似乎理应更高。柯勒律治曾说:"最后,也是最重要的,我要提出,这位诗人(即华兹华斯)拥有最高级的、最名副其实的想象天赋,诸位尽可挑战这一评断。"继承柯勒律治观点的权威太多,且他们有太大的影响力,因此当笔者提出华兹华斯所拥有的终究并非最高级的想象力时,笔者就像批判三一律的约翰逊博士一样,为自己的鲁莽感到惶恐。

的确,批评家忌不够包容。阿那多尔·法朗士②称,在看待人生的所有方式中,泛神主义是最诗意的一种。至少可以承认,华兹华斯等原始主义者的确印证了泛神主义可以极富诗意。此外,华兹华斯不仅仅

---

① 无疑,《迈克尔》("Michael")也是一种诗歌类型的典范。至于它属于怎样一种诗歌类型,华兹华斯曾经在他的副标题"一首田园诗"中做出了说明。与大家关于真正悲剧的传统观念不同,迈克尔身上并无意志方面的缺陷或过错。如《漫游》第一卷中那个关于玛格丽特的出色片段一样,此处华兹华斯也试图通过让读者为枉受的灾厄流泪而使其达到某种 katharsis——但对 katharsis 的这般理解他恐怕是从某些18世纪感伤主义者那里学来的。参见 Oscar J. Campbell, "Sentimental Morality in Wordsworth's Narrative Poetry", *University of Wisconsin Studies in Language and Literature*, No. II。——作者

② 法朗士(Anatole France,1844—1924),法国作家、文学评论家,法兰西学术院院士,曾获诺贝尔文学奖,曾加入主张"为艺术而艺术"的帕尔纳斯诗派,著有小说《鹅掌女王烤肉店》等作品。

是一位泛神主义诗人而已。有时，他的确像济慈批评的那样显示出一种"自我中心式的崇高风格"（egotistical sublime），但有时，他能达到一种庄严的境界，这是具有真正宗教气质的灵魂之标志——只是他经常多少有些武断地将这种庄严境界与"夕阳余晖"云云相联系。总的来说，浪漫派大师将偶得的真正洞见与泛神主义幻想相结合，这并不罕见。在一位受到华兹华斯显著影响的作家身上，就尤为令人困惑地体现了这种结合——这位作家就是我们自己的爱默生①。在一首诗里，他称存在"两种分立的法则，彼此无法调和——人的法则与事物的法则"②。而在另一首诗中他又笃定地说，卑微的蜜蜂"远比人类先知明智"，是"永恒之闲暇"的体现。但越接近当代，精神洞见就越晦暗，泛神主义的混乱也越严重。例子几乎能随手拈来。前不久，波士顿一位显赫的新教牧师在其教堂门口贴出 W. H. 卡路思③的以下诗行，以此表达自己的宗教感受：

> 遥远天际笼着薄雾，
> 温柔的无穷碧落，
> 玉米地的色彩浓郁醇美，
> 还有雁群在高空掠过——

---

① 爱默生是美国代表作家，故有此语。
② 译文出自白璧德：《文学与美国的大学》，张沛、张源译，商务印书馆 2022 年版，卷首语。
③ 卡路思（William Herbert Carruth, 1859—1924），美国教育家、诗人，曾任美国中部州现代语言会议主席，还曾任美国太平洋海岸一神论教会议主席，此处的诗行出自他的诗歌《每个人有自己的称法》（"Each in His Own Tengue"）。

洒满起伏大地的是

金杖之光华熠熠——

有人称之为秋日，

有人称之为上帝(强调为笔者所加)。

休·艾恩森·福塞特①在其所著的《现代困境》(*The Modern Dilemma*)一书中主张，"在富有想象力的理解中达到理智与情感的真正调和，与万物的精神源头和实体真正合一，如此，便可视自然为超自然，一朵花的生命在一定程度上有如耶稣的生命，同样是美丽、必然的奥秘"(着重为笔者所加)。有时，原始主义者试图用浮夸的意象来掩盖自己的精神怠惰：

哦，无形地融于草木兴奋的血液中，

敏捷地奔涌在升腾的欢乐气流中，

身为宇宙大意志的一分子，

我穿透了这颗漂流的星球(强调为笔者所加)。②

这种原始主义态度偶尔用来放松消遣尚可。但若将其当作严肃的

---

① 福塞特(Hugh l'Anson Fausset, 1895—1965)，英国宗教作家、文学评论家，除了《现代困境》外，还著有诗集《黎明之前》等和专著《迷失的领袖：华兹华斯研究》等。

② 出自内哈特(John Neihardt)的《后记》("L'envoi")，白璧德的引用与原文稍有出入。内哈特(1881—1973)，美国作家、诗人、业余历史学家和民族志学者，作品对北美原住民的历史命运多有关注，代表作有《黑麋鹿如是说》。

人生哲学来接受，就必定会牺牲掉某种意志品质和想象力。在《现代诗歌的轮回》(*A Cycle of Modern Poetry*)一书中，G. R. 艾略特(G. R. Elliott)教授高明犀利地分析了一番，华兹华斯为了颂扬"在天地万物间运转的"单独一股生命力，实际上否定了人类经验那神秘的二重性，从而折损了这种意志品质和想象力。艾略特教授讲，如果诗人要学会再次宗教性地或戏剧性地观看生活，就需要放下华兹华斯，转向弥尔顿和处于佳境的伊丽莎白一世时期作家——比如，创作《麦克白》(*Macbeth*)时的莎士比亚。艾略特教授提出的让诗人得以从"19 世纪思维与艺术日趋衰落的循环"中逃离的方案并非没有道理。但不应忘记，我们眼下所关注的问题，在被当作诗学题目探讨之前，首先是一个人文题目，处理它时不但可以取法传统，还能求诸批判性思维，或者说，当原始主义者想要以亚理性体验取代更高意志时，我们可以将更高意志当作一种当下的鲜活感知来加以认肯。

华兹华斯"欣慰于能以自然和感官的语言作为"自身全部"道德存在"的"向导"和"守护神"。① 圣波拿文都拉②虽然偶尔愿意在解读中赋予自然景象以宗教意涵，但最终还是断言"灵魂认识上帝不需借助外在感官"。毫无疑问，此处存在两种首要原则之间的冲突。只要想多少恢复内在生活的真谛，就有必要设法得出某种确实的心理体验，可以替代圣波拿文都拉所示的那种直接体验，并凭借这种体验来反对华

---

① 出自《廷腾寺》。
② 圣波拿文都拉(Saint Bonaventura, 1221—1274)，意大利经院哲学家，圣方济各会修士，曾任圣方济各会总会长、阿尔巴诺教区领衔主教，在神学和哲学方面极为渊博，且擅长协调不同立场与冲突，著有《心灵迈向上帝的旅程》等。

79　兹华斯式的直接体验。当然,这些是为了回应一类特定人士的需求,他们既无法简单信从传统权威,又意识到自然主义所造成的混乱十分危险。若想以真正现代的方式逃离那种混乱,最紧急的首要任务似乎就是重塑华兹华斯如此贬低的用来分辨事物的"次要才能",或者说,发展一种更为犀利透彻的批评。

第三章　想象力的问题:约翰逊博士

众所周知,在新古典主义时期,想象力备受质疑。这种质疑远远超出了狭义的文学范畴,且基于多方面的理由。笛卡尔和斯宾诺莎①一类哲学家反对想象力,因为它阻碍人追寻真理,他们认为,真理需要通过抽象推理方可求得。以帕斯卡为首的人士则以宗教名义攻击想象力。帕斯卡认为,想象力是"傲慢的能力",是"谬误的情妇",会倾覆哲学家所笃信的理性。人想逃离想象力的蒙蔽,唯有依靠神之援手,依靠神恩的启示。有时,想象力受到的攻击来自理性主义和宗教两方面,如马勒伯朗士②在《真理的探索》(*Recherche de la Vérité*)中的批判。

该时期的文学批评家之所以对想象力抱有敌意,其理由则与上述不太一样。虽然他们像哲学家一样将"理性"与想象力对立起来,但他们所谓的理性主要指直觉性的良好判断力(intuitive good sense),而非抽象推理。通过直觉性的良好判断力,可以断定什么是正常的或"可

---

① 斯宾诺莎(Baruch de Spinoza,1632—1677),犹太裔荷兰籍理性主义哲学家,现代《圣经》批评的先驱,认为自然法则体现了神意且永恒不变,对欧洲哲学具有广泛深刻的影响。著有《伦理学》《神学政治论》等作品。
② 马勒伯朗士(Nicolas de Malebranche,1638—1715),法国哲学家、神学家,法兰西科学院院士,17世纪笛卡尔学派的代表人物,试图结合笛卡尔思想与圣奥古斯丁思想。著有《论自然和恩赐》等。

信的"(probable),以此达到中正不偏的观点。而想象力则容易使人偏离中心位置。如拉布吕耶尔①认为,假诙谐(false wit)就是风格特异的谐谑,因为"其中包含了太多想象的成分"。约翰逊博士讲,想象力"肆无忌惮,游移不定,不易限制,不好约束",这是对许多前人说法的呼应。对于想象力的这种不信任可以从历史的角度解释,它是一种抗拒,不仅针对奇喻派(school of conceits)②,也针对中世纪式虚构故事的放纵浮夸,这种特质尽显于骑士传奇中。有时,新古典主义者因为亲身体验过这类虚构故事有多危险,所以对其敌意更甚。珀希③主教曾说,约翰逊"在少年时代沉迷于骑士传奇,而且这种喜好持续了一生……但我曾听他抱怨,自己的个性太不安定,致使他无法潜心从事任何职业,这都要怪罪于这些浮夸的虚构故事"。

18世纪掀起了一波旨在复兴想象力的运动,考虑到之前想象力遭受的极度怀疑,这次运动进展的速度令人惊异。这次运动的重要阶段是自阿狄森1712年在《旁观者》杂志(*The Spectator*)上发表关于想象力的文章至爱德华·扬1759年发表《关于原创写作的设想》("Conjectures on Original Composition")。正是在这段时间人们才开始使用"创造性想象"或"创造性幻想"(creative fancy)的说法。如果能够证明,约翰逊博

---

① 拉布吕耶尔(Jean de La Bruyère,1645—1696),法国讽刺作家和道德学家,法兰西学术院院士,著有《品格论》,讽刺当时法国败坏的社会风气,特别是贵族圈子的怠惰愚蠢。

② 奇喻派,即T. S. 艾略特所谓的"玄学派"(metaphysical school),17世纪英国诗歌流派,该流派诗人以在诗歌中使用"奇喻妙语"著称,代表诗人有约翰·邓恩、乔治·赫伯特、安德鲁·马维尔等人。

③ 珀希(Thomas Percy,1729—1811),爱尔兰德罗摩尔主教,编纂有《英国古代诗歌残稿》,推动了英国诗坛的民谣复兴,并由此影响到之后的浪漫主义运动。

士也对想象力抱有这种新式态度,也许还有些许理由同意最近一位作者的观点:"在那波最终吞没(新古典主义之)陈腐信条的反叛浪潮背后,约翰逊博士是一个重要推动力。"然而恰恰相反,约翰逊表现出的,完全是对想象力的新古典主义式怀疑,有时其中还混合了帕斯卡式的怀疑。但他身上几乎或完全没有笛卡尔式或斯宾诺莎式的对想象力的怀疑,即那种基于对抽象理性的傲慢信心而产生的怀疑。作为理解约翰逊态度的前提,我们需要先辨析一番"想象力"一词在约翰逊的时代以前具有的两种主要含义。哲学家们所谓的想象力,指感官所产生的种种印象,或指一种负责储存这些印象的官能。例如,霍布斯将想象力定义为"渐次衰退的感觉"(decaying sense)①,这种用法与亚里士多德在《灵魂论》(*Psychology*)中提出的 phantasia(臆想[fancy])②这一概念很相似。而文学批评家所谓的想象,所指含义通常来源于亚里士多德的《诗学》而非《论灵魂》。大家应当记得,在《诗学》中根本未曾用过"幻想"或是"想象"的字眼。新古典主义者后来所称为想象的,其实是亚氏在书中所谓的"杜撰"(fable),即"编制"或"虚构"。按亚里士多德的观点,虚构与诗人所能给予读者的真实之间的恰当关系,对于我们的整个题目来说极为重要。在《诗学》第九章一个广为人知的段落中,亚氏称,诗人高于历史学家,因为诗人提供的真实不像历史学家的真实那样囿于具体细节。亚氏还在第二十四章中补充道,荷马之所以是最

---

① 译文出自霍布斯:《利维坦》,黎思复、黎廷弼译,商务印书馆1985年版,第7页。
② 又译"幻象",参见亚里士多德:《灵魂论及其他》,吴寿彭译,商务印书馆1999年版,第143页。在本书中 illusion 译为幻象或虚幻,fancy、revery 和 phantasy 译为幻想。

84 伟大的诗人，原因就在于他的作品中有最多的普遍性真实，而他之所以能做到这一点，是因为他编造的技艺最为高超。

新古典主义时期的批评家和晚近的批评家一样，似乎都特别难以理解具备典型性的虚构故事（representative fiction）这一亚式概念，难以理解蕴含在幻象中的真实。自罗伯特利（Robortelli）于1548年发表对于《诗学》的评论直至今日，他们常常基于各种理由在真实或现实与虚构或幻象之间划清界限，将二者截然两分。约翰逊博士就是这种新古典主义式倾向的范例。他不厌其烦地强调，诗歌应当追求普遍性而非个别性。然而，他却通常不会将其所谓的普遍性真实与虚构，或云某种想象元素的恰当运用相联系。恰恰相反，他不但不思考真实与虚构相结合的可能方式，还常常将二者说成水火不容。霍金斯（Hawkins）曾说:"你随时都能勾起他对一切虚构叙述的谴责，他常常说这类文字无

85 法触动心灵。"他尤其不愿承认虚构故事与宗教真实之间有任何联系。因此，他像布瓦洛①一样拒斥基督教史诗，因为这类作品在只配有真实的领域内引入了虚构成分。他说:"永恒的善与恶是太过沉重的话题，不允许智趣一展双翅。"

虽然布瓦洛坚持将宗教真实与虚构成分严格分开，但他在一种意义上鼓励虚构，这种意义是虚构一词在新古典主义时期逐渐获得的主要意义之一——对异教神话的运用。约翰逊虽然与布瓦洛有大体上的共识，却在这一点上与他产生了尖锐分歧。他说:"拒斥和蔑视虚构（即古典神

---

① 布瓦洛（Nicolas Boileau-Despreaux, 1636—1711），法国诗人、文学理论家，法兰西学术院院士，17世纪末法国文坛的古今之争中崇古派的领袖。其专著《诗的艺术》在新古典主义诗学中占有核心地位。

话之虚构),是理性的且有男子气概的。"确实,在二三流诗人笔下,古典神话已然变得陈腐不堪,我们不禁要猜想,约翰逊大概未曾充分领略到,这些神话曾具有多么深刻的诗意——不,若能富有想象力地运用,它们仍可以具有怎样的诗意。我们确实无法想象约翰逊会追求

  一睹普罗透斯从海上升起;
  或聆听特里同吹起那装饰着花环的号角。①

对于另一大类虚构成分,约翰逊更是毫不宽容——那就是田园诗中的虚构。甚至连弥尔顿那样的诗人书写这些内容时,约翰逊都无法容忍。据说,一提起羔羊和牧羊人的曲柄杖他就头疼,对于黄金时代的任何歌颂,更让他气不打一处来。就此,我们仍可承认,田园题材是有一些较为造作的表现形式,约翰逊对于这些的批评不无道理,但同时我们仍要问,他是否低估了田园题材潜在的诗意呢?没有古典主义者会同意席勒②在《论素朴的诗和感伤的诗》("Essay on Simple and Sentimental Poetry")中的观点,认为田园想象至高无上;但同时不得不承认,人在沉湎于田园牧歌式憧憬时,大概是最有自发性想象力的。保罗·穆尔先生说:"在神话和文学的每个角落都能看到,人的想

---

  ① 出自华兹华斯的诗歌《我们太过沉湎于尘世》("The World is too Much with Us")。普罗透斯是希腊神话中的一位早期海神,具有预言和变形的能力。特里同是希腊神话中的海之信使,经常以半人半鱼形象出现。
  ② 席勒(Johann Christoph Friedrich von Schiller,1759—1805),德国著名诗人、剧作家、历史学家和哲学家,他与歌德互相激发的创作是魏玛古典主义的标志。著有戏剧《强盗》、美学散文集《审美教育书简》等重要作品。

象中久久萦绕着此类田园式理想……若要尝试举例来说明这种理想的普遍性,就需要将全世界的图书馆藏压缩到薄薄几页纸上。"

在约翰逊的时代,田园想象被赋予了新的重要性,因为卢梭等原始主义者将它与自然状态(a state of nature)联系起来,这种自然状态据称正是人所应重返的状态。或多或少纯真无害的幻象由此变成危险的妄想(delusion)。在笔者看来,约翰逊博士不仅低估了田园题材虚构文字的诗意,还低估了它可能的破坏性——尽管考虑到他对卢梭的痛斥,我们无法对这一点下定论。《快乐王子雷斯勒斯》(The History of Rasselas, Prince of Abyssinia)①中的公主沉溺其中的田园幻梦乃传统类型,而非新式的原始主义妄想。

对于广泛意义上虚构文字的危险性,对于幻象有多容易沦为妄想,约翰逊太过敏锐了。《快乐王子雷斯勒斯》第 43 章②"想象力得势的危险"("The Dangerous Prevalence of Imagination")不仅点出了此书的中心思想,而且,若将它与《漫步者》(Rambler)③第 89 号文章《虚妄想象之奢侈》("The Luxury of Vain Imagination")联系来看,便能看到约翰逊长久以来的一个关注点。前文已提及,在约翰逊身上,对想象力的新古典主义式怀疑因为基督教信仰方面的理由得到了加强。然而从传统上讲,与约翰逊相比,一个基督徒往往更愿意劝人回归自己的内心。回归内心之人可能做到真正的冥想,而非沦为空洞比喻的傀儡玩物。而约翰逊似乎仅将后者视为唯一的可能性。他本人就非常惧怕独处。看似

---

① 约翰逊(Samuel Johnson)唯一一本哲理小说。
② 实际上应当是第 44 章。
③ 约翰逊自编周刊,1850 年至 1852 年间出版,共 208 篇文章。

他更愿意跟斯莱尔夫人①喝茶。他将独处时间与自己时不时会发作的"疑病性神志不清"(hypochondriac obnubilation)联系到一起。关于"内心之目这一孤寂时分的福佑",若以一位基督教圣徒的方式来阐释"内心之目"的话,并无迹象表明约翰逊有明显提高这种目力。而若以华兹华斯所指的含义而论,约翰逊当然从未对这种目力有过任何培养运用。他说:"独处,对于那些太过习惯于沉浸到自己内心世界的人来说,是危险的。"在他笔下,"离群之人"(recluse)以"空想出来的满足"自娱自乐,自我放任于"内心无形的躁动起伏",不懂区分"思想的耕耘"与"冥想的嬉闹",他对这类人的描述预见了不少现代心理学的说法。他讲:"爱做梦的人退居至自己的一隅,将人类的烦扰拒之门外,投入自己的幻想之中;一个个新世界在他们面前凭空出现,一个个幻影纷至沓来,一长串称心之物围着他起舞。然而最后,出于天性或习惯,他们还是得回归生活,他们进入社会往往带着一肚子气,因为社会并不如他们的意。"

　　上面这段写于1751年的话与《忏悔录》(Confessions)中的一个段落形成了奇异的对照。在那个段落中卢梭讲述在1756年于退隐庐(Hermitage)隐居期间,他如何通过"创造性想象"逃至一个"妄想国度",以及在他正要前往"魔力国度"(le monde enchanté)时却有人来访的情况下,他是如何粗鲁地拒绝对方的。卢梭这般运用创造性想象,效仿的人还不在少数。对于沉溺于这类虚构中的人,精神分析学家有专

---

①　斯莱尔夫人(Hester Lynch Thrale,1741—1821),英国作家、艺术家资助人,她和第一任丈夫是塞缪尔·约翰逊的好友,她的日记与信件提供了大量关于约翰逊生平的信息。

门术语来称呼:"内向型"(introvert),或云"自闭式"(autistic)思虑患者。约翰逊并未陷入精神分析学的伪科学谬误,这尤其体现在他对意志问题的处理上。然而,至少在一点上,约翰逊与精神分析学家有略微的相似之处,那就是他为逃避现实沉溺虚幻的失衡症所开出的药方。他强调外在行动,而非内心活动,而无论是基督徒还是亚里士多德主义者,都通过内心活动来进行自我调整,以便能感知更高真实,亚里士多德在《诗学》中将这种自我调整与对虚构或云幻象的恰当运用相联系。

应当补充,虽然总体上讲,约翰逊倾向于认为,幻象容易变为妄想,但他却不承认遵从三一律的戏剧能够达到这种迷惑人心的效果,这与大多数新古典主义批评家意见相左。众所周知,三一律①提出于16世纪的意大利,自《熙德》之争(Quarrel of the Cid)而作为规矩被强加于欧洲戏剧。② 打着虚假的可信性之名,三一律将真正悲剧所需要的源于更高真实的幻象变为了直截了当的蒙骗。在18世纪,早在约翰逊之前就有针对三一律的各种讨伐之声,其中最早的声音来自一位法国作家拉莫特-乌达尔(La Motte-Houdard),他整体上具有伪古典倾向。若熟悉其前人的这些声讨,那么约翰逊在1765年《〈莎士比亚戏剧集〉序

---

① 三一律(doctrine of the three unities)由16世纪意大利批评家卡斯泰尔韦(Lodovico Castelvetro)根据亚里士多德《诗学》中相关概念提出,为法国新古典主义诗学所推崇。要求戏剧创作在时间、地点和行动三者之间保持一致性,即要求一出戏所叙述的故事发生在一天(一昼夜)之内,地点在一个场景,情节服从一个主题。

② 高乃依的名剧《熙德》演出后大受欢迎,然而在当时的首相及枢机黎塞留的示意下,法兰西学术院数位院士抨击该剧并未严格遵守三一律,从而在戏剧界引发一场争论。

言》("Preface to Shakespeare")①中对三一律的攻击便不显得特别有独创性了。然而,毫无疑问,约翰逊对直截了当的蒙骗这一意图的驳斥却非常高明,力度十足。这番反驳将至尾声时他提出,相比于追求虚假的真实感(verisimilitude),可能有其他更好的理由遵守三一律。实际上,主要归功于易卜生②的影响,三一律在现当代得到了复兴,因为三一律利于使作品达到集中(concentration),这是优秀戏剧技巧的一条首要条件。而如何达到亚里士多德所指的那种真实感,这一更大问题仍未解决。一出情节剧(melodrama)可能遵守或基本遵守了三一律,并在其他方面展示了出色的戏剧技巧,却仍然不可信得离谱,因为其情节推动与常人经验不符。法夸尔③在《论喜剧》(*Discourse upon Comedy*,1702)中批评三一律,主张要让"想象力无拘无束地自由飞翔",然而这是不够的。若放任它"胡乱游荡",或者说没有任何标准约束之,那么想象力的价值何在? 这正是整个现代运动提出的问题。约翰逊博士同时代的批评家抱怨说,约翰逊虽然说明了观众并不会因为剧作遵守了三一律或其他法则而真的被蒙骗,却低估了戏剧创造幻象的真正潜力——他称"读剧或是观剧,二者的感染力没什么区别",便是一例。能够确定的是,约翰逊未能充分调和虚构幻象与真实感这两方面。如笔者所言,

---

① 约翰逊在"序言"中指出,为了使观众对戏剧信以为真而对戏剧情节的发生时间、地点加以限制的说法根本站不住脚。
② 易卜生(Henrik Ibsen,1828—1906),挪威剧作家、导演,戏剧领域现代主义奠基人之一,著有《玩偶之家》《培尔·金特》等。
③ 法夸尔(George Farquhar,1678—1707),爱尔兰喜剧作家,著有戏剧《爱情与瓶子》《情人的计谋》等。

像大多数新古典主义批评家一样,他倾向于将想象与理性(或云判断力),将幻象与写实视为水火。他在《快乐王子雷斯勒斯》中拿来做对比的,一方面是仅会蒙蔽人心的幻想,另一方面是"使人清醒的可信性"。只不过,即便是彼此差异之大如帕斯卡与拿破仑者,也一致认为想象力统治人类,此话不无道理。因此,只要想做到直指人心,就不能满足于仅将冷静理性或判断力与想象力相对立,而要进一步区分两种不同的想象力。的确,约翰逊偶有几句极具见地的议论,批评将判断力与想象力机械对立这一贯穿整个新古典主义运动始终的做法。他曾说:"将判断力与想象力对立起来是荒谬的;因为并无迹象表明其中一种能力多了,另一种能力就一定会少。"①如果他能充分挖掘自己抛出的这个线索,如果他能公正评价生活及艺术中虚构或幻象的作用,如果他能将想象力的恰当运用与"普遍性之崇高"——他始终以这种崇高来反对他眼中所有与常人经验不符之处——相联系,能将对想象力的恰当运用与这种崇高相联系,那么浪漫派的反叛者们就没有任何正当理由感到不满了。而事实却是,这些反叛者直接从新古典主义者那里拿过理性与想象的对立,然后将其倒置过来。他们没有为理性牺牲想象,而准备好为奥古斯特·施莱格尔所谓的真正幻象的魔力而牺牲理性。

若要如今的批评有任何重大进步,第一步应当是摆脱新古典主义和浪漫主义所强调的理性与想象的对立,努力恢复亚里士多德所讲的

---

① 在他的手记里,约翰逊在1760年9月18日那天记下了一条令人有些费解的决定:"要挽回想象力(To reclaim imagination)。"见 G. B. Hill ed., *Johnsonian Miscellanies*, vol. I, p. 25。——作者

理性与想象的结合。首先,要梳理一番自希腊以降的文学批评家以及哲学家和心理学家所赋予"想象力"一词的不同含义。值得一提的是,自约翰逊的时代以来,定义想象力一事变得复杂了,因为华兹华斯等人在19世纪初试图改变该词含义。正如勒古伊先生犀利评论的那样:"华兹华斯称想象力是自己至高无上的才能,但与此同时他赋予了'想象力'一词以新的含义,这一新含义与该词的普通含义几乎完全对立。他以想象力来称呼自己对自然精确翔实的、充满爱意的观察。在心境更加崇高的那些时候,他以'想象力'来称呼能洞察甚至看透现实的'直觉',但他从未承认想象力与现实是彼此脱离的。编造或任意组合传奇或故事中各种元素的才能,一直被视为诗人的第一特权,然而华兹华斯却几乎完全不具备这种能力,而且他还为此感谢上帝。"

笔者已经提出,华兹华斯等原始主义者所谓的"自然"在很大程度上只是田园想象的投射,因此无论如何称不上是"真实的",尽管这个形容词已被严重滥用。不管怎样,并无法确定,华兹华斯宣称能够使人与"自然"交流的那种想象力比勒古伊先生所谓的"编造或任意组合传奇或故事中各种元素的才能"更加重要。应当补充的是,后一种想象力若要达到亚里士多德所要求的可信性,也不能完全任意;简言之,它必须符合常人经验。越是符合常人经验,它的真实性就越高,此处的真实性,乃就人文主义层面,而非时下流行的自然主义层面而言的。如今仍有人天真地以为,定义"浪漫"一词的难度尤甚于"真实的""理想的""自然""想象力"等笼统词汇。而实际上,虽然它在具体用法上数量之多令人困惑,但"浪漫"一词的使用还是保持了一定的纯正性。中世纪称作浪漫的,今日仍然是浪漫的,然而,特别是"真实的"①一词,自中世纪以来其含义发生了根本性的变化。因此,如果我们希望摆脱当下的混乱,当务之急就是首先要定义真实的(或现实主义)与想象力二者的含义,而且不仅仅要分别定义,还要考虑二者的关系。若能足够细致地进行笔者心目中的这番定义,也许就能开辟一条理论之路,甚或实践之路,通往能创作出具代表性的虚构作品的技艺,即使是具有真正人文智慧的约翰逊,在笔者看来也未能妥善对待这项技艺,而约翰逊之后迭不休的种种流派所发的议论,便更谬以千里了。

---

① 对于中世纪哲学家来说,上帝是最真实的存在(ens realissimum)。该词的这种用法与如今用法之间的天渊之别,不必多言了。——作者

第四章　想象力的问题：柯勒律治

热衷于起源是整个现代运动最显著的特征。该运动中的各种趋势虽在其他方面相差甚远，却一致将源头，而非如亚里士多德所说的目的，视为"首要事物"。这种共性至少可以在那些嘲笑终极原因的观念，并试图追溯电子与染色体的科学人士身上，和那些偏好"艺术幽暗模糊、露水未干的初生阶段"①并"更欣赏欲绽花蕾，而非盛开蔷薇"②的原始主义者身上发现。我们不再相信野蛮人的高尚，却因为执迷于进化论，而仍然希望在对史前时代无休无止的窥探中找到关于人类的重大启示。同样的，面对个人，我们也会挖掘其潜意识深处，且惯于通过童年来解读成年时期。回溯的眼光于此再度成为纽带，将乍一看完全不同的观点联系起来。例如，就在孩童们被华兹华斯赞美为"伟大的预言家，受到天佑的先知"的那个年龄，根据弗洛伊德的观点，他们很可能正逐渐形成"俄狄浦斯情结"。

过去数代以来，在艺术和文学的创作及批评领域，对于起源的热衷尤为显著。正由于这种热衷，像约翰·利文斯顿·洛斯（John

---

① 出自勃朗宁（Robert Browning）的诗歌《佛罗伦萨的老旧画作》（"Old Pictures in Florence"）。

② 出自华兹华斯《序曲》，第十一卷，第119—122行。

Livingston Lowes)教授研究柯勒律治的重要新作①这类书才可能问世。该书是对《古舟子咏》(*The Ancient Mariner*)和《忽必烈汗》(*Kubla Khan*)创作源头的考查,起源研究至此达到了前所未有的详尽程度。柯勒律治的阅读量庞大,内容艰深,而洛斯教授在这方面进行考查时简直惊人地勤奋。他称得上最有造诣的文学侦探。洛斯教授花了该书四百多页的篇幅来构建两首短诗的背景,更不必说,还有一百五十页篇幅的注释,按他自己的说法,这些注释"被稳妥地拴在正文之后"。不仅如此,洛斯教授的研究不只为了吸引学者们的专业兴趣。他还将研究与当代另一大热点——潜意识心理学联系起来,并希望能由此揭开创造性想象的奥秘。

洛斯教授将创作过程分为三个阶段。第一阶段是有意识的,将注意力集中于某个特定领域,并积累相关材料。第二阶段似乎也是最重要的阶段,积累的材料沉入潜意识,并在那里发生意想不到的新联系。洛斯教授致力于说明,在《古舟子咏》和《忽必烈汗》的创作中,柯勒律治从广泛的阅读中,特别是游记中采撷的意象,是如何在"无意识的大脑活动之深井中"发生神奇变化的。18世纪以来,创造性天才观念流行,鼓励人们强调无意识和自发性,而多少忽视目的性。因此,拉斯金评价透纳②:"只

---

① *The Road to Xanadu, A Study in the Ways of the Imagination*, Houghton Mifflin Company,1927.——作者
② 拉斯金(John Ruskin,1819—1900),英国作家、艺术家、评论家,艺术评论领域推广浪漫主义的先驱,大力推崇透纳的风景画和建筑中的哥特复兴,著有《现代画家》《威尼斯的石头》等。透纳(Joseph Mallord William Turner,1775—1851),英国浪漫主义画家,重视运用色彩和光影来营造瞬间的氛围,其风景画在西方艺术界具有杰出地位,对后来的印象派绘画影响颇大,代表作有《被拖去解体的战舰无畏号》等。

有当他停止思考时,下笔才能找准感觉;只有当他随意为之时,才具有感染力;只有当他不设目标时,才会大获成功。"与这种思想一脉相承的是爱默生对于帕特农神庙和哥特式教堂的赞美:"这些神庙仿若青草生长一般拔地而起。"(!)然而,若相信洛斯教授的说法,就算是纯自发性的推崇者,一无所知也是行不通的。事先还是得让头脑足够丰富才行,因为即使无意识也难为无米之炊。

洛斯教授所言的创作过程第三阶段与第一阶段一样,也是有意识的。无论无意识加工出来的材料发生了怎样神奇的变化,这些材料多少仍是不成熟的。只有下一番深思熟虑的功夫,且充分运用想象力,方能将材料熔铸得浑然一体。由此我们说,"想象的淬炼之力"贯通于《古舟子咏》一诗,《忽必烈汗》却不具备。后者的确可以作为创作文学中只进行到第二阶段的作品的最典型案例;至少,若我们接受一种由柯勒律治本人背书的惯常说法——作者用过鸦片后做的一个残梦未经修改地记录下来就是《忽必烈汗》,那么,这样讲是成立的。

可以承认,洛斯教授关于"几类想象"的阐述还是很适用于他分析的两首诗的,但我们仍要质疑他是否夸大了这一阐述的普遍适用性。洛斯教授在序言中说,自己不打算探讨《古舟子咏》是古典的还是浪漫的,或者它是否达到了亚里士多德所提出的庄重感这一标准。但实际上,他在书的正文里已经暗示了答案,因为他将诗人柯勒律治与荷马、但丁和弥尔顿相提并论,并在谈论《古舟子咏》时有"至高的想象性感知力"(supreme imaginative vision)之语。下面笔者要尽力说明的是,《古舟子咏》与真正可被视为具有庄重感的诗歌相比,二者所展现的想象力具有本质性的差异。该题目的重要性已经超越了柯勒律治及其影响力的问题,尽管他的影响力的确深远。帕斯卡认为,想象力的影响无所不在,甚至对于宗教信仰,其影响之大,恐怕已达到帕斯卡本人都不愿承认的程度。然而该题目的难度丝毫不亚于其重要性。棘手之处主要在于,有一类怕是还在不断增多的词,由于被到处滥用,几乎已经失去了任何意义,"想象力"便是其中之一。我们的第一反应是不禁想要直接弃用这些词,而更理智的做法是,尽力下一个更精确的定义。这个定义若要成立,首先要基于广泛的历史调查,即梳理一番该词当初究竟具体指什么。①

若按这种方式研究想象力一词,便会发现当初它主要用来描述各种感官印象,或一种负责储存这些印象的官能。因此,想象力呈现的只是表象,而非现实。这正是从古希腊早期开始直至 18 世纪,想象力一直遭到质疑的主要原因。例如,圣波拿文都拉讲"灵魂认识上帝不需借助外在感官",此话之意就在于申明,人感知宗教真理不需要依靠想象力。

想象力或幻想(phantasy)与区区表象被联系在一起,这无疑解释了为何在《诗学》中亚里士多德完全未用该词。因为亚里士多德称,具备庄重感的诗歌必须透过感官印象,达到普遍性的境界。当然,这种普遍性无法直接达到,而只能借助"编制"或虚构的手段。不仅如此,亚里士多德认为,具备典型性的虚构故事(representative fiction)的创作技

---

① M. W. Bundy, *The Theory of Imagination in Classical and Medieval Thought*, 1928 可资参考。即将问世的续作将主要聚焦现代时期。——作者

巧需要有很高的戏剧性。模仿普遍性实际上意味着,描绘人的行为时不能过于随意,而需参照一套可靠的伦理价值。若想让诗歌有"可信性",或者说,若想让诗歌从杂乱无章的事实中提炼出真正的和谐与意义,核心性的洞见不可或缺。不过,虽然亚里士多德在诗歌及其他任何方面着重强调的都是意义(purpose),他仍然承认,人性对于异乎寻常之事抱有无止境的渴望。他的意思似乎是,只要不过分偏离基于普遍性的真实,故事越离奇越好。一些悲剧借助具备典型性的虚构故事或巨大的幻象,成功地通过个别情况呈现出普遍性,将观众提升至剧作本身的层面,使其精神境界变得开阔,如此,便能除去其情感中的私心与狭隘。这才是真正的 katharsis,具备伟大诗人的直觉的弥尔顿,在《力士参孙》(*Samson Agonistes*)的结局处便极为出色地达到了这种效果。

笔者在讨论约翰逊的那篇文章里曾指出,新古典主义理论家推崇模仿和可信性,却常常将这些与制造幻象的虚构分割开来。这种虚构逐渐被视为某种形式的浪漫主义放纵,而想象力遭到质疑的原因之一,便是人们认为它只会一味追寻离奇效果。然而伏尔泰(Voltaire)本人曾宣称"幻象是统治人心的女王"。新古典主义在这方面的不足是导致浪漫派运动兴起的一个主要因素,如笔者所言,后者甫登场,便以一个新词——"创造性想象"——为标志。此处的创造性无关模仿,而关乎自发性——实际上就指情感的自发性。而且,这一运动很快带上了一种原始主义色彩。

如此,18 世纪推崇原创性和天才的理论家们为华兹华斯的如下主张打下了铺垫:他将诗歌定义为"强烈情感的自发流露",并认为这种流露更常发生在农民及其他尚与"自然"亲近的淳朴之人身上。然而华兹华斯比早期的原始主义者走得更远,他重新阐释了想象力一词——这大概主要归功于柯勒律治的影响。华兹华斯贬低想象力的旧有意涵"虚构",无论这种虚构可信与否。他缺乏其本人所谓的"人文且戏剧化的想象力",但自觉在"热情且沉思的想象力"方面有更高天资。他所称颂的想象力不仅是"最崇高境界的理性",而更是一种能力,它与区区"幻想",即多少有些随意的联想截然不同,这种能力使人达到真正的精神和谐(unity),不是直接而是通过感官外物间接获得一种确信。用勒古伊先生的话讲,对于《廷腾寺》中的华兹华斯来说,上帝即"感官上的馈赠"(gift of the senses),这种观点与前文所引的圣波拿文都拉之语针锋相对。华兹华斯为了描述自身与山水在想象中的融合,自造了"明智的被动"一语。但这种想象中的融合可以被视为一种沉思吗?真正的沉思是需要主观努力的。我们可以称思考行动为沉思,却不能这样称幻想行动;而《廷腾寺》所明显鼓励的正是泛神式幻想。无论如何,华兹华斯的诗歌理论,以及很大一部分诗歌实践,都有如下鲜明特征:将想象力——不管是戏剧化想象还是宗教性想象——与努力或云行动一分为二。

至于他将肉眼所见与精神洞见相联系,并由此而擅长赋予"绽放着的最单薄的小花"以超验意义,如笔者所言,在这些方面华兹华斯是受了柯勒律治的影响,而柯勒律治则是受了德国人的影响;尽管各自受的影响程度究竟有多深,不必过于武断地下结论。这些因缘容易让人以为,在《文学生涯》(Biographia Literaria)中柯勒律治对想象力及相关题目的看法会与华兹华斯一致。然而若是完全如此,柯勒律治也就不是那个令人困惑非常的人物了。该书前几章中,他的确开始为定义想象力做铺垫,而且其定义方式看似会在关键点上与华兹华斯的定义一致,但他常常迷失在其本人所谓的"超验形而上学的神圣丛林"中。《文学生涯》中的这些文字让人想起卡莱尔对柯勒律治居于海格尔时的谈话那独特的描述。卡莱尔说,若任何人向他提问,他从不直接回答,也不为回答做方向明确的开场白,他"要先积下数量惊人的装备,逻辑上的浮囊啦,超验主义的救生圈啦,以及种种其他预防、运载用具,作为出发前的准备"。他在《文学生涯》中做了冗长的此类铺垫以后,似乎终于要在十三章开始转向正题了,但就在此时,有人给他来了一封信(如今我们已知道这人就是作者自己),告诫他目前将要涉足的内容对于大众来说过于深奥,并建议他将更高深的想法留到他关于逻各斯(Logos)的书中再写(当然该书未曾问世)。于是柯勒律治便从谢林①等德国学者转向了亚里士多德。

逃离"丛林"的结果是行文突然变得清晰起来。自超验迷雾中,出现了一座"有福之人和有智之人所居的阳光明媚的宜人小岛",据卡莱尔说,在柯勒律治的谈话中,也时不时能遇到这种"小岛"。的确,柯勒律治以亚里士多德的主张来讨论华兹华斯因原始主义而产生的自相矛盾之处,这些内容正是其文章中数一数二的小岛。按照该思路(笔者概述的是众人熟知的内容,还请诸君谅解),柯勒律治先立下诗歌应

---

① 谢林(Friedrich Wilhelm Joseph von Schelling, 1775—1854),德国重要的唯心主义哲学家,在吸收费希特思想的基础上反思费希特唯心哲学的不足,从而发展出一套自然哲学,并对浪漫主义产生较深影响。著有《先验唯心论体系》等作品。

"寓普遍性于个体"的原则,然后以该原则去品评《漫游》。华兹华斯在该诗中借一个小贩之口道出了崇高的哲学话语。柯勒律治不以为然道:某些个别小贩可能有崇高境界,但小贩这一人群整体上讲并不崇高。《漫游》中的小贩形象可能存在,但并不可信。同理,一个称得上是"伟大预言家"的六岁孩童也很难说得上是一个典型孩童。接着,他以类似的亚氏思路反驳华兹华斯的一个主张,即真正的诗性语言在谷地人(dalesmen)①的唇齿间,因为他们有幸能接触"美丽永恒的自然万象"。柯勒律治的回应大致为:珠玑之言乃源于有意识的文化教养。谷地人言语之间若有何精妙,那也并非得之于山水,而主要得于他们对《圣经》的阅读。一个社会阶级将自己的一套虚假礼仪标准强加于诗歌,导致"华而不实与空洞辞藻"泛滥,华兹华斯拒绝这些并没有错。但礼仪标准是有真假之分的。尽管诗人不应故作文雅地抱持某些成见,但在遣词造句时,却不能忽略字词的传统意涵,而华兹华斯这位幽默感颇有问题的隐士则常常这么做。庄重的诗行中突然插进了琐碎小气之语,就会使读者觉得"本来与诗人扶摇云霄,却突然坠落,好生郁闷"。有时,华兹华斯的作品还表现出另一种不妥(indecorum)——运用"对于题材来说大而无当的思想与意象"。柯勒律治将这种失衡称为"精神上的浮夸"(mental bombast)。

虽然柯勒律治对华兹华斯的批评在细节上是亚里士多德式的,但他在作结的时候却再次涉及超验主义;而超验主义与亚里士多德主张的彼此相容性并不比水与油更高。他说:"最后,也是最重要的,我要

---

① 指英格兰北部谷地一带的居民,或湖区农民。

提出,这位诗人(即华兹华斯)拥有最高级的、最名副其实的想象天赋,诸位尽可挑战这一评断。"如果柯勒律治是一个更彻底的亚里士多德主义者,也许他就能发现,华兹华斯"精神上的浮夸"主要源于他对自然万象的过度重视,这种重视则是由华兹华斯的超验哲学决定的;比如,他发现了一棵白屈菜,便叹道,他要"引发轰动,犹如一位智慧的天文学家"。① 这样的轰动似乎是无理取闹,除非华兹华斯能证明自己通过跟小白屈菜在想象中的交流达到了真正的精神融合。但以这种方式达到的交流,如何确保其真实性呢? 也许最好的回答是柯勒律治的一句话:

哦,威廉,我们的一切所得都源于自身,
山与水也只在我们的生命中驻存。

既然如此,个人与之交流的那个自然就并非客观的观察者眼中的自然,而只是个人内心在外物上的投射——换言之,就是一种同感谬误(pathetic fallacy)②。由此可见,正如笔者在前面一文中指出的那样,以这种方式达到的融合并不真实,而是幻想,这样一来,华兹华斯和柯勒律治二人皆力求确定的想象与幻想间的差异,便自核心轰然崩塌。

与基于常人经验来虚构情节、描摹人的行为那一类诗歌相比,此类

---

① 华兹华斯至少有两首写白屈菜的诗歌,此句出自《致小白屈菜》("To The Small Celandine"),首句为"Pansies, lilies, kingcups, daisies"。

② 又译作"情感误置",指人将自身的感受与行为投射到外界物体上的做法。约翰·拉斯金在《现代画家》中首创该说法。

诗歌描写与超验性质自然的交流,这大概只是一种极具诱惑力的逃避现实的新方法。逃遁的愿望根深蒂固且普遍存在,这种愿望在过去的文学作品中以各种方式得以满足。艾米莉·狄金森(Emily Dickinson)有几行诗,可以作为此类文学中九成作品合适的题词:

> 我一听见"逃"这个词
> 血液就加快奔流,
> 一个突然的期待,
> 一种振翅的姿态。①

112　逃遁的主要渠道是想象——某种特定类型的想象。这种想象若以其本来面目出现而不加粉饰的话,并无可厚非。只有当它自称是某种理想主义甚至某种宗教的根基时,才变得可疑。与这种形式的自我欺骗大行其道紧密相连的,是现代回归自然的潮流。卢梭便就此写道:"我的灵魂乘着想象之翅,在宇宙中漫游翱翔,其中的狂喜远非其他一切乐事所能企及。"沉溺于这种想象力中所带来的结果,人文主义者和科学人士皆会不以为然。他们会一致认为,这种漫游翱翔在大多数情况下并不在宇宙之中,而只限于象牙塔内。同理,柯勒律治自称通过"将自我射入土地、海洋和空气之中"而获得了"自由"和"最为强烈的爱",这也不过是梦境中才有的事罢了。如《廷腾寺》中的华兹华斯一样,柯勒律治在《法国:一首颂歌》(France: An Ode)的以上段落中,想造出泛神主

---

① 译文参考金舟译本,有改动。

义的幻梦来代替真正的沉思。

当然,无论华兹华斯还是柯勒律治,皆非可以凭以上这些分析来概括的。有时,华兹华斯能达到一种真正的宗教式的庄严境界。然而,他却将这种庄严感与"夕阳余晖"或其他一些外在自然景象联系起来,从而鼓励了精神感知与审美感知二者的混淆。事实上,第一个在审美层面上充分欣赏余晖的人,正是"阿雷佐臭名昭著的粗俗作家"阿雷蒂诺①(致提香[Titian]的信,1544年5月)。

同样,柯勒律治也具有一定的真正宗教感知力。然而,就他创造的整体印象而言,他似乎与之前的宗教大师都很不一样。无论是圣伯纳德②那样的,还是佛陀那样的大师,其精力充沛和目标明确不亚于今天那些大型工业企业的领头人。当然,无须多言,他们的振奋状态与后者具有质的差异;反观柯勒律治,恐怕整个文学史上都再难找到像他那样天赋异禀却又漫无目的的人物了。据一则为人熟知的轶事所述,他甚至无法决定自己更愿意在园中小径的哪一侧散步,而来回从一侧换到另一侧地曲折前行。此处牵涉的,不仅仅是精神上有意愿而肉体太过软弱这一常见问题。他的摇摆不定至少在一定程度上与其原始主义相关——尤其与他的一个想法相关,即天才主要体现在一种能下沉"回归至孩童般虔诚惊叹之状态"的能力中。当然,诚如孟子所言,大人

---

① 阿雷蒂诺(Pietro Aretino,1492—1556),意大利作家,以撰写讽刺文字勒索钱财和情色创作闻名。

② 克莱尔沃的圣伯纳德(St. Bernard of Clairvaux,1090—1153)法国教士、学者,修道改革运动——熙笃会的主要领袖,创立了克莱尔沃隐修院,在终止教会分裂等诸多宗教事务中有重要贡献。

者,不失其赤子之心者也;但伟大体现在能赋予人生以豪迈意义的力量中,这也是不争事实。柯勒律治身上,到底有几分原始主义倾向、几分真正的宗教精神,不太好确定。关于他所受的主要影响,则可以分析得更有把握些。用沃尔特·佩特①的话来讲,这种影响"属于德国文化中由来已久的、想要一窥帷幕之后奥秘的渴望的一部分"。这实际上是指,对于那些处在正常意识关注范围边缘的难以捉摸现象的兴趣;简而言之,就是洛斯教授极为关注的那些现象。由于柯勒律治如此着迷于这些幽暗地带,有时他会给接近他的人以梦游者般的印象。② 皮科克③在《噩梦隐修院》(*Nightmare Abbey*)中描绘柯勒律治在中午将窗帘拉下,在烛火上撒盐好使它冒蓝光,这一形象至少有几分讽刺漫画特有的真实性。

  对于异常现象的兴趣绝不仅柯勒律治一人所有。有人评论,他生活的整个年代都"沉迷于恐怖诡异事物中无法自拔"。如此时代,将《古舟子咏》奉为巅峰杰作再合适不过。该诗从心理刻画,到情节安排,再到景物描写,全都为追求惊奇效果而最大限度地牺牲了真实感(verisimilitude)。它与亚里士多德式的庄重感相距甚远,亚氏的庄重感不仅要求作品与常人经验具有相关性,还要求这一相关性经受住行动层面的检验。而该诗中的老水手除了最开始射落了信天翁以

---

  ① 佩特(Walter Pater,1839—1894),英国著名批评家、作家,是主张"为艺术而艺术"的英国唯美主义运动代表人物,著有评论集《文艺复兴》等。
  ② 参见 J. Charpentier, *Coleridge, The Sublime Somnambulist* 一书标题。——作者
  ③ 皮科克(Thomas Love Peacock,1785—1866),英国诗人、讽刺作家,其小说着重以对话形式幽默地描绘当时文坛著名人物和他们的各种思想观点。

外,没有任何其他行动。就字面意义而言,老水手不是一个行为者(agent),而是一个承受者(patient)①。洛斯教授十分恰当地评论道,《古舟子咏》的真正主人公是自然力——"以千般姿态尽显凶恶或美丽的土、水、气、火②"。正如查尔斯·兰姆所说:"这首诗里所有的奇幻部分我都不喜欢,但处在这般景象的影响下,那个人的情感就像笛手汤姆的魔音一般拖着我往前走。"《古舟子咏》这类以情感为中心展开的诗歌,与在情节行动方面达到真正统一的诗歌相比,具有质的差异;而它与《厄舍府的倒塌》(The Fall of the House of Usher)③一类作品相比,顶多只有程度上的差异。在《厄舍府的倒塌》及其他故事里,坡像柯勒律治一样——也的确部分地受到后者的影响——达到了气氛或云印象方面的统一,简单来说,这就是一种非常适合将核心关注点由情节动作转移到情感上的技巧。

强烈的情感,尤其当人处于独特经历的重压之下时,会给人带来孤独感。可能没有作品比《古舟子咏》更为出色地呈现了孤独这一浪漫派的主要母题("一个人,一个人,只有,只有我一个人!")。这首诗无疑做到了,让灵魂的状态与自然景象合二为一,彼此映照——自然景象化为了可怖孤独感的外在象征。自身拥有独特情感经历这一意识可以产生一种孤独感,而这种孤独感又与自白之本能紧密相连,这是每位现

---

① patient 一词由被动承受者之义引申出"病患"之义。白璧德这里使用该词应当包含了原义和引申义两层意思。
② 古希腊人认为世界来源于土、水、气、火四种元素,这种观点在西方曾长期流行。
③ 爱伦·坡的代表作之一。

117 代运动的研究者都明白的。卢梭本人在谈论某些童年经历时讲:"我明白读者不需要知道这些细节,但我需要告诉读者这些。"大体同理,婚礼上的客人不需要听老水手的故事,但老水手需要给他讲述。精神分析学家竟敢用 katharsis 这个崇高的词来指称屈服于自白冲动后产生的解脱感,胆大妄为至此,实属罕见。很明显,该词不应用来描述区区情感泛滥,或是《古舟子咏》这种只求离奇效果,而完全不顾通过想象去模仿普遍性的诗作。①

118 上述种种都说明,以洋溢于全篇的想象力性质而言,《古舟子咏》不仅是浪漫主义的,它简直是浪漫至极。我们不应因此而贬低它,或从整体上将一篇作品有多符合亚里士多德在《诗学》中立下的标准作为评判诗歌的唯一尺度。要坚信,艺术之堡中有各式各样的房间。但这并不意味着这些房间没有层次高低之分,或是它们的格局气魄都彼此相当。以其自身格局而言,《古舟子咏》毫无疑问很出色——几乎不可思议般出色。之所以认为其格局不如亚氏所言的标准,是因为它未充分关注道德抉择,以及其中牵涉到的唯一重要的终极问题——人幸福或是痛苦。在任何接受上述或类似诗学标准的人看来,洛斯教授对于《古舟子咏》的赞誉都过高了。在这一点上,他自己的言论也并非很一

---

① 洛斯教授称,从"两首诗作中想象力的运作方式"来看,"《古舟子咏》可与《奥德赛》并列,被视为典范"(*Road to Xanadu*, pp. 425, 426)。对此,我们的回复是,虽然《奥德赛》中不乏离奇元素,但它作为诗歌的伟大之处,主要在于它体现了核心性的洞见,在于它成功地通过想象描摹了体现在行动中的典范人性。与此相反,老水手这一角色则被描摹成了一段有形体的回忆。而且老水手的回忆过于异常,婚礼客人有理由地怀疑他到底是不是人类。领航人之子仅仅因为目睹老水手旅程的终幕,便"发了狂"。——作者

致。有时,他赞同柯勒律治,认为诗歌中的虚构应当公然不负责任,"就像《一千零一夜》里那个故事,一个商人在井边坐下吃枣子,把枣壳扔到一边——看哪!冒出了一个精灵,说自己必须杀掉那个商人,因为似乎有个枣核把精灵之子的眼睛砸瞎了一只"。大体上讲,洛斯教授似乎将可信性标准全盘否定,认为只有巴鲍德夫人①这样的庸俗文人才会在意。我们记得,巴鲍德夫人曾抱怨《古舟子咏》"不可信,又缺乏寓意"。

但另一些时候,尽管他承认老水手最初的举动与其后果极度不相称,但洛斯教授似乎仍然认真对待这篇故事,视其为一出关于罪与赎的伟大剧作。② 而事实上,我们无法从《古舟子咏》中提炼出任何严肃的伦理意旨——也许除了告诫人们,无辜旁观者的下场也会很惨;除非确实有人认为,仅仅因为同情射杀信天翁之人,"整整两百人"就该在无法形容的痛苦中惨死。

但与此同时,不似巴鲍德夫人所言,《古舟子咏》的确有其寓意("最懂得爱的人/便最懂得如何祈祷",等等)。而且,这一寓意尽管本身无甚特别,但放在该诗的语境中,却成为一个虚假的道理。挂在老水手项上的信天翁象征着他所背负的自身罪过,而他获得解脱的方式——欣赏水蛇的色彩——是笔者之前所说的那种混淆的一个极端范例:他以亚理性和无意识的方式("我无意识地祝福了它们")达到了等

---

① 巴鲍德夫人(Anna Laetitia Barbauld,1743—1825),英国作家、评论家、编辑,她的作品对新古典主义、启蒙传统和浪漫主义理念都有所体现,在儿童文学领域亦颇有造诣。著有诗歌《1811》等。

② *Road to Xanadu*, p. 298.——作者

同于基督教仁爱精神的境界。因此,像很多现代运动中的其他作品一样,这首诗自诩拥有一种实际上它并不具备的宗教庄重感。至少在这个意义上,该诗是那种将不同理念相混合从而变得模棱两可的艺术的一个实例。

通过将注意力转向自然景象中的神奇魔力,华兹华斯、柯勒律治及其他浪漫派为真正的诗歌开掘了一处几乎取之不尽的源泉。但无论是源于自然的或是其他任何形式的惊叹之感都无法代替某些品德,这些品德指向人心中超越于现象界之上的某种存在。若我们信奉古代的大师们,宗教智慧在墙上裂痕里的花朵中或是类似事物中是寻不到的。当沃尔特·惠特曼(Walt Whitman)称"一只老鼠足以让不计其数的不信教者动摇"时,这种让宗教信仰基于惊叹之感的意图就明显变得荒唐怪诞了。不过,这背后的价值混淆却以不那么显眼的形式留传下来,这的确是浪漫主义时代留给我们这个时代最可疑的遗产。正是由于这种混淆,O. W. 坎贝尔(O. W. Campbell)才会说:"基督是最早的也是最伟大的浪漫派。"①而按米德顿·穆瑞(Middleton Murry)的说法,当有人不敢公然攻击基督时,他便将怒气发泄到卢梭头上。②

这两种完全不同层面上的直觉之间的差异,一直被上述这些作家试图淡化或消除,但这种差异正与想象力的问题息息相关。关于二者之间的关系问题,也许没有近代批评家比柯勒律治的同时代人——法国的儒贝尔说得更加透彻;而柯勒律治当时恰恰在暗示:"法国人是唯

---

① *Shelley and the Unromantics*, p. 252. ——作者
② 见 *Criterion*, vol. Ⅶ, p. 78。——作者

一没有希望能达到宗教或诗性境界的人形动物。"儒贝尔不仅展示出柯勒律治身上有时闪现的高层次感知力,而且他胜在不似柯勒律治一般对鸦片或德国形而上学上瘾。儒贝尔所强调的最重要的区分,是感官印象层面的想象力和达至超感觉境界的想象力,即精神洞见力(insight)之间的区分。只有借助后一种想象力,我们才能创造出"更高真实的幻象";儒贝尔指出,这种幻象确实"是真实不可或缺的一部分"。

在创作过程中,我们不应轻视所谓的自发性,所有那些好似天赐的灵感,比如,在"深井"①中发生的意象间神奇的排列组合。然而,柯勒律治讲,"天才本身包含着一种无意识活动;不,应该说,无意识活动本身即天才之人的天赋所在",此言便是原始主义危险的夸大之词了。被儒贝尔称之为"灵魂之眼"的想象力,既是有意识的,又是创造性的,尽管此处指另一种意味的创造性:它创造的是价值。它与理性合作,共同效命于更高意志,从而实现这种创造。必须要根据这种伦理性想象所创造出的价值来控制无意识活动,如此方可使无意识活动获得方向和目的,即人文意义。诚然,技巧需要有意识地习得。但伦理性想象的问题明显并非仅涉及创造性作品的技巧或外在形式,而关系到它最核心的精髓。

若是无法做出笔者所强调的区分,就有可能分不清哪些作品有丰富的人文意义,哪些作品几乎或完全没有。当下,这种混淆屡见不鲜,且程度严重——比洛斯教授作品中出现的混淆严重得多。例如,E. E.

---

① 指前文中洛斯教授提出的"无意识的大脑活动之深井"。

凯莱特(E. E. Kellett)先生在其近作《复议》(*Reconsiderations*)中说:"在题材的选择中,就能看出伟大诗人与一般诗人的区别。柯勒律治选择写妖术魔法并非偶然……而乔叟①的选材大致上都是世俗甚至粗俗的,这标志着其诗性天赋的局限。"

若要说但丁具有深邃的宗教洞见,因而绝对高于乔叟,大致还能成立。但若将浪漫派爱写的妖术(diablerie)提至与宗教洞见同等的位置,并宣称最富人文精神的诗人之一乔叟因其"世俗甚至粗俗"而不如《古舟子咏》中的柯勒律治,这无疑不可接受。凯莱特先生在此处及书中其他部分的说法与那些"纯诗歌"的法国拥趸倒十分相似。此派的主要代言人布勒蒙院长(Abbé Bremond)②把太多的因素都当成与诗歌精髓无关的东西清除掉,结果是,像乔伊特③的上帝观念一样,诗歌几乎成了空无一物的透明体。诗歌成了"莫名之物"(je ne sais quoi),成了一股"电流"、一种无法言喻的魔法,据布勒蒙的说法,与祈祷中某种神秘无形的力量相似。事实上,布院长为了纯粹的自发性,竟不惜可悲地牺牲掉有意识的分辨与控制,于是便导致了亚理性与超理性之间的混淆,并最终导致浪漫主义与宗教之间的混淆,他身为一位著名宗教人士居然如此,真是堪忧。

将人文意涵献祭给自发性之神这种做法,更为明显地体现在当代

---

① 乔叟(Geoffrey Chaucer,约1340—1400),英国作家、廷臣,使用英语进行创作的先驱,其作品《坎特伯雷故事集》等对后世的英语文学影响至深。

② 参见他的 *La Poésie pure* and *Prière et poésie*,1927。——作者

③ 乔伊特(Benjamin Jowett,1817—1893),英国神学家、古典学家、教育家,曾任牛津大学巴利奥尔学院院长,其神学思想深受德国哲学的影响,译有《柏拉图对话录》《伯罗奔尼撒战争史》等,并著有《圣保罗书信集评注》等。

一个称为"超现实主义"(surréalistes)的法国流派中,他们的观点与那些投身于"意识流"(stream of consciousness)的英美作家相近。该流派成员为自身所取的名字就表明,他们对于自身的进发方向认识有误。他们所谓的"现实"明显并非在人文及理性的层面以上,而是在其以下。若以该流派的喉舌刊物《转变》(Transition)①上的一些作品来判断,该领域的创造性革新尝试的结果就是一种精神上的自动主义(psychic automatism)。

在关于柯勒律治的讨论里,笔者不打算过于深入地探讨超现实主义流派。如果说《睡眠之苦》("The Pains of Sleep")这种诗为波德莱尔(Baudelaire)的创作打下了铺垫,那么《忽必烈汗》便如笔者所说,也许是自发性的最佳范例,因为其中的自发性不仅丝毫未受人文或宗教意图约束,甚至都未经过《古舟子咏》里那种技巧上的锻塑。相较于乔伊斯的《尤利西斯》(Ulysses)最后几页的文字,此诗至少是同样清晰地,却更赏心悦目地体现了柯勒律治本人所谓的幻梦里"联想流水般的性质"。

只有通过自发性才能达到创造性这种观念与另一种观念紧密相连,即只有通过独特性才能达到原创性。若以超现实主义及最近其他一些文学流派来看,也许我们正在接近一个时代,届时每个作家都打着天才的自我表达之名,完全蜗居到个人幻梦之中,从而再无可能彼此交流。当然,晚近流派渐趋晦涩难懂,这是一种激烈极端倾向的标志,类

---

① 现已停刊。——作者
该刊于1927—1938年间发行。

似倾向在一场运动的末期往往很常见。但我们当前谈论的极端倾向，却提示出这场运动自一开始便具有一种片面性：总是倾向于强调人与人之间的不同，而贬损或否定相通之处。其结果是个性（individuality）和品格（personality）之间的致命混淆。真正的品格与个性不同，并非生来便有的。品格只有通过追求高于性情自我的标准方能有意识地赢得；与此相比，若任何一株草能说话，都可以如实地像卢梭那样讲，就算它不比其他草叶更好，至少是不同的。只要对性情放任自流，再或多或少地结合一些技巧，便具有了创造性——在这种想法之下诞生的作品，的确常常能展现出天才，但失之特异；用亚里士多德的话来说，就是为了追求惊叹离奇而忽略了可信性。阿纳托尔·法朗士评论维克多·雨果（Victor Hugo）这一特异天才的极端范例："在他卷帙浩繁的作品中，能碰到如此多的怪物，却连一个人形都见不到，这让人感到既悲伤又可怕……他希望能让人惊叹，而且在很长时间里也一直具有这种力量，但真的可能一直让人惊叹下去吗？"

模仿原则建立了一套标准，要求作者必须以其为参照来陶化自己的天赋，无论他们所具有的是何种天赋，这一原则的所有形式都具有矫正磨炼的作用；也许，其中一些形式矫正得太过了。我们仍记得新古典主义时期在模范样板面前匍匐的那些文学理想的追求者。但另一方面，为了自发性而弃模仿于不顾的原则缺乏足够的警醒作用，好让人提防佛陀等智者指出的人性中的两大痼疾——自负与懒惰。罗伯特·沃斯利（Robert Wolseley）早在1685年就说过的一句适用于现代不少人的话："每个浪漫派的傻瓜都自以为富有灵感。"

但是让我们回到柯勒律治身上：当他处于佳境，尤其当他坚称伟大的诗篇必须具有代表性时，并未鼓励那种过于肤浅的灵感。然而应当质疑的是，他是否有将代表性原则及其必然导向的模仿和可信性原则，充分地与他对想象力及其作用的定义相联系。他最著名的评论——"愿意暂时中止怀疑，这便是诗性信任（poetic faith）"——似乎并未提供足够依据以便区分何为诗性信任，何为诗性轻信（poetic credulity）。任何一类故事，即使扣人心弦，也不能保证就一定包含人文意涵。否则的话某些侦探小说便能获得极高的文学评价了。柯勒律治的那句评论实际上有辩护《古舟子咏》的意图，因为这是一篇缺乏可信性的故事，不仅在巴鲍德夫人所言的层面上如此，笔者前文试图说明，在亚里士多德所指的意味上也是这样。谈论"想象的淬炼之力"也不够，因为想象力淬炼出来的，有可能是妄想的怪物。同样，将"原初想象力"（primary imagination）定义为"有限的心智对无限之大我（infinite I AM）那不朽创造行为的重复"，这也无法令人完全满意。这个定义似乎在鼓励浪漫派将自我拔高成神明，而不事先确定一下，若去除自身的情感基础，其想象是否还站得住脚。

因此我们只能得出结论：尽管他有很多附带的精辟评论，但柯勒律治的想象力理论仍然未能充分褪尽超验迷雾。最令人遗憾的，是他没有清楚确认，想象力可以让人达到超感觉的真实境界；而模仿和可信性原则若要不再被怀疑成是形式主义，上述确认则是必不可少的。但柯勒律治却倾向于将华兹华斯与自然万象的交流看成对想象力的最高运用。由此，柯勒律治成为那影响极大的同感谬误的推波助澜者之一，自彼时以来同感谬误始终困惑着人心。

　　华兹华斯在解读过程中,常常把风景本不具备的意义强加上去(比如"无法言传的爱"①),但值得庆幸的是,他也同时会呈现出风景确实具有的令人惊叹之处,这样的华兹华斯对科学持贬低态度。然而,关注人生经验中核心典范内容的那种想象力之所以会有所衰退,而追逐惊奇的那种想象力之所以会兴盛,其中主要原因也许正是科学发现。这些发现催生了一种前所未有的对于新奇事物的迷恋。奇观层出不穷,现代人尽皆翘跂以望。当下,大家正为征服天空而遐想联篇②,神魂颠倒。尽管现代人并不像某个法国二流诗人那样,特意要"一直活在眼花缭乱的状态中",但他们仍然离贺拉斯所谓的那种淡然处之(nil admirari)的态度相距甚远。由于各种形式的自然主义互相影响、联合作用,现代人对于生活的态度逐渐变成了纯探究性的——仅仅是惊叹好奇的放纵扩张。他们甚至都无法想象另一种态度。但是,一种局势正逐渐成形,也许会逼迫他们对此进行想象。在万事万物中,惊叹固然应当占有重要的一席之地,但相较于人文主义者的节度法则(law of measure)或敬畏、虔诚、谦卑等宗教美德来说,惊叹终究只是个糟糕的替代品。

　　若想了解人文主义和宗教是如何或多或少被现代运动及其"惊叹复兴"之潮所败坏的,回头研究一番该运动的早期阶段仍会有所助益。马修·阿诺德曾表示,19世纪前二十多年英国文学的创作高潮给

---

　　① 出自《漫游》。
　　② 可能指1926年3月16日,美国火箭研制的先驱者、科学家戈达德(Robert Goddard)制造的世界上第一枚液体火箭升空。白璧德此文最初发表于1929年。

人一种过早来临的不成熟之感。该说法的合理之处就在于,浪漫派领袖们没能以充分的批判性思维处理创作这一观念。他们倾向于创作自发性的原则,柯勒律治虽有所保留,却也大体如此,而笔者已经试图说明,此原则失之偏颇,时至今日,这种偏颇仍在。这种偏颇若得不到矫正,恐怕艺术和文学面临的就不仅仅是亚历山大式衰落①了。乔伊斯的《尤利西斯》被丽贝卡·韦斯特小姐赞为"盖世天才"之作,这话代表了文学界年轻一代中不少人的观点,《尤利西斯》标志着在心智分裂之路上踏出的更远一步,实为古典遗产中任何作品所望尘莫及。若想至少在批评领域多少恢复人文或宗教真理,应当与创作过程建立联系的就并不是自发性,而是模仿,模仿对象则应是通过想象领会的超感觉典范。已故的斯图尔特·薛尔曼认为:"19 世纪思想家的重大革命任务是让人融入自然。20 世纪思想家的重大任务是重新让人走出自然。"表面上,薛尔曼所说的这种沉浸于自然的原始主义作风的最大隐患在于,它会使人否定理性;但若细心审视一番,就会发现它能带来更严重的危险,即模糊存在于人的自然之我(natural self)和更高意志之间的真实二元对立——或更常见的,它会像《古舟子咏》那样,造出一个亚理性的拙劣仿品妄图取代更高意志。更高意志这一概念被混淆遮蔽,与神恩学说的衰落实际上是同时发生的,在西方基督教世界的传统中,这两个概念本就紧密相连。其中牵涉到的问题也远超文学领

---

① 这一表达应是来自埃及城市亚历山大。该城建于公元前 334 年,以其奠基人亚历山大大帝命名,为托勒密王朝首都,并在一段时间内是古希腊文化中最耀眼的城市之一,在经济、文化、教育皆处于领先地位。然而公元 7 世纪以后因为各种历史原因不断衰落,成为一个小渔村。19 世纪早期得到复兴。

域。但是，若仅就文学而言，看来有必要以某种形式——也许是纯粹的心理形式——恢复上述那个真实的二元对立，如此，才能再度创造出名副其实的具有庄重感的作品——洋溢着人文且戏剧化的想象力①的作品。

---

① 参见本书第二章"华兹华斯的原始主义"中关于人文且戏剧化的想象力的论述。

第五章　美学理论家席勒[1]

考查席勒对于浪漫派运动的整体影响是一件艰巨的工作。一位法国学者艾里(Eggli)先生最近完成了一部两卷八开本的书作——竟达1300多页!——仅谈论席勒对法国浪漫派的影响。[2] 他尤其用了很长篇幅来讲席勒对法国浪漫派及前浪漫派戏剧的影响。许多从席勒那里借用主题的浪漫派剧作可以被定义为新兴情节剧(parvenu melodramas)。但是正如艾里先生所说明的那样,通过《强盗》(The Robbers)一剧——很久以来,不仅在法国,而且在其他欧洲国家,席勒的知名度几乎完全建立在《强盗》这一作品上——他推动了真正情节剧的兴起。大体上改编自《强盗》的《大盗罗伯特》(Robert Chef de

---

[1] 1920年5月,阿瑟·O.洛夫乔伊教授在《现代语言笔记》(Modern Language Notes)期刊中发表了对笔者《卢梭与浪漫主义》(Rousseau and Romanticism)一书的书评,指责笔者歪曲了席勒的美学观点。笔者在同一刊物中(1922年5月)发表了一篇题为《席勒与浪漫主义》("Schiller and Romanticism")的文章来回应。洛夫乔伊教授在该文文后又附上了对此的回答;笔者在《现代语言笔记》中这篇文章的几个段落会出现在本文中。笔者文中涉及的是格德克版《席勒文集》(Goedeke edition of Schiller)第十卷的内容。

"博恩文库"(Bohn Library)中有席勒关于美学的文章的译本。笔者在几处引文中用了博恩文库版译文。——作者

[2] Edmond Eggli, Schiller et le Romantisme français, 1927.——作者

Brigands），由拉马特里埃（La Martelière）执笔，并应有博马舍①协助，一上演便获得巨大成功（1792年3月10日）。这部剧中的紧张刺激之感比席勒的原作更加明显地鼓舞了革命激情。《大盗罗伯特》上演达半年之际，法国国民立法议会授予席勒以法国公民的称号。② 1792年10月，由丹东（Danton）和克拉维埃（Clavière）签署的一纸法令的复印件，与内务大臣罗兰（Roland）的一封信函一道发往德国，收件人为"德国政治评论家，吉尔（Gille）先生③"。这些目前存于魏玛图书馆的文件直到1798年才到达席勒本人手中。所有签署过这份文件的人都早已成为大革命的牺牲者，因此，像席勒自己说的那样，他的法国公民证书仿佛自死者国度而来。

136　　按照歌德的说法，席勒作品的主导思想是自由，只不过这个观念通过一番提炼，有所变化发展。的确，一开始席勒以极端形式体现了革命精神的两个方面：其一，是一种即便称不上爆炸性的，也至少是扩张性的自由，这在《强盗》中就有所表现；其二，是扩张性不亚于自由的同情心④——这种同情心包容性如此之大，席勒甚至愿意"拥芸芸众生入怀"并"给全世界一吻"。

---

① 博马舍（Pierre-Augustin Caron de Beaumarchais，1732—1799），法国作家、发明家、金融家、革命家，支持美国独立战争，并参与了法国大革命的早期阶段。著有《塞维尔的理发师》《费加罗的婚礼》等作品。

② 实际上这份文件是由大革命期间的国民公会（National Convention）签署的。法国国民立法议会（Legislative Assembly）于1791年10月1日成立，1792年9月被国民公会取代，二者都是大革命期间的立法机构。

③ 国民公会对席勒名字的误写。

④ 与本书第一、二章里的用法类似，此处的同情指情感上的共鸣相通。

然而，席勒对革命二重性这种较为幼稚的表现形式的赞同却并未一直持续下去。主要受到康德的影响，他开始逐渐关注善恶冲突，其关注层面不仅限于社会，更包括个人。从其哲学作品来看，他对这一冲突的态度谈不上是对基督教立场或是古典立场中任何一方的回归。他几乎跟卢梭一样倾向于将礼仪(decorum)看作堕落的新古典主义的一套繁文缛节，而非不可或缺的原则。同样，基督教主张的谦卑与席勒从康德那里接受的实践理性这一概念之间也无必然联系。通过遵从绝对命令(categorical imperative)①所获得的自由很难等同于"上帝的孩子们那光荣的自由"。与此同时，席勒提供的逃离内心冲突的方法并不完全是康德式的。在他看来，康德过于严厉、不留余地。他说，康德是他那个时代的德拉古②，因为那个时代配不上拥有梭伦(Solon)那样的人物。的确，严格遵从康德的逻辑时，席勒发现自己似乎被困在两个必然性之间：一方面，是道德律的必然性；另一方面，是自然的必然性。他的《审美教育书简》③和《论秀美与尊严》("On Grace and Dignity")特地讨论的便是这一两难困境。席勒追寻直接性，没有向超感觉事物中去找，康德已经否认人能直接认知超感觉事物，席勒便转而到情感中去追

---

① "绝对命令"(kategorischer Imperativ)，又译"定言令式"，康德道德哲学中的重要概念。康德在《道德形而上学奠基》中称："定言命令只有一个，这就是：你要仅仅按照你同时也能够愿意它成为一条普遍法则的那个准则去行动。"(杨云飞译本，人民出版社2013年版，第52页)

② 德拉古(Draco，约生活于公元前7世纪)，古希腊政治家、立法者，据传以成文法取代了不成文法律，但该法极严酷，其继任者梭伦将该法典废除，只保留有关谋杀的条律。后世以德拉古式(Draconian)来形容严刑峻法。

③ 《审美教育书简》是席勒的重要美学理论著作。由1793—1794年作者写给丹麦王子克里斯谦公爵的27封信整理而成。

寻。他恰如其分地为自己的《审美教育书简》选了一句卢梭的话当作题词:"若说是理性造就了人类,那么引导人类的则是情感。"他意图通过审美和情感来解决二元对立的难题——人内心的高级天性和低级天性之间的争斗。这个问题的重要性毋庸置疑。如果我们同意艾里先生的观点,认为席勒的解答令人完全满意,那我们便必须视其为古往今来的伟大圣贤之一。然而,从一开始,大家在对于席勒身为审美理论家的评价上,便各执一词。在与爱克曼的《谈话录》中(1823 年 11 月 14 日),歌德提及席勒"投身于思考的那段不幸的日子"。"看到如此有天赋的一个人,以无益于自身的哲学研究折磨自己,不免令人悲伤。"①在当代,维克多·巴什先生②就一篇关于席勒美学理论的细致研究做出了如下总结:"席勒的诗学,无论是方法、前提,还是结论,我们都不会认为其真正成立。"对于席勒美学理论的价值,笔者的评价与巴什先生的观点很一致,只不过出于不同的理由。必须要承认,这个话题整体上讲难度极高。若要做充分阐述需要整整一本书的篇幅。在此,笔者只望能就其中涉及的几个主要问题稍作探讨。

要想确定这些主要问题有哪些,就不得不迅速回顾一下席勒哲学作品涉及的背景。在本书的其他文章中,笔者已经指出过,在新古典主义时期,想象力在艺术和文学中的作用被过分低估了。而新古典主义的这

---

① 歌德似乎也并非一直对席勒的康德式思考持这般负面看法。见 Karl Vorländer, *Kant, Schiller, Goethe*, Zweite Auflage, 1923。——作者

② 巴什(Victor-Guillaume Basch,1863—1944),法国学者、政治家、哲学家,法国人权联盟的创立者之一,曾参与犹太复国运动和反法西斯运动,著有《席勒的诗学》等作品。

种倾向又因为启蒙运动(Aufklärung)理性主义的冰冷枯燥而得到了加强。后来德国浪漫派们抱怨道,启蒙主义者(Aufklärer)是在帕纳萨斯山(Parnassus)①上建造面包房。换个比喻的话,他们想要给飞马珀加索斯(Pegasus)②套上缰绳。③ 为了让飞马再次展翅云端,就有必要进行两种解放:一为想象力的解放,一为情感的解放。前一种解放的历程,若能联系"创造性想象"这一说法的兴起来进行考察,再有效不过,这一点笔者在前面的文章中已谈过了。至于后一种解放,有一点不应忘记,情感的(sentimental)和审美的(aesthetic)等类似的称法,不仅在词源上是同义的,而且沙夫茨伯里伯爵实际上将审美的和情感的二者合为了一体,尽管他本人没有使用两个词中的任何一个。我们很难说他对于道德感和审美感做出了任何区分。一个人若耽于对同伴本能的好感,他的行为就一定是既美好又道德的。沙夫茨伯里大概可以被视为上两个世纪里所有慈善人士和所有审美主义者的先驱。而沙夫茨伯里的弟子哈奇森④则在继续肯定道德感与美感之间紧密关系的同时,试图单独为后者辩护。与此同时,英国经验主义者正试图从美的观念里去除莱布尼茨(Leibniz)等人从中挖掘出的抽象、理智的元素,从而将这一观念完全建立于感觉(sensation)之上。这种经验主义的元素在诸如柏克的《关于我们崇高与

---

① 希腊中部的山,在希腊神话中是太阳神及文艺之神阿波罗的圣山,是缪斯女神的居住地。
② 希腊神话中的有翼飞马,常与诗才相联系。
③ 参见 Schiller's poem "Pegasus in der Dienstbarkeit"。——作者
④ 哈奇森(Francis Hutcheson,1694—1746),苏格兰-爱尔兰裔哲学家,苏格兰启蒙运动的奠基人之一,其思想对大卫·休谟、亚当·斯密等人都有所影响,著有《论美和德性两种观念的根源》等。

美观念之根源的哲学探讨》(*Inquiry into the Sublime and Beautiful*)这样的作品中体现得十分明显。在法国,杜波斯神父①尤其坚持强调感性(sensibility)对美的认知的作用。简而言之,种种发展都在铺垫,审美即将作为一门独立的学科被建立起来。然而,被视为该新兴学科真正出现的标志性作品——鲍姆嘉通的《美学》(1750)——却没有过多强调美感中的纯感官元素,这可能是大家单看书名②的话所意想不到的。

有一部作品将上述这些美学理论家——一方面包括莱布尼茨这样的理智主义者,另一方面包括柏克这样的感觉主义者——的观点进行了汇总并作为论述前提,同时又预示出了该领域的后续探索方向,这就是康德的《审美判断力批判》(*Critique of Aesthetic Judgment*)。③可以看出,康德还受到了来自杰拉德④、达夫⑤、扬、霍姆⑥等人的影响,这些理

---

① 杜波斯(L'abbé Jean-Baptiste Dubos,1670—1742),法国政治家和学者,法兰西学术院院士及秘书,著有《对诗歌和绘画的批判性思考》等。

② 鲍姆嘉通(Alexander Gottlieb Baumgarten,1714—1762),德国哲学家、美学家,他所著的《美学》(*Aesthetica*)一书标志着美学作为一门独立学科的建立,康德在其著作中对鲍姆嘉通的美学思想有所回应。aesthetica 来自希腊语,本义指"感官"(sensation)、"通过五感接受外界刺激的能力"。鲍姆嘉通的《美学》一书则以该词指品味(taste)或对美的感受,这是 aesthtica/aesthetics 现代用法之肇始。

③ 《判断力批判》(*The Critique of Judgment*)一书的第一部分。J. C. 梅瑞狄斯(J. C. Meredith)的英文译注本(1911)很实用,介绍了在英国的与康德思想相通的一些前人。——作者

④ 杰拉德(Alexander Gerard,1728—1795),苏格兰牧师、哲学家,曾于阿伯丁大学教授道德哲学,著有《论品味》等。

⑤ 达夫(William Duff,1732—1815),苏格兰牧师,著有《论原创性天才》(*Essay on Original Genius*)等。

⑥ 霍姆(Henry Home,1696—1782),苏格兰法官、哲学家、作家,英格兰启蒙运动的重要人物之一,爱丁堡哲学学会(爱丁堡皇家学会前身)的创立者之一,著有《批评的元素》等。

论家虽然嘴上常常提良好的品味和判断力，但大体上支持的是自主性（autonomous）或云"创造性"想象和被解放的感性；简单来说，他们都是为天才时代开路的人。这种影响在康德的某些言论中体现得非常明显，比如他说，毫无异议的一点是天才与模仿互不相容；再比如他否认科学人士具有天才，因为他们缺乏足够的想象力上的自由。与此同时，他又很反感逐渐在狂飙突进运动①中开始显现出来的那种想象力和情感上的自由。

的确，说到底，康德还是一个理性主义者，而且是个极为难懂的理性主义者。任何一个挣扎通过《审美判断力批判》之玄学迷宫的读者大概都会同意儒贝尔所言——头脑和身体一样都可能会被扭伤。康德的论证之所以复杂，很大程度上是因为他主张审美判断具有普遍有效性（universal validity），而且由于他所信奉的哲学体系，他不得不努力将这种普适性建立在先验和理智的基础之上。维克多·巴什先生就康德美学写过一本内容稍嫌分散的专著②，但我们至少能同意书中的以下观点：对我们来说美感并不包含什么抽象的东西，而总是基于直接体验的。然而当巴什先生进一步说，因为美感必然是一种"情感"，因此不可能具有普遍性，这就值得质疑了。如果想避免使"美"沦为一个纯粹相对的观念，那么相对于巴什先生所说的"情感"，我们就需要求诸另

---

① 狂飙突进运动（Sturm und Drang），18世纪晚期德国文学和音乐领域的变革，被视为浪漫主义的一种初级形态，是对启蒙运动理性主义的反叛，歌颂自然、情感和个性，该运动深受卢梭和约翰·格奥尔格·哈曼的影响，歌德和席勒曾参与该运动，直到他们的理念有所变化并开启了魏玛古典主义。

② *Essai Critique sur l'Esthétique de Kant*, Deuxième edition augmentee, 1927. ——作者

外一种直接性——对居于无常现象中,且与无常现象永远相伴的那一恒常存在的认知。这种持久的恒一性(abiding oneness)体现在不止一个层面上。我们会认为,人性本身中的恒常因素,作为与物质性(physical nature)有所区分的存在,应当得到特别关注。在本书其他部分,笔者曾试图描述想象力与分析理性之间的合作,通过这种合作,我们有希望能抓住这些恒常因素,并在这种意义上到达真实,尽管这里的真实远远谈不上是绝对的。通过这种合作,便有可能建立一种可模仿的经验范式。按马修·阿诺德的观点,在伟大的古希腊诗人身上,想象力与理性便是如此合作的:例如,索福克勒斯的诗歌所产生的效果即源于"想象性理性"(imaginative reason)。

然而,如果不是共同服从一个更高力量的话,想象力和理性能否顺利合作,这很值得一问。康德的美学理论本身及其对席勒的影响都逼迫人思考这个问题。康德认为存在这一更高力量——这是人所特有的一种意志力,且据他所说,这是基于超感觉的。与此同时,他又否认人可以直接到达这种超感觉领域,或云本体的(noumenal)世界。康德将本体与现象(phenomenal)如此绝对地分割开来,这使他自己陷入了非常棘手的困境,在自由这一话题上尤其如此。康德承认,身为万千现象中的一个,人被严格地限定着,但同时人在本体世界又是完全自由的!康德明显在他三类批判中的每一类里都以极为尖锐的形式提出了直觉的问题。《审美判断力批判》探索了人是否可以直接感知普遍性(universal)这一问题;《实践理性批判》(The Critique of Practical Reason)探索了人是否必须将自身行为基于仅停留在抽象层面的绝对命令之上;《纯粹理性批判》(*The Critique of Pure Reason*)则探索了,尽管人渴望直接性,但是否必须忍受"冰冷范畴的怪异之舞"①的敷衍。当然,也有可能走向另一个极端。帕斯卡说:"祈祷上天,愿我们永远不需要理性,愿我们能通过直觉与感情认识一切。"即使纯粹的传统主义者,如此贬低理性也是不妥的;更遑论有志具备批判精神之人了。就算将理性仅视为具有次要作用的一个手段,我们仍然需要它,正如笔者反复强调的,即使仅仅为了区分不同等级的直觉。笔者在序言中已经指出,我们应当小心避免混淆帕斯卡用来指称更高意志时的情感一词和卢梭用来指称扩张性感情的情感一词。笔者还讲过,我们可以坚持帕斯卡所谓的"情感"具有心理学上的真实性,而不必连带认同帕斯卡及其他基督教超自然主义者常常与这种情感相联系的那套神学。

即使我们不认同康德,而认为人可以具有关于更高意志或道德意志的直觉,那个问题仍待解决:若非在一定程度上共同服从该意志,想象力和理性能否像笔者描述的那样合作?一个与之紧密相关的问题是:离开超自然宗教,伟大的艺术和文学还能否诞生?有人坚称,伟大艺术中总有某种形式的超自然元素,即使有时只是作为背景存在。②但这一点也许不必说得如此确定。过去有很多艺术和文学作品,虽然也许并非属于登峰造极之作,但也称得上崇高,其中的宗教成分就并不明显。例如,在莫里哀(Molière)的戏剧中就不易看到穆尔先生所说的

---

① 原文为 unearthly ballet of bloodless categories,语出 F. H. 布拉德利的《逻辑学原理》。
② 见 P. E. More, "A Revival of Humanism", *The Bookman* (New York), April, 1930。——作者

"超自然魅力"。而且有证据显示,莫里哀不仅对其自身背景中的基督教,还对整个超自然领域抱有明确的敌意。

然而,目前的话题并不需要展开讨论宗教与伟大艺术之关系这一艰深问题。仅须像笔者那样指出一点便足够:没有任何形式的直接性作为依托的绝对命令或道德意志过于严苛,因此席勒只好向仅源自情感的那种直接性寻求庇护。下文马上要展开说明,据席勒本人的论述,在情感接手统治权以后,想象力和理性无法合作。

当然,新古典主义者总体上讲也未能达成想象力和理性间的合作。笔者在讨论约翰逊的文章中试图说明,出于历史原因,新古典主义者倾向于过分贬低想象力,而推崇"理性""判断力"等等。"启蒙主义时期"那些只认同枯燥分析的人士,在席勒的时代仍有不少代言人,他们也同样未能公正评价想象力的作用。关键问题在于,既要给想象力更大的空间,又不能让它抛弃方向和目的,或者说,不让它失去普遍性的理念。若想保有这一理念,就很难像康德那样主张天才与模仿互不相容。他这种主张似乎意味着,只有当一个人的想象力不服从任何目的,可以恣意游戏(play)的时候,此人才具有天才。实际上,康德是所谓的艺术游戏理论(play theory of art)的主要奠基人之一。同时,虽然他将想象力的自由视为一种游戏,他却不愿意承认那是不负责任的游戏。因此,他试图通过形而上学的一些微妙玄奥之论来证明,艺术可以具备无目的的合目的性(Zweckmässigkeit ohne Zweck)。基本以同样的方式,他试图证明,艺术中的鉴别判断虽然建立在个人的品味上,而且就直接认知而言,无法超越现象界和其无限的差异性(otherwiseness),但这种评鉴仍可以具备普遍有效性。

众所周知,席勒从康德那里继承了游戏理论,但比康德更加彻底地从中去除了目的性。决不能因为目的论或其他任何理由限制想象力的自由。很明显,在席勒眼中,一切都取决于他所谓的自由(freedom),艺术中和生活中皆是如此。我们可以认同歌德的观点,席勒的自由观念的确经历了发展提炼,但应坚持,他在哲学作品尤其是《审美书简》中所描绘的想象力自由仍然主要是扩张性的。判断一个人,最重要的问题就是看在他眼中,自由(liberty)主要指承受限制还是摆脱限制;这个问题与"无限"这一话题密不可分。① 毫不费力就可以引出大量的原文来证明,席勒将"理想"(ideal)与"无限"(infinite)相联系,而此处的"无限"指的是没有限制(unbounded)。简而言之,席勒身上具有一种渴望,相当于对无穷无尽的追求(Unendlichkeitstreben),这种精神贯穿于德国浪漫派运动,并在其他国家的浪漫派运动中也有一定体现。一旦对浪漫派妥协一步,承认他们的无限观念是一个逃脱限制的理想渠道,便相当于对他们妥协了一切。按照亚里士多德等古希腊人的观点,这种意义上的无限是有害的。它不利于均衡有度的人生观。尼采的作品就严重沾了这种"对无穷无尽的渴望",然而他有时能像一个古希腊人那样谈论这一整体上的倾向:"让我们向自己承认吧,均衡有度对我们来说非常陌生;我们渴望的其实是无限,是无尽。仿佛骑着一匹不断向前、气喘吁吁的马,我们这些现代人,这些半野蛮人,在无限面前放掉

---

① 笔者曾就它与浪漫派运动的关系探讨了"无限"的话题,参见 *Rousseau and Romanticism*, pp. 250ff。——作者

了缰绳,处于极端危险中——只有这时我们才感到快乐。"①不仅浪漫派,西方人整个群体都因为愈发无视节度法则,愈发严重地、前所未有地深陷尼采所说的危险——古希腊人所谓的报应(Nemesis)之中。

150　　我们如何理解想象力的自由,与我们如何理解形式有紧密关联。笔者所谓的形式是指内在形式,即人文意义上的形式,而非仅指外在形式或技巧——在艺术和文学中,后面这些却常常被用来试图代替内在形式。理想的人文意义上的形式可以被定义为,在经验的原材料上施加某种借想象力获得的范式。在《忧郁颂》中,柯勒律治哀叹自己痛失

> 自然在我诞生之际的馈赠,
> 属于我的想象的锻塑之力。

柯勒律治此处似以浪漫派作风,将"锻塑之力"与天生的、自发的相联系。而能够带来内在形式的"锻塑"实则与模仿有关。想象力服从人心中的某种力量,这种力量参照某一可靠典范,有意识地限制无度的扩张。

　　源于内在形式的美有时被称为结构感(architectonic)。它是一种蕴含生命力的静态(vital repose)。而席勒所谓的结构美(architectonic beauty)则并非特指这种人文意义上的形式,甚至都不指艺术之美,而指有机的美——自然赐予个人的形态之完美。相对于这种自然美,优雅的美在他看来更具人类特质,而他将优雅的美与动态而非静态相联

---

① *Beyond Good and Evil*, translated by Helen Zimmern, pp. 169-170. ——作者

系。在这一点上,他的观点似乎与现代的主流相合,倾向于将个人或艺术作品中的美与表达相联系,而非与笔者试图描述的内在形式相联系。① 然而,不能忘记,席勒远非一个表达清晰、前后一致的作者。其作品棘手的原因之一便在于他在(康德所指意义上的)伦理和审美之间的摇摆。② 他认为美源于自然,而更具人类特质的美则是女性而非男性的特权。就这些来说,他作为一位康德主义者,有时③简直说得出爱默生对美的那一段呼告:

> 你危险的目光
> 让男人变成女人;
> 我们甫一降生,却又
> 再次融入自然。

我们已经知道,按照席勒的观点,如果想象力要自由游戏,就必须摆脱任何目的性;因为目的性实际上就意味着束缚与努力,而审美状态中人沉浸在一种理想的怠惰中。他说,古希腊人"将拥有永恒幸福的神明从一切目的、一切责任和一切牵挂中解放出来,使懒散(Müssiggang)和冷漠成为神族令人艳羡的命运;而'神族命运'其实是

---

① 笔者讨论了形式和表达各自的地位,参见 *The New Laokoon*, pp. 217ff。——作者

② 参见 Höffding, *History of Modern Philosophy*, II, 132。席勒对于"尊严"(dignity)的赞扬是康德式的,而对于"美好的灵魂"(beautiful soul)的道德自发性的赞扬是卢梭式的。——作者

③ 特别见其论文"Über die Gefahr ästhetischer Sitten"。——作者

一个纯粹的人类称呼,用来指那最自由、最高贵的存在"。在弗里德里希·施莱格尔①的《路辛德》(*Lucinde*)中那段著名的《懒散哀歌》("Elegy on Idleness")里,有对于上述这段话夸大了的回音。弗里德里希·施莱格尔还沿着席勒以其想象自由的观念所开辟的道路进一步深入,他宣称:"诗人任性反复的异想天开唯其本身是从。"②席勒本人并非颓废派审美主义者,但不难从他的作品中举出一些指向颓废派审美主义的段落。

　　大量的创造性艺术作品都涉及席勒所说的那种想象力的自由游戏,这一点没人否认。但游戏理论提出的问题却与此不大一样。该问题最明确地体现在席勒下面这句话里:"只有游戏时,人才是完全意义上的人。"拒斥了这种说法,席勒的整套美学理论体系便从基部分崩离析。任何相信想象力需要受某种人文标准约束的人都会拒斥席勒这种说法,这事关首要原则。这样的人会坚持,一个人需要通过工作(work)而非游戏,方能成为"完全意义上的人"。也许有人会回答,席勒所谓的游戏并非普通意义上的游戏。然而人文主义者所谓的将伦理控制加之于想象力,也并非指普通意义上的工作。一旦忘掉游戏与工作间的

---

　　① 施莱格尔(Karl Wilhelm Friedrich Schlegel,1772—1829),德国作家、批评家、语言学家、印度学家,与其兄奥古斯特·施莱格尔合办的刊物《雅典娜神殿》奠定了德国早期浪漫主义的理论基础,著有《片断》《印度人的语言和智慧》等作品。

　　② 像康德一样,席勒也警告,要防止想象力失序(Phantaserei)。避免失序的一种渠道是通过艺术,实际上就是外在形式或技巧。然而,可以做到将约束性很强的技巧,甚至是古典技巧,与恣意至极的想象和感性彼此结合。阿纳托尔·法朗士的文章中就体现了这种结合。席勒还谴责那些因为没有达到理想境界却又抛弃现实,从而落入"狂乱迷幻之潮"中的人(pp. 503-504)。然而当我们审视他所谓的理想境界,却发现它是一种对限制的逃离,而非接受。由此我们不得不下结论,他并未提供可靠标准来区分正当和非正当的想象游戏。——作者

区别,就有混淆类别的危险。我们就可能将至多在娱乐文学中占有一席之地的作品推到本属于亚里士多德所谓具有庄重感的文学的地位。例如,但丁说写作《神曲》时所付出的精神劳作让自己消瘦多年。我们不应以为,他将这番功夫下到了作品的技巧或外在形式上;他的心血更多是倾注到了作品的内在形式,即人文和宗教意涵之上。席勒本人是最不可能仅仅将艺术和文学当成娱乐的人。席勒尤其反对一种态度,我们今天将这种态度与"疲惫的生意人"联系起来。他也确实是最先使用这个说法(den erschöpften Geschäftsmann)的人之一。然而,再确定不过的是,游戏理论成全的正是疲惫的生意人和广义的功利主义者,他们努力的方向与艺术和文学完全不同,只有在懒散时才转向艺术和文学寻求放松安慰。游戏理论在英国最知名的支持者是功利主义者赫伯特·斯宾塞①,这并非巧合。更确切地说,该理论的思想早在功利主义运动预言者弗朗西斯·培根的主张中就已萌芽。他讲:"这种虚构故事(即诗歌)的功能就是让那些事物本质不尽如人意的方面看上去更令人满意一些……诗歌使事物的假象服从人的意愿,从而振作我们的精神,而理性则使精神屈服于事物本质。"简言之,科学观察者遵从的是现实约束,而诗人则能打破这种令人沮丧的安排,按心意将其重塑,也就是让想象力自由游戏。很明显,无论如何,一个想象力达到了席勒在《审美书简》中所描述的那种理想的"自由"状态的艺术家,是无法获得理性屈服于事物本质的科学人士所追求的那种真实的。的确,席勒

---

① 斯宾塞(Herbert Spencer,1820—1903),英国哲学家、社会学家,社会达尔文主义的代表性人物,提出了"适者生存"的说法,著有《综合哲学》等作品。

主张,理性与想象力及审美态度彼此不甚相容。他说:"在审美判断中,我们关注的不是道德本身,而是自由,道德之所以能取悦我们的想象力,只是因为它使自由清晰可见。因此,当我们要求审美对象具有道德目的时,当我们为了拓宽理性的辖域,试图将想象力赶出它的领地时,就会出现明显的界限混淆。或者想象力不得不完全受制于理性,从而失去所有的审美效果。或者理性不得不向想象力做出一些让步,这样一来就于道德无益。为了追求两个不同目标,便要冒两边双双落空的风险。你必须以道德束缚囚禁幻想的自由,并以想象力的任性(Willkühr)扰乱理性的必然性。"①

很明显,任何立志于做完美的审美主义者的人士,都要做好做出牺牲的准备。这样的人必须背弃理性、伦理目的性,背弃"现实"这个难以捉摸的词可能具有的一切意义。在席勒眼中,美是纯粹的表象(Schein),不具有实质,是幻影世界。美首先是对实际(actual)的逃离:

自逼仄阴沉的生活中逃亡

进入幻影国度的美景里。②

---

① 第 176 页。——作者

② 出自《幻影国度》(Das Reich der Schatten)。该诗(又名《形式的国度》[Das Reich der Formen] 或《理想与生活》[Das Ideal und das Leben])与《审美书简》(Aesthetische Briefe)的主题紧密相关。我们只能欣赏席勒如此成功地在《幻影国度》一诗中将艰深的哲学抽象理论转化为真正的诗。同时我们必须坚持,最高等的艺术美并不属于这种"逃避"类型的作品。它的形式具有丰富的内容;它不像席勒的"形式",是一个金玉其外的空洞表象。——作者

随着浪漫的想象力飞入它自身的"强烈空虚",

> 尘世浮生的沉重的梦影
> 一直往下方坠落、坠落、坠落。①

很难看出,席勒劝人退居的那个"幻影国度"与吸引卢梭想象力的那个"异想之国"(pays des chimère)或后来的浪漫派所谓的"象牙塔"之间,到底有何区别。如果像席勒所说,这就是"理想",那便难以区分理想和区区幻象了。当然,据席勒所说,作为牺牲掉理性、目的性和现实的补偿,审美主义者有望享受到至高的好处。想象力的自由游戏打开了一片新天地,供他们寻求庇护,由此他们不必再受制于自然秩序(natural order)和(康德所谓的)道德秩序(moral order)的必要性;更重要的是,他们不必再为这两个等级秩序的冲突所苦。

为了解决人所感到的内在冲突,席勒提出的这一方案,具有多少原始主义的成分呢?换言之,他是否认为,人从"自然"堕落之前,拥有直觉上的和谐统一,通过恢复这种统一,人可以逃离目前的冲突状态?要回答这个问题,我们需要从《审美书简》和《论秀美与尊严》转向另一篇文章——歌德认为该文直接促成了一个浪漫学派的兴起②——这篇文章就是《论素朴的诗与感伤的诗》。

笔者在前文已经指出了席勒对于"幸福神明"的赞美与弗里德里

---

① 这两句诗参考《理想与生活》钱春绮译本。
② 见白璧德下文关于《论素朴的诗与感伤的诗》对施莱格尔兄弟及德国浪漫派之影响的分析。

希·施莱格尔《懒散哀歌》二者间的关系。在哀歌中,施莱格尔称"人愈是神圣,便愈像植物"。这使人想起席勒晚年(1795年)写下的一双诗行,他在其中称,植物无意识所处的状态,人应当有意识地尝试达到。① 必须承认,《论素朴的诗与感伤的诗》一文中,他发出了不太一样的声音。当然,此文开篇依旧赞美孩童和保有孩童品质的天才之人。然而,后面席勒却提出了一个问题:人渴望"单纯的自然,与其说是出于受伤的道德感对于重获和谐的渴望,是否更多是出于怠惰"。他最终得出结论:"人通过文化(Kultur)所追求的目标,比起通过自然所追求的,要不知高出多少。"②洛夫乔伊教授说,席勒这个结论具有划时代的意义;它所标志的,也许算得上是整个浪漫主义运动史上最具决定性的转折点。为了让他的论点站得住脚,洛夫乔伊教授就必须要证明席勒在此文中与原始主义彻底决裂。而在对这个问题下结论以前,显然必须先明确我们对原始主义的定义。在一些基本点上,大体还是没有异议:原始主义者追求的自然是一个简单、纯真的自然,截然不同于先进文明的人情世故。然而一个人眼中的自然要单纯到什么程度,这个人才算得上是原始主义者呢?洛夫乔伊教授在其他作品中进行了一番不寻常的论证,试图说明《论人类不平等的起源和基础》(*Discourse on the Origins of Inequality*)中的卢梭并非原始主义者。他的主要论据之一是,比起单纯的野蛮,卢梭更推崇人类发展中的田园阶段。但恰恰

---

① 你渴望至高至伟吗?一株植物可以教导你。
它无意识的存在状态,你要凭意志达到——唯此而已!——作者
② 第453页。格德克版(Goedeke edition)中此处为 Natur 而不是 Kultur,这个误印使整句话毫无意义。——作者

相反,卢梭的这种偏好可被视为他是原始主义者的可靠证据。有句话再强调也不为过:原始主义者所要回归的那种"自然"在现实中根本不存在,那只是田园牧歌式想象的一种投射罢了。田园式自然就像席勒劝我们归隐的"美之幻影国度"一般,都毫无实质可言,而且这二者在心理学层面也的确紧密关联。席勒说:"他也是出生在阿卡迪亚(Arcadia)①的。"而笔者要问的是:就其想象力的本质而言,他是否曾走出过阿卡迪亚?就他的想象力理论而言,在笔者看来,答案无疑是否定的。他不但称田园诗为最高形式的艺术,而且他敦促我们前往的极乐境界(Elysium)也和卢梭的自然状态一样,是完全田园式的。那么又应如何看待他对卢梭式原始主义者的怠惰的批判,以及他认为文化高于"自然"呢?必须承认,席勒对待智性的态度并非原始主义的。他不会毫不犹豫地赞同卢梭本人及卢梭主义者们的说法——"思考的人是堕落的动物"。如果说德国浪漫派通常不倾向于贬低智性及基于智性的那种"文化",这部分要归功于席勒。然而,要判断一个人在多大程度上是原始主义者,关键不在于他如何看待智性,而在于他是否因为追随田园想象的诱惑,而以情感的放纵扩张取代了道德意志的制约力。无法控制想象力和情感,这种怠惰与席勒所警诫的那种相比,要隐秘得多。沉溺于这种怠惰中的人,如许多德国浪漫派那样,有可能修得(席勒所谓的)高雅素养,同时却无法调和这种素养和自身的想象力及情感。卢梭曾讲过一句很能代表这类人的话,他说他的"心与脑似乎并非属于同一人"。现代运动中的老生常

---

① "阿卡迪亚"在西方文化中是世外桃源、乌托邦的代名词,指与世隔绝、和谐诗意的理想田园。

谈——"意识"与"无意识"之间的对比冲突,与上述矛盾具有相似根源。

就是说,即使在《论素朴的诗与感伤的诗》一文中,席勒在分裂的自我这一问题上也大体持原始主义。各位应当记得,对仍与"自然"不分彼此的个人或群体,他称其为素朴的,或云天真的。而对那些在人情世故中热切回望失去的和谐的个人,他称其为感伤的。他说道:"荷马在描写'神圣的牧羊人'热情招待奥德修斯(Ulysses)时,他灵魂中所洋溢的感情,与少年维特(young Werther)在刚刚离开一个只令他无聊的上流聚会后阅读《奥德赛》(Odyssey)时,扰动他灵魂的感情,二者当然完全不同。"①若我们记着,席勒所谓的"自然"主要是怀旧之情(nostalgia),那么这一原始主义式对立使他陷入的困境便显而易见了。他进行比较的,一方面是一种确实存在的且他本人的确有丰富个人体验的感伤心态,另一方面很大程度上不过是幻梦的一种自然状态。与席勒主张的这一对立有些相似的,是赫尔德②等人提出的一组对比:一方面是自发而生的自然诗(Naturpoesie),它其实可以是流溢自整个民族的集体结晶;另一方面是人工诗(Kunstpoesie),它并不会从无意识深处涌出,因此只得费尽心机地模仿。这一对比正迅速变成过时的理论。

人们可能会认为,美学理论的价值主要在于帮助我们做出可靠具体的判断鉴别。从康德及其英国先驱,到席勒,再到施莱格尔及其后

---

① 第445页。——作者
② 赫尔德(Johann Gottfried Herder,1744—1803),德国哲学家、神学家、诗人、评论家,德国启蒙运动、狂飙突进运动和魏玛古典主义中的重要人物。其思想非常强调情感、根源、自发性和民族性,大大推动了德国学人对本民族语言和文化的复兴。著有《论语言的起源》等作品。

人,他们共同铸就了一个精细非凡、错综复杂的迷宫,任何人倘若摸索着走一遍,都一定会得出以下结论:这种理论,不但完全无益于培养品味,反而是谬误之源。的确,这种论断不宜下得太过绝对。例如,对于某些像《少年维特之烦恼》(Werther)中的歌德那样的感伤作家所描绘的"理想"与"真实"之间的冲突,席勒所言就很中肯。席勒还说,卢梭要么追求自然,要么通过艺术为自然复仇。① 只要将"自然"理解成卢梭的田园想象,将为自然复仇理解成卢梭对巴黎式圆滑世故的攻击,席勒的这句评论便可谓精准。席勒所犯的最明显的失误,是他在往昔的诗人和时代中寻找素朴和感伤两派之代表的尝试。例如,他将文雅的贺拉斯说成感伤派的奠基人,是"这一派中不可逾越的典范"②。而他(与博德默尔③一道!)给荷马贴上天真诗人的标签,这便错得更离谱了。然而,席勒最荒谬的做法是将全体希腊人,而非作为个体的某几位希腊人,一并看作天真的! 席勒嘲笑弗里德里希·施莱格尔早期对希腊的狂热。但他本人恰恰是这股可称为浪漫化希腊精神之潮流的一位真正开创者——这股潮流正是原始主义者们将自发与模仿相对立而导致的最不寻常的产物之一。根据席勒的描述,古希腊人既是卢梭所说的自然之子,又是席勒本人所说的完美的审美家。考虑到这两个幻梦都源于同一种想象,它们之间的联系并不令人惊讶。爱默生在《历史》一文中称,古希腊人能创作出完美的雕塑,仅仅因为他们是健康非凡的

---

① 第467页。——作者
② 第445—446页。——作者
③ 博德默尔(Johann Jakob Bodmer,1698—1783),瑞士批评家、诗人,主张从新古典主义的约束中解放文学想象,反对德语诗歌模仿法国作品,著有《诗歌的奇妙》等。

孩童，在这一论调上，他与席勒是相近的。他讲："古希腊人不好思考。……他们将成人的精力与孩童那迷人的无意识相结合。我们对他们的崇敬就是我们对孩童的崇敬。"无须多言，任何时代都不乏很多健康的孩童和保持少年心性乃至孩子气的成人，然而"古希腊奇迹"却从未被复制。

当然，笔者并非坚称席勒在其文章及《希腊诸神》（"Gods of Greece"）这样的诗里对希腊人的描绘完全错误，而只是说，他在很大程度上将其自己的怀旧之情冠以希腊之名。用沃尔特·佩特的话讲，希腊精神本身已变成"一场无尽的朝圣之旅中追寻不到的圣杯"，这要部分归咎于席勒。这种怀旧之情甚至可能演变成疯狂，正如受到了卢梭和席勒影响的荷尔德林那样①。

素朴的诗人与自我和自然和谐相处，而感伤诗人为内心的冲突纠纷所扰，前者似乎优于后者。然而，席勒身上已经预示出一种对此的排斥情绪，这种情绪笼罩了勒南的《雅典卫城上的祈祷》（"Prayer on the Acropolis"）——这篇文章是现代运动中体现浪漫化希腊精神的最优秀的作品之一。对雅典娜和希腊人大加赞颂之后，勒南将他们贬为"无聊的使徒"。他们能做到完美，是因为他们接受局限。倘若雅典娜的头脑接纳"各式各样的美"，她的神色便不会如此平静了。而勒南置于

---

① 我渴望去遥远的地方，
　渴望着阿尔卡埃乌斯和阿那克里翁。——作者
以上诗行出自荷尔德林的诗歌《希腊》（"Griechenland"），阿尔卡埃乌斯和阿那克里翁都是古希腊诗人。荷尔德林（Johann Christian Friedrich Hölderlin，1770—1843），德国诗人，德国浪漫主义和唯心主义发展中的重要人物，他的作品中融入了古希腊诗歌的形式，并融合了古典题材与基督教题材，著有《回忆》等数百首诗歌。

这种狭隘之对立面的是惊叹好奇的纯然扩张。席勒的主张与此有某种相似性：虽然感伤诗人渴望成为希腊人，但希腊人却无所渴望；而这般缺乏渴望必须被视作一项弱点。与此同时，天真素朴本身十分可贵。应当努力将素朴与感伤结合："因为二者中无论哪一方，都无法穷尽关于美好人性的观念，只有二者结合才能做到这一点。"①

弗里德里希·施莱格尔抛弃希腊人，而转向中世纪人和那些在他看来保留了中世纪品质的现代人，这也必定是出于类似上述的原因。中世纪的人尚且保有只属于素朴之人的感情上的和谐统一，同时他们还具有关于无限的意识。希腊人，根据奥古斯特·施莱格尔后来的表述，满足于享受当下，而那些属于中世纪基督教传统的人却并非如此，他们在追忆与希望之间徘徊。

要断定席勒对施莱格尔兄弟的影响究竟有多大并非易事。总体来讲，一旦细究起来，这些关于影响的问题是最不确定和难以捉摸的。然而，可以断言的是，弗里德里希·施莱格尔将席勒的素朴与感伤之对立（做出一些重要修正后）发展成为古典与浪漫之间的对立。这些名词的某些意义含混之处甚至持续至今，个中原因不仅在于最初的浪漫派创始人具有混淆的才能，还在于，当他在浪漫派理论层面进行一些区分时，他处在一种就其本人来讲都异常摇摆不定的状态中。1797 年 11 月，弗里德里希在致兄长威廉的信中写道："我不太方便把我对浪漫一词的阐释寄给你，因为——它长达一百二十五页！"而将其弟的思想推而广之的威廉，不仅没有澄清这些想法，反而倾向于加上一些他本人的混乱说法。

---

① 第509页。——作者

在斯达尔夫人①的帮助下，古典与中世纪或云浪漫之间充满混淆的对立迅速在欧洲传播开来。在那本关于德国的书里，她在详细说明这一对立的那几章②中所犯的混淆错误，其数量不输于任何类似长度的文学作品。她怂恿我们抛开布瓦洛及其他17世纪法国作家所代表的对古典时代的机械模仿，而转向我们的本土元素，即骑士和中世纪基督教。她这种做法是种双重误导。就那些最好的作品而言，17世纪法国作家和中世纪作家都在进行模仿，但并非机械模仿，而是更本质层面上的模仿。不仅如此，这二者所模仿的典范，虽说各自强调的重点大不一样，但却源于同一传统。斯达尔夫人大致上是在附和德国的原始主义者，对于他们，我们大体可以给出如下回应：虽然中世纪可能有过怀旧之情，以及与之相伴的"无限"感，但这种怀旧之情不等于那个时代的宗教热情和理想；中世纪社会的凝聚力也并非主要来自情感；中世纪的人之所以能达到外在和谐统一，是因为他属于整体等级秩序中的一级，而这个等级秩序的终极依据是神圣意志；他之所以能达到内在和谐统一，也是因为类似的低级自我要遵从更高自我(higher self)原则，以及谦卑一词所涵盖的一切。

受席勒美学理论影响的人不只有施莱格尔兄弟，还有诺瓦利斯③、

---

① 斯达尔夫人(Madame de Staël,1766—1817)，法国作家、评论家、沙龙主人，受到古典文化熏陶的同时，深受卢梭和德国浪漫主义者的影响，认为文学作品应体现时代精神和民族精神，著有《论德意志》等。

② Especially IIe Partie, ch. XI. ——作者
指斯达尔夫人所著的《论德意志》(De l'Allemagne,1813)。

③ 诺瓦利斯(Novalis)，为哈登贝格(Georg Philipp Friedrich Freiherr von Hardenberg,1772—1801)的笔名，早期德国浪漫主义诗人、神秘主义者、哲学家，作品对中世纪所承载的田园幻想充满向往，著有小说《海因里希·冯·奥弗特丁根》等。

谢林、黑格尔、叔本华①等人。他的理论当然只是一股巨大潮流的一个分支。要将席勒对该潮流的贡献与其他人的贡献区分开来,常常很难。然而可以说,他将田园想象与最高理想等同起来的勇气对整个现代都很重要。在现代,一个巨大的"理想主义"体系被构建起来,这一体系的基础就包含着田园想象——精神分析学家称之为"逃避"(escape)式想象。正是这一逃避倾向,将《论素朴的诗与感伤的诗》中对田园牧歌的颂扬与《审美书简》等作品中席勒对纯粹美之"幻影国度"的赞美联系到一起。由此,他鼓励艺术与生活的分离,而且的确是为艺术而艺术这一原则的先祖之一。②

许多自称反对这一原则的人士其实恰恰在为其胜利添砖加瓦,因为他们为艺术设定的目的太过空洞。雨果说:"为艺术而艺术也许美好,但为进步而艺术更美好。"而我们若仔细审视雨果关于进步的观念,就会发现它本身只是一个田园幻梦,而且与席勒所描绘的极乐境界不无相似之处;这种幻梦并不像真正的目的那样,可以对想象力加以任何有效的约束。作为一名奉行人道精神的完美的"理想主义者",同时

---

① 叔本华(Arthur Schopenhauer,1788—1860),德国哲学家,唯意志论的代表人物,深受康德影响,著有《作为意志和表象的世界》等作品。

② 霍夫丁说:"康德和席勒提出了艺术与生活之间的对立,而叔本华将这一观念翻来覆去地讲得再无可讲。"Höffding, *History of Modern Philosophy*, II, p. 234. 像许多其他"逃避主义者"一样,叔本华也将诸多艺术的至尊之位给予音乐。所知的最早使用"为艺术而艺术"(l'art pour l'art)这一表达的作品,是本杰明·康斯坦(Benjamin Constant)的《札记》(*Journal*,1804年2月10日;这本《札记》直到1895年才出版)。从语境来看,康斯坦创造这一表达,正是用来讨论德国美学理论的——尤其针对康德和席勒。——作者

像雨果那样活在一种想象力极端放纵的状态中,这是可能的。谢勒①讲:"我们不要忘记,民众是理想主义的;当他们身为事实的受害者时,即使那是最无法撼动的事实,他们也会拒绝承认。"民众为了逃避某些事实会向田园想象寻求庇护,即使这会让他们与事物本性(the Nature of Things)发生正面冲突,我们仍可能会理解同情他们。然而当有人像雨果那样以大预言家自居,而他所拥有的不过是源于类似想象的"理想",我们就很难如此宽容了。

这种理想一旦不可避免地破灭,曾信仰它的艺术家便可能思考,既然将艺术献给有意义的目的这种想法虚幻而不切实际,那么从此他就将艺术本身视作其目的。例如,波德莱尔和勒贡特·德·列尔②宣称信仰"为艺术而艺术"原则,就与1848年革命惨败③有相当密切的关系。无论我们如何从历史角度解释该原则的出现,它的实际结果就是导致人们无法在单纯的道德主义与纯审美而不负责任的态度之间找到中间项。而这个失败不过是一个侧面,它反映的是现代整体上的失败——人们无法找到任何道德中心来最终统一整合各种局部目标与活动。当已经去世的斯图尔特·薛尔曼称"美其实充满了服务精神"时,

---

① 谢勒(Edmond Scherer,1815—1889),批评家、政治家,曾信奉新教并从事神学研究,但之后逐渐接受了历史哲学,因而放弃了神学信仰,对波德莱尔和戈蒂耶多有批评,著有《批评与信仰》等。

② 列尔(Charles Marie René Leconte de Lisle,1818—1894),法国高蹈派(Parnasse)诗人,法兰西学术院成员,反对浪漫主义,强调诗歌创作中的去人格化和纯审美体验,著有《异邦诗集》等。

③ 指法国二月革命。1848年武装革命浪潮席卷欧洲多个国家,包括意大利邦国1848年革命、法国二月革命、德意志1848年革命等,史称民族之春(Spring of Nations)或人民之春(Springtime of the Peoples),但这些革命大多数以迅速失败告终。

我们不禁一笑置之。然而,我们最好记得,服务不一定意味着扶轮社①精神。歌德本人说过,缪斯是位好伴侣,却不是个好领导。

倘若有人问,缪斯要陪伴的是何物,我们会被迫做出这样的结论:随着侍奉神明(divine service)这一观念的没落,很多精神都在现代逝去了。这种侍奉形式的等价物——艺术应当有超越自身的目的性这一观念——当然可以在基督教以外的信仰和人生哲学中,甚至在像佛教那样的非神论信仰(non-theistic faith)中找到。艺术若不服务于超感觉存在,极易沦为区区感官的奴仆,而非其本身的目的。在西方,一直有一种针对艺术的蒙昧主义(obscurantist view of art),可被追溯至早期基督教时代及柏拉图本人思想中的某些方面,上述潜在的危险至少可算作这种蒙昧主义态度背后仅有的一点道理。②

在本文语境中,似乎需要就"纯粹"这一称法的使用做几句说明。这个称法用来修饰各种现代的行为时,已然相当于在宣称这些行为是本身自足(self-sufficient)的。由此,我们不仅有了纯艺术和纯诗歌,还有了纯历史、纯科学等等。例如,按照克罗齐的看法,倘若历史学家贸

---

① 扶轮社(Rotary),1905年成立于美国的社会慈善团体,主要由商人和职业人员组成,以增进职业交流和提供社会服务为宗旨,现已发展为全球性慈善团体"扶轮国际"。
② 然而为艺术而艺术并不像丁尼生在如下诗行中试图让我们相信的那样邪恶,尽管有些人也许会坚称,考虑到晚近的许多做法,即使这种极端态度也并不过分:
　　为艺术而艺术!万岁,真正的地狱之王!
　　万岁,天才,道德意志的主人!
　　"最龌龊的画作,若是画得高明
　　也比画技蹩脚,却无上纯洁的画作更伟大!"
　　是的,比画技高超,且无上纯洁的画作更伟大,
　　我们就这么爱踏上地狱的大道!——作者

然下道德判断，比如，倘若他说林肯（Lincoln）是比尼禄（Nero）更好的人，历史学便不再纯粹了。如果康普顿①教授或其他什么人成功释放出本应被封锁在原子中的能量，无论他的发现会带来什么实际后果，即使人类用它将自己从地球上炸飞，可以肯定，他本人会认为自己毫无过失，因为他是纯科学的仆人。无须多言，为了追求纯粹，诗歌也经历了一场惊人的清洗。波德莱尔将本质空洞的戈蒂埃②赞为纯艺术家之典范：戈蒂埃从不在美与真或善之间建立任何无关的联系。按照布勒蒙院长的讲法，简直可以说，诗歌丧失越多人文意涵，就越纯粹。而当诗歌达到最纯粹的层次，它就与没有意义的声音无甚差异了。③

175　　应当说明的是，对纯粹的崇拜与对清晰分明的体裁（genre tranché）的崇拜完全是两码事。正相反，因其纯粹而得到赞扬的诗人恰恰是那些忙于模糊诗歌与其他艺术界限的人。例如，戈蒂埃混淆了诗歌与绘画的界限，而波德莱尔（在他的某些诗作中）和一些象征主义者混淆了诗歌与音乐的界限，不一而足。即使就技巧或作品的外在形式而言，打破艺术类型间的界限这种做法也十分可疑；而作品内在形式更要求想象力遵从某种超越了任何特定艺术类型的核心规范或价值体系，从这

---

①　康普顿（Arthur Holly Compton，1892—1962），美国物理学家，发现"康普顿效应"从而证明了量子力学的正确性，因这项成就1927年获诺贝尔物理学奖，曾参与美国军方于1942年开始的利用核裂变反应来研制原子弹的曼哈顿计划。

②　戈蒂埃（Théophile Gautier，1811—1872），法国唯美主义诗人、散文家和小说家。在创作中实践"为艺术而艺术"的主张，在法国诗歌由浪漫主义向唯美主义和自然主义过渡的阶段有颇大影响。著有诗集《珐琅与雕玉》等。

③　参见本书第124页（指本书边码，下同——译者）。——作者

个角度来说,上述做法就更靠不住了。

非常值得一问的是,纯粹的美,即与生活之整体均衡相脱离的、在真空中被追求的美,难道不像为艺术而艺术的狂热信徒福楼拜(Flaubert)本人某一次感慨的那样,不过是一个幽灵吗?笔者认为,若全面考察一番18世纪以降的这整场运动,我们就会愈发不信任那些向美(Beauty,此处B要大写)之崇拜寻求庇护的人和那些试图在这一抽象笼统的层面上定义美(Beauty)的哲学家们。不论审美主义者和大多数美学家说什么,都有理由断言,美是多种多样的,且彼此之间不仅程度不同,本质上也有区别。波德莱尔称,若不接受他的关于美(Beauty)的理念,就唯有成为清教徒或腓利士人一种选择,这种说法让人不敢苟同。他抱怨道:"有一片压顶的黑云,自日内瓦、波士顿,或地狱迫近,挡住了审美的灿烂日光。"可以顺便一提,一位住得离波士顿极近的清教徒后代说出了一句话,极好地表达了波德莱尔的态度,胜过其本人发明的所有说法:"美就是其自身存在的理由。"应当记得,尽管爱默生表面上称这句话放之四海而皆准,但实际上他是以此形容一种特定类型的美——"树林里的杜鹃花"之美。人们对外在自然,尤其是对荒野自然的欣赏愈发强烈,这极大助长了"美即为其本身之意义"这种观念,以及整体上的强调审美的态度,这种推动作用自阿狄森在《旁观者》杂志上发表关于想象力的文章那时起就可见。我们当然不应对这种美过于冷淡,更不应像詹森派(Jansenist)①教徒那样,为了颂扬救赎奇迹,而过分贬低创世奇迹,从而对自然采取禁欲态度。甚至可以承认,自然包

---

① 基督教教派,强调原罪、全然败坏论、预定论。

含着一定意义,尽管我们不至于像《诗篇》的作者那样,宣称"诸天述说神的荣耀;穹苍传扬他的手段"。与此同时,应当记住,自然之道与为人之道差异很大,自然进程中所体现的意义与明确的人造物所体现的意义之间几乎没什么联系。也许最广为接受的关于美的观念就是,美来源于多样化中的统一性。虽然这一观念本身十分合理,但若有人以为,荒野自然体现这一观念的方式与人有意识地赋予原本混乱的事物以秩序这样的体现方式一样,那此人就大错特错了。"树林里的杜鹃花"之美与帕特农神庙之美不仅有程度上的差异,更有本质上的不同。能够猜想,一位来自那伟大时代的希腊人会满怀理解地听济慈抱怨,说虽然"美仍醒着"①,18世纪那些蹩脚诗人却深陷可悲的形式主义。然而,当他明白济慈所说的美(Beauty)为何意时,大概会有些不安:

天上有风云激荡,大海有滚滚

浪涛翻卷,诸如此类。

如果忽略审美主义者们这么钟爱的大写首字母B,问一问济慈理解的美与希腊人通常理解的美有何差异,我们就重新回到了内在形式的问题上。笔者已说过,内在形式要求作者有意识地对一个典范进行模仿,而该典范则是建立在人生体验中某些恒常因素之上的。这般基

---

① 此句及下句的诗行都出自济慈的《睡与诗》("Sleep and Poetry"),译文出自屠岸译本。

于接受某种普世性的美便不再是不负责任的美,不再是席勒所谓的想象力自由游戏的产物。对于这种美,便不能只就其本身进行评鉴,而唯有一并考虑它所服务的普世理念包含了多少正确道理,以及它有多好地表达出了该理念。想要创立纯粹美(Beauty)崇拜的审美主义者们和希望能定义美(Beauty)本身的美学家们似乎都陷入了一个无望的死局。如果像"审美的"(aesthetic)一词所暗示的那样,把美理解成关乎情感的问题,就等于将某种不仅在不同人身上,而且在同一人身上都在不断变化的因素当作了美的根基;这种相对的、印象式的美最终是毫无意义的。另一方面,如果承认美包含了普世性因素,我们就从审美及其自成一门独立学科的主张回到了广义哲学(general philosophy)的领域。粗略来讲,人们对美的观念大致会随其整体人生观究竟是自然主义、人文主义,还是宗教信仰而各有差异。

在创作技巧或外在形式的问题上,美学家们当然可能有很多有用的观点。就这一点而言,甚至那些被鄙视的规则也有一定价值——也许尤其是关于创作忌讳的规则。然而,很难说仅仅因此,美学家们就有理由将其研究课题设立成有别于普通批评的一门独立学问。而当我们从外在形式转向内在形式的话题,就进入了一个不同领域,这里充满了难以估测衡量的因素,规则和科学测量方法都失灵了;这一领域有时可以用"灵魂"(soul)一词来概括。随着从传统生活的统合一致转向独特性与表现性的大趋势,"灵魂"一词的含义也倾向于发生变化。比如,在阿那多尔·法朗士这样的典型的现代主义者那里,"灵魂"一词就成了多变之感性的同义词。

也许有人会问,究竟如何确认内在形式的存在呢？我们被迫求诸约翰逊博士的一个说法:"普遍性之崇高。"这个说法又使人想起相传为朗吉努斯所作的出色文章《论崇高》。朗吉努斯讲,伟大文学的标志是某种崇高感。而对于任何一部特定的文学作品而言,检验它是否真正崇高、真正不俗的标准,唯有看它的魅力是否能超越时代与地域的限制。像一些其他关键词一样,崇高一词也在18世纪经历了怪异的变化。倘若有人爱把变化等同于进步,就让此人先比较一番朗吉努斯的文章和柏克的《关于我们崇高与美观念之根源的哲学探讨》①,然后让其考查一番从柏克到维克多·雨果②及其后人关于崇高的理论与实践。探究关于崇高的理论,同探究和其相关的美的理论一样,也需要考查从柏克到康德,再从康德到席勒的发展脉络。然而不得不说,席勒关于崇高的文章中所提出的想法对于现代运动的重要性不及他讨论审美的文章所提出的某些思想——尤其是人可以仅仅通过"游戏"变得"自由",变得真正具有人性这一观点。尽管席勒关于崇高的理论并不值得在本文中花太多篇幅来研究,但考虑到该话题的重要性——很多浪漫派大师比起美更看重崇高感——笔者仍将对崇高感做更充分的讨论。

首先,我们要提醒自己,朗吉努斯并未区分崇高与美。他的大意是

---

① 《关于我们崇高与美观念之根源的哲学探讨》发表于1756年,那时柏克27岁。我们不禁好奇,在后来的年月里柏克有没有把这篇文章看成是年少时的不慎之言。——作者

② 吉斯(W. F. Giese)教授论及"雨果对一切狂野骇人事物的喜好,以及他对单单美丽的事物抱有蔑视"。雨果的这种品味流露出来自柏克的影响,尽管无疑是间接的影响。——作者

说伟大文学必须满足两点：必须具有内在的高尚精神和形式的完美。就后一点他进行了详尽的文学技巧讨论；就前一点，他用一句话来概括："崇高感即伟大灵魂的回响。"朗吉努斯所谓的灵魂（与柏拉图所谓的灵魂联系密切）本质上既非情感的也非理智的。它是我们在他人身上能直观"感觉"到或体察到的一种特质，因为我们自己身上也有同质的灵魂。拉布吕耶尔的这句话就体现了纯粹的朗吉努斯式精神："当你所读的文字提升了你的精神境界，在你心中激发了高尚之情和勇气，就不用再寻求其他评判这部作品的标准了：它是好作品，是大师手笔。"拉布吕耶尔坚持工艺（métier）或云技巧的重要性，这也是朗吉努斯式的观点。① 简而言之，与朗吉努斯一样，他对内在和外在形式都给予充分重视。

柏克所构建的崇高与美之间的对立有损于朗吉努斯所云的"灵魂"。柏克的主要观点基于感觉主义（sensationalism），而感觉主义与高尚精神则难以相融。柏克把美的等同于小的、光滑的、怡人的等等；把崇高的等同于庞大的、模糊的、晦暗的、骇人的、痛苦的等等——所有这些朗吉努斯都未曾提到，也许除了有一段文字涉及庞大这一特征，他在该段落中承认自然的某些面貌也具有些许崇高感（第三十五章）。

康德不似柏克那般强调感官与心理，但同时康德思想更加抽象玄奥。而且，与柏克相比，他更加关心崇高感与道德律的关系。康德的道德崇高感似乎受到其实践理性缺陷的连累，正如笔者前文所说，其实践

---

① 参见本书第220页。——作者

理性设定有一个超感觉领域,但未给出能直接体验之的渠道。朗吉努斯说:"崇高感的抒发常常需要激发,但也确实常常需要遏制。"这一遏制,若非单纯停留在形式主义层面,就需要一定程度上的超感觉体验。无论如何,康德关于崇高感的讨论未涉及任何遏制的必要性,席勒的讨论也是一样。可以顺带一提,席勒关于崇高感的论述中保留了柏克引入的痛苦特质。如康德一样,他不但将崇高感与荒野自然相联系,还特别与荒野自然无序的一面相联系。①

除非承认崇高感需要某种遏制或生命制约(frein vital)②,否则很难有办法维护内在形式免受对无限、无度的浪漫渴望的影响。没什么能阻挡雨果那类人的泰坦精神(Titanism)③和他所推崇的,比如"上帝有意让他们束缚得不太牢固,这样他们便能自由展翅翱翔于无垠中"的天才。对雨果来说,崇高感即不受约束的想象力与纯然的强烈情感这二者的某种混合。被朗吉努斯视为真正崇高感之必要条件(第三十六章)的那种超验因素,在那种混合中很难找到。的确,按某些浪漫派的说法,达到崇高感的方法,并非拔高自己,而是自降到理智之下。例如,阿尔弗雷·德·维尼主张,我们应当以"崇高的动物"为楷模。而波德莱尔则把崇高这个词用在累斯博斯岛的少

---

① 严格来讲,对于康德和席勒来说,崇高感并不存在于自然之中,而存在于观看自然的人心中。这种说法让人想起帕斯卡关于人乃思考的芦苇(roseau pensant)这一想法。人因为具有心智,所以高于外在世界的一切力量,无论后者有多庞大、多骇人。——作者

② frein vital 一词系白璧德根据柏格森的"生命冲动"(élan vital)一词造出的仿词,白璧德自己给出的英译是 vital control。

③ 泰坦精神指对社会规约和艺术传统的反抗精神,由希腊神话中反抗父神乌拉诺斯的泰坦的典故而来。

女身上,个中原因最好不提,这即使在浪漫派的文字里,恐怕也要数最辱没该词的用法了。①

很显然,我们不能指望浪漫派的崇高感能有效对抗所谓的人对平庸陈腐的天生癖好。朗吉努斯说,崇高感的两大天敌,一为拜金,一为耽乐——而如今此二者风气之盛已达历史巅峰。笔者的确有这种印象(希望这是错误印象),我们这个时代几乎前所未有地缺乏高尚精神。当代关注探索一层又一层的浅薄琐屑,似乎大有希望至少达到一种无限之境——斯威夫特在评论其所处时代的诗人所讲的:

——我们所知的高度;
只是望不到底的深渊。

不过,笔者扯远了,席勒顶多只对当代人深谙的"堕落的艺术"负微小的责任。而且,无论我们如何看待作为美学家的席勒,必须要承认他本人是具有真正高贵精神的。而这种赞美就很难送给施莱格尔兄弟及其他受席勒影响的人士了。席勒的美学文章中有很多令人欣赏的细

---

① 心地高尚的处女们,多岛海的荣耀,
　你们的宗教也庄严,像其他宗教一样,
　爱情对天堂和地狱会同样加以嘲笑!
　公正和不公正的法律有什么用场?
卢梭对该词的用法参见本书第18页;华兹华斯的用法见第53页。——作者
原注中的诗行出自波德莱尔的《累斯博斯》("Lesbos"),收入《恶之花》。此处引文出自钱春绮译本。累斯博斯(Lesbos)是爱琴海中一座岛屿,古希腊女诗人萨福(Sappho,约公元前630—约公元前570)在该岛居住期间创作了大量抒情诗,诗中有对同性之爱的歌咏。

186　节。但若笔者的分析没错,对这些文章的整体评价却不会太高:对于只能以人文或宗教之道解决的问题,他却诉诸原始主义,由此便陷入了理智和情感的诡辩之中。

第六章　朱利安·班达[①]

当今的法国文坛似乎混乱不堪。在这纷乱之中,辨明方向的第一步,也许应当区分哪些作家仍然属于现代运动大潮流,而哪些多多少少明显反对这股潮流。现代运动最为重要的属性之一是原始主义的。卢梭倾向于贬低理智,吹捧直觉所具有的种种无意识的好处,他虽非第一个,但也算得上最具影响力的原始主义者了。

如今尚在的原始主义的重要反对者,有厄内斯特·塞里尔(Ernest Seillière)先生,他在多部著作中意图论证,卢梭提出人性本善的学说,理论上具有天下大同的精神,但实际上会导致"非理性的帝国主义"(irrational imperialism);同样的,还有查尔斯·莫拉斯先生和"法兰西行动"(l'Action française)组织,他们视卢梭主义为一种入侵法国传统的异己力量,并试图恢复路易十四时期的那种信奉古典主义、天主教和王权至上的法国传统。特别需要注意的是,这一组织的成员并非主要因为古典主义和宗教信仰本身而推崇它们,而是将这些当作他们所谓

[①] 班达(Julien Benda,1867—1956),法国哲学家、小说家,曾四次被提名诺贝尔文学奖。他强调理性的重要,反对浪漫主义,批判柏格森哲学。著有《知识分子的背叛》等作品。

"统合式民族主义"(integral nationalism)的必要支持。① 还有新经院学派(neo-scholastic group)②，其中最有天赋的成员大概要数雅克·马里顿先生③。该学派与现代运动的分歧要早于18世纪，可以说始于文艺复兴时期。马里顿先生在其著作《三位改革者》(Three Reformers)中将路德④和笛卡尔与卢梭一道批判，认为只有如圣托马斯·阿奎那《神学大全》(Summa)一般的作品才足以成为可靠的精神依托。

最后，在以各种理由反对现代运动的人士当中，朱利安·班达先生是最为有趣的人物之一。在法国当代的思想论战中，他是一位孤立的角色。有人甚至认为班达独立，以至于有一点堂吉诃德的味道。他不仅站在现代主义者的对立面，还与许多现代主义的反对者进行论争。例如，他认为新经院学派人士太过偏狭排外，总觉得只有他们自己才是真正的人，而不持他们信仰的其他所有人都与"犬豕"无异。他还在莫拉斯先生主张的理性崇拜中察觉到浪漫主义特质，而且不认为"法兰西行动"组织所推广的那种"统合性民族主义"具有真正的天主教精神

---

① 莫拉斯(Charles Maurras, 1868—1952)，法国作家、政治家、法兰西学术院院士，组织发起了"法兰西行动"，鼓吹反犹，主张恢复君主制，"二战"期间支持维希政府，曾被维希政府提名为全国顾问委员会委员，法国解放后被判终身监禁。莫拉斯的主要主张之一是"统合式民族主义"，这一概念与法西斯主义有些共同特征，如反个人主义、支持中央集权、极端主义、激进的军国主义和扩张主义。

② 19世纪后半叶，在罗马天主教神学和哲学领域，中世纪经院哲学得到复兴和发展，史称新经院哲学(Neo-Scholasticism)，该学派受托马斯·阿奎那思想影响很大。

③ 马里顿(Jacques Maritain, 1882—1973)，法国天主教哲学家，致力振兴圣托马斯·阿奎那的哲学思想，为教宗保禄六世的朋友和导师，著有《艺术与经院哲学》等。

④ 路德(Martin Luther, 1483—1546)，德国神学家，他发起的德意志宗教改革是欧洲宗教改革之发端，促成了基督教新教的兴起。他反对教会权威，主张因信称义，强调《圣经》是上帝启示的唯一来源，将《圣经》译为德语。

或古典精神。实际上,卢梭有资格就许多自称反对他的人说(借用爱默生笔下的梵天之语):"他们逃离我时,我即为其双翼。"

班达先生主要关注的,并非原始主义运动的早期形式,而是该运动在近三四十年所依托的形式。他尤其不留余地地反对原始主义的表现形式之一——柏格森①哲学,反对该哲学的反理智倾向,反对它总将本质不过是卢梭式幻梦的最新发展形式标榜为精神启迪。为了举例说明被如此标榜为"与事物本质的神秘融合"究竟为怎样的一种幻梦,班达先生引了爱德华·勒鲁瓦(Edouard LeRoy)先生——柏格森在法兰西公学院(Collège de France)的门徒和继承人的一段文字。"差异已经消失。言语不再具有任何价值。仿佛一股看不见的涓涓活水流淌于苔穴的黑暗之中,可以听到意识源泉神秘地涌出。我消融于变化的快乐中。我沉溺于身为不断流淌的现实这一喜悦中。我再无法分清,我是否看见了香气,闻到了声音或是尝到了色彩。"②如此等等。

与这种观点相关的是一个人称超现实派的当代法国流派,他们希望通过潜入亚理性深处来达到创造的自发性。而超现实主义者们又与放纵于"意识流"的英美作家们有诸多共通之处。

班达先生首先研究的是柏格森主义在法国上流社会造成的破坏——保存闲暇的原则一直是上流社会的传统角色。在上流社会,女

---

① 柏格森(Henri Bergson,1859—1941),法国哲学家,认为人的生命是意识之绵延(duration),因其不断变动,只能通过直觉领悟;以自创概念"生命冲动"解释生物进化和发展。著有《物质与记忆》等。

② 这种幻梦当然与笔者在《新拉奥孔》(The New Laokoon)中试图探讨的混淆艺术门类的做法密切相关。——作者

性的影响向来很显著——但今日仍有别于从前。从前的法国社会里，尚有享有闲暇的男性定下整个圈子的基调，而女性会跟随他们。而在我们的工业社会，男性愈发忙于事业和赚钱。与此同时，社会风气鼓励女性认为她们与男性相比，更具备被柏格森置于理性之上的直觉。因此，她们愈发轻视男性观点。而男性也倾向于默许她们这一优势——至少在艺术和文学领域。

班达先生在《贝尔芬格》(*Belphégor*)一书中描绘了一位大企业家，他向他妻子的优越鞠躬致敬，因为她中午起床，还弹一点舒曼(Schumann)的钢琴曲。类似的形象在美国肯定也很常见。美国男性甚至比法国男性更加专注于功利性追求，且更倾向于将文化价值转交给女性保管。在过去的伟大文明中，文化价值曾是一项头等大事。

《贝尔芬格》一书虽然接续了班达先生在前作中对柏格森主义的抨击，但它的涵盖面更广一些。本书所抨击的情感至上倾向至少可以追溯到18世纪的感伤主义者。例如，当浮士德高呼"情感即一切"之时，他一方面概括了卢梭思想的要义，另一方面预示了《贝尔芬格》一书的主题——"对直接性的贪婪渴求"。我们至多可以承认，相较于大多数早期原始主义者，在某些当代人那里，这种渴求使他们更彻底地抛弃了传统规约。从一开始，对于感官刺激与强烈情感的单纯追求就只有一个最终结果，用桑塔亚那先生的话讲，就是"炽热的无理性"。

身为一名犹太人，班达先生却将其描绘的堕落部分地归咎于犹太影响；但他继续解释道，自古以来一直有两类犹太人——古时崇拜贝尔芬格(Belphégor)①的犹太人,和崇拜耶和华的犹太人。班达将柏格森作为前一类型的现代代表,将斯宾诺莎作为后一类型的代表。而且,如果非犹太人的精神抵抗力没有大幅下降,犹太人对他们的影响也不会有如此严重的危害。班达先生认为,精神抵抗力下降的一个原因是古典研究的衰落。倘若如此,可以认为,为了使知识阶层更好抵御无理性地自纵于情感的诱惑,一种途径为推行更加人文式的教育。但班达先生却不抱回归人文的希望。他预期的未来比现在更糟糕——在非理性之路上永不回头。

然而,也许班达先生在他的预言中有些过分悲观了,也许即使是非理性这棵树也无法真的迫近天穹②。他对于情感极端的分析被广为认同——"贝尔芬格主义"(Belphegorism)一词甚至进入了当代通用法语中,这个事实本身便是令人鼓舞的信号。我们可以从班达先生的分析中获益,却不必接受他的宿命论。面对在他眼中败坏却又不可抗拒的趋势,他有时甚至流露出厌憎世人的倾向。而且,这种倾向似乎更多地来源于他的情感,而非理性;因此某些评论家认为,班达本人的文字也带有贝尔芬格主义的色彩。

无论如何,在理论上,班达先生不仅始终如一地站在理性一边,而且他以一种苏格拉底辩证法来维护该词。柏格森称,若想逃离机械主

---

① 该神祇在《旧约》希腊译本中为 Beelphegor,在詹姆斯国王译本中为 Baalpeor。据推断(尤其根据《民数记》第 25 章来看),对贝尔芬格的崇拜荒淫放荡。——作者

② 《旧约·但以理书》中记载有尼布甲尼撒王梦见高至天空之树,荫蔽四方鸟兽,之后依神意被砍伐,树墩留存。尼采还有一句名言:"高至天空之树,其根必下至地狱。"高至天空的大树比喻世人对力量的极端自负的追求。

义,同时达到充满活力生气的动态,就只能求诸直觉,而他接着将直觉等同于本能与亚理性。班达先生反驳,作为机械主义根基的那种抽象理性并非唯一的一种理性。理性也可以是直觉的。例如,圣伯夫在《月曜日漫谈》中洞悉各位作家的独特天赋,极为精辟细腻地将其呈现,就发挥了直觉式的理性。这种直觉与柏格森所谓小鸡啄破蛋壳那种理想的直觉行为毫无共性可言。

班达先生做出上面这类辨析,其眼光犀利令人钦佩,但同时我们要问,单单以某种理性来抗衡亚理性直觉之崇拜,及由此而来的"贝尔芬格主义",这就足够了吗?按柏格森的说法,法国哲学有两大传统:一种传统以直觉为一切之首,其先祖为帕斯卡;另一传统以理性主义为本质,其先祖为笛卡尔。我们不禁好奇,班达先生如何看待柏格森自称帕斯卡嫡系传人的说法。帕斯卡质疑理性不足,追求某种他称为"情感""本能""心灵"的存在,班达先生是否认为,这些字眼对于帕斯卡的意义,无异于自卢梭和感伤主义者的时代以来它们逐渐获得的新含义?事实为,这些名词指的是一种超理性的意志,它等同于以神恩为表现形式的神圣意志,自传统宗教衰落以来,被削弱的正是这种意志。在帕斯卡这类人身上,对更高意志的信仰可以限制自然人的"贪欲"。按照为人熟知的分类,三大贪欲(帕斯卡所谓的"三条火焰之河")分别为知识欲(lust of knowledge)、感官欲(lust of sensation)和权力欲(lust of power)。

在严格的基督徒看来,最微妙而潜移默化的危害就来自知识欲。班达先生作为彻底的知识分子,不会惧怕这种危害,更不可能像基督徒偶尔为之的那样,陷入蒙昧主义。班达先生大概从未认真自问过被纽曼主教视为最关键的那个问题:"面对那侵蚀一切、消解一切的智力,究竟何物能作为其正面对手,与之抗衡较量?"至于感官欲,读了《贝尔芬格》的人不太可能指责班达先生对其不够警惕。在最近的一部作品《知识分子的背叛》(*La Trahison des Clercs*)①中,他再次陈述了权力欲某些现代表现的危险。这部作品的题词来自康德的门徒,哲学家雷诺维叶②:"世界缺少对超验真理的信仰,此为大患。"我们不禁要问,仅仅通过诉诸理性,可以确保获得这份对超验真理的信仰吗?真正的超越难道不需要基督教或其他形式的对于更高意志的认肯吗?无论如何,班达先生阐述了以下论点:每个文明社会都需要一群"教士"(clerks,班达所谓的教士不仅指狭义上的神职人员,而且泛指思想家、作家和艺术家),这些人的献身对象是人心中超越物质利益和动物欲望的某种存在。其他时代和文明的"教士"甘受侮辱迫害也要忠于他们的高尚使命。但当今时代,教士们做出了"大背叛"。他们自己在秉性上变得世俗,因此不但不抵抗俗人(laity)以自我为中心的各种激情,还开始习惯性地恭维之。他们愈发倾向于站在离心力量的一边,助其使人与人、阶级与阶级以至国家与国家之间都针锋相对。他们尤其助长了特定的一种爱国主义,它不但为贝尔芬格教徒们提供了题材,还刺激了一种权

---

① 伦敦出版的英译本,译名为《大背叛》(*The Great Betrayal*);纽约出版的英译本,译名为《知识分子的背叛》(*The Treason of the Intellectuals*)。法语原书名为 *La Trahison des Clercs*,其中 clerc 意为教士,但也泛指知识分子,白氏下文会有解释。

② 雷诺维叶(Charles Bernard Renouvier,1815—1903),法国唯心主义哲学家,以康德哲学的一些基本原则为出发点发展出了新批判主义,以彼此联系但互相独立的数字来理解个人,并将人的个体性理解为自我决定和自由意志,著有《人格主义》。

力意志:按班达的说法,其形式与塞利埃尔先生所谓的"非理性的帝国主义"十分相近。倘若教士们没有背叛而保持忠诚,他们就不会助长内部纷争,而会一致维护将不同国度的人吸引至同一核心的那些原则。而因为教士群体的叛变,班达先生预见到种族灭绝规模的战争。然而,他承认有另一种可能性:人类可能会被诱导去将他们狂热的征服欲发泄在自然界而非其他人类上。他就这后一种可能性展开了说明,其文字风格大概会很对斯威夫特的胃口:"从此以后,人类将会结成一支巨大军队,一座大型工厂……蔑视一切自由无私的行为,再也不受对超越现实世界之善的信仰所扰……人类将威风凛凛地掌控其物质环境,知道自己的力量和荣光,并为之感到极度喜悦。想到苏格拉底和耶稣基督曾为这个种族献出生命,历史定会发笑。"

就其整体趋势而言,班达先生的作品可被定义为一位现代人对现代主义者们的全面批判。至少到目前为止,他一直拒绝与保守派结盟。长远来看,除非能够证明现代人的立场具有真正的建设性,否则这一立场也许靠不住;而班达先生最欠缺的,恰恰是建设性。有人批评他,说他理想中的"教士"太过孤高,太过"脱离大众"。然而,沉思的人生也许自有其正当性。况且,班达先生愿意让他的教士偶尔在世俗界中做斗士。真正的问题在于,班达先生没有充分阐释,教士们应为怎样的信条准则而战;也没有说明,若不想让沉思的人生仅仅成为往某象牙塔中的逃遁,应当做出怎样的努力。如笔者暗示过的,他身为哲学家的弱点在于,未能认识到亚理性的对立面不仅是理性,还有超理性,而人身上的这种超理性、超验的因素是一种意志。而也许唯有这种意志才强大到能够抗衡各种"贪欲",包括对人类自然意志放任自流所致的对情感的贪欲。班达先生就意志问题的讨论有所欠缺,这与其宿命论倾向和偶尔流露的对世人的厌憎之情联系密切。每个在心理基础上而非教条或神学基础上认肯更高意志的人,也许都会渴望被赞许为具有建设性的现代人。与此同时,任何有效建设的必要前提,必然是对时弊的可靠诊断。恰恰在此方面,作为现代精神及其弊病的敏锐诊断者的班达先生使我们获益匪浅。他锐利的分析同时体现了诚实与勇气,这在当代、在任何一个时代,都乃难能可贵。

第七章　批评家与美国生活

法国人经常评论美国人的一句话是"他们是孩子",意思是说从法国人的角度看,美国人幼稚地缺乏批评精神。这句评论只适用于一般性批评智力(general critical intelligence)的层面。而处理一个工商业社会的特殊问题时,美国人已经证明,他们可以具有高度批评精神。例如,某些美国人在股票债券估值方面培养出了敏锐得不可思议的批评眼光。① 然而,在某些特定领域如此敏锐的那些人在面临需要发挥一般性批评智力的问题时,却往往十分幼稚。但在如今这种时代,从宗教信仰到香烟品牌的一切选择,人们都要不断经受宣传手段的洗脑,如此一来,一般性批评智力看起来便很有价值了。

事实上,如今的大多数人追求的并非批评能力,而是创造力。我们不但有创造性诗人和小说家,还有创造性读者、听众和舞者。最近又出

---

① 这段话写于1929年秋普通股票泡沫崩溃以前。而那一事件明显意味着,经济繁荣期的金融领袖们缺乏的并非其领域的专业知识,而是一般性的批评智力——尤其是关于报应规律的应用知识。可敬的例外当然也是有的。其中一位就是已经过世的保罗·M.沃伯格(Paul M. Warburg),他就所谓的商业周期评论道:"这是心理学家的课题,而非经济学家的(it is a subject for psychologists rather than for economists)。"(其中涉及的)"是这个问题的答案:在工商业和经济领域里,痛苦经历的记忆能够阻止人类的贪婪自负重掌大权多久,等等"。——作者

现了一种创造力的新形式,也许最终会吞噬掉所有其他形式——创造性推销。批评家自己也受到了传染,同样追求起创造性来。据说批评家要获得创造性,就要从他人由纯粹性情流露而成的作品中接受极为鲜明的印象,这种印象透过批评家自身的性情,成为全新创造的源泉。而从批评家和创作者身上一齐抹杀的则是任何标准,它本应高于性情,因此可以遏制他们自我表达的急切心情。

这种将批评视为自我表达的观念对于当前的话题非常重要,因为被《大英百科全书》①称为"美国最伟大批评权威"的 H. L. 门肯先生便采纳了这个观念。按门肯先生的说法,他本人及他人所实践的创造性自我表达,使美国文坛这一池死水出现了有益的波动:"如今,美国批评界多年以来第一次出现了争端……异端分子大胆地发动袭击,教授们被迫做出一些防卫。不止如此,他们经常试图反击。双方打得头破血流,公平和不公平的招数都用上了。"

但是批评也许不仅仅像门肯先生所宣传的那样,也就是说,不仅仅是一场波西米亚人②之间的争吵,各方都急切想要为自家的自我表达抓住公众的注意力。使批评沦为对性情冲动的满足,沦为对个人嗜好和嫌恶的表达(门肯先生主要表达嫌恶之情),这种做法与批评一词的词源本义——分辨与判断恰恰背道而驰。门肯先生具有非比寻常的口才,但同时性情上缺乏责任感,从他这样的作者身上,我们的最高期待也不过是高级的卖弄才学。不过,必须承认,他的确具有某些真正的批

---

① 第十三版。而第十四版则称门肯先生是讽刺作家,而非批评家。——作者
② 波西米亚人常被用来代指浪荡不羁的文化人。

评方面的长处——例如,在十分有限的范围内,他具有敏锐的观察力。然而他的文章整体上更接近炫智炫学,而非严肃批评。

相比于自我表达,严肃批评家更关心的是建立一套正确的价值观,以此恰如其分地看待事物。他最关键的品质是平衡(poise)。他对于我们特有的益处是作为一种缓和力量,在对立的疯狂极端之间进行调解,人类全体正是经常在这两极间摆动——路德曾把这种摆动比作一个酒醉的农民在马背上的摇晃。一位批评家对于任何特定情况的考察评论都可能语含讥讽。因此抱怨门肯先生在考察美国社会时总怏怏不悦,这并未抓住问题的关键。在要求更多建设性的声音里,通常不难发现有吹捧现状人士(booster)混迹其中。一位批评家即使只对时弊做出正确诊断,也能有极大助益。而若说门肯先生算不上这样的诊断者,这并非因为他过于严厉,而是因为他缺乏判断力。

过去,人们进行判断所参考的标准主要是传统的。而当今时代的明显事实是,传统标准被削弱了。如今出现了一个危机,它与苏格拉底在古代雅典试图解决的问题不无相似之处。任何一位追求明辨力的非传统人士几乎必然要认苏格拉底为老师。众所周知,苏格拉底首要追求具有明辨力地使用通用术语。允许我们的想象力和随后的行为被某个通用术语控制以前,用苏格拉底的方法来审视一番这个术语似乎更为明智。

因此,如今这种明显需要一位苏格拉底的时代,我们却只有门肯先生这类人,实属不幸。我们可以举一例来说明门肯先生辨别力的不足,即他对几代以来一直主宰大众想象力的"民主"这一术语的态度。他对民主的看法正是卢梭的观点的反面,而常言道,膨胀最似空洞。有一项区别,他没能认识到其重要性,即直接或不加限制的民主与立宪民主之间的区别。后者大概是世界上最好的制度。而前者会使自由丧失,最终导致某种形式的独裁崛起,自柏拉图和亚里士多德以降,但凡具有一定洞察力的思想家都能明白这一点。这两种民主概念不仅牵扯到互不相容的关于政府的观点,更涉及彼此矛盾的人性观。立宪民主派希望有制度机构来限制人民的直接意志,这提示出一种与此类似的人性二元论——一个人的更高自我要约束其普通的、冲动的自我。而无限民主的拥趸则是理想主义者,此处指该词获得的与所谓浪漫主义运动相关的意涵。与他们对人民的信心紧密相关的,是18世纪感伤主义者们所主张的性本善原则,该原则本身标志着对于全然败坏论(total depravity)①的拒斥。性本善论鼓励性情的恣意扩张,即笔者前文探讨创造性批评家时所谈到的倾向。

然而,倘若想理解门肯先生,极为重要的一点是区别两种性情主义者:一类柔和感性,怀有各种各样的"理想";一类强硬,或云尼采式的,因为秉持现实主义而自我夸耀。事实上,如果单纯将逃离传统控制视为随心所欲生活的机会,便不如痛快地从理想式转为尼采式,尽量给自己省去过渡的种种幻灭。无论如何,无法否认的是,门肯主义的兴起是以政治及其他领域中浪漫派理想主义的崩溃为标志的。跟随世界大战而来的种种幻灭为此创造了适宜的氛围。

---

① 全然败坏,又译为性本恶论,基督教部分教派特别是加尔文宗所持的神学教义,认为由于亚当夏娃的堕落,每个人出生后都有罪恶堕落的天性,若无上帝恩典,人完全没有能力行善、跟随神和接受救赎。

门肯主义的症状并不陌生：一种强硬和机巧，凡是地位稳定、为人尊敬的，无论合理与否，都一定要对其抱怨一番的性情；倾向于将现实等同于门肯先生所说的"冰冷湿黏的事实"，并认为除了直面这些事实之外的唯一选择就是消遁于纯浪漫的虚幻之中。以上及其他类似特征变得愈发普遍，无论如何看待身为作家和思想家的门肯先生，我们都必须承认他具有代表性。目前他是那些自诩得到解放之人的大先知，而按布朗乃尔先生的说法，这些人不过是失去了约束而已。

无论如何，关键问题在于一个人对克制原则的态度。以任何形式或在任何程度上支持该原则的人士都被得到解放之人贬为反动派，或者面临更严重的指控，即被说成是清教徒。门肯先生试图让我们相信，历史上的清教徒严守道德的立场甚至并非真诚，他们沉溺于"与放荡女人和火热瓶罐①做可悲的交易"。以上这个例子极为生动地诠释了什么叫不分青红皂白，正是通过这种论调，作家牺牲掉恒久的名声，换取到一时的名气。与清教徒相关的事实恰恰是复杂的，需要以苏格拉底的方式进行讨论。有人讲，清教徒的主张具有的是斯多葛精神而非真正的基督教精神，这种讲法并不全错。当下人们讨论清教主义与资本主义崛起及资本主义赞颂敛财逐利式人生之间的关系，这也不无道理。同样的，清教徒也的确从最初就过分关注如何像矫正自我一样矫正他人，这个特征将他们与如今那些秉持人道主义的爱管闲事的人或"老古板"（wowser）联系起来，后者正是门肯先生极爱的嫌恶对象。

然而，敬畏、虔诚、谦卑都是基督教美德，而清教徒身上保有这些美

---

① 应指酒瓶。

德,这些也仍是事实。对于像乔纳森·爱德华兹这样的清教徒代表,这些美德是与神恩启示,与他所说的"神圣的超自然辉光"分不开的。从爱德华兹这类人所抱有的对上帝的爱与敬畏,到人道主义者们自我标榜的对人类的爱与侍奉,其间有某种非常接近核心的东西丧失掉了。倾向于消失的,是内在生活,及其所施加的一种特殊控制。随着这种内心控制逐渐衰弱,人们更多地求诸外在控制。于是真正的清教徒便被持人道主义的法学家取代,他们通过了数不胜数的法律来控制那些拒绝自我控制的人。如今提升者们的作为很少让人联想到任何"神圣的超自然辉光"。以上描述的就是一个及其重要的区分,但却被我们半吊子的知识分子们混沌的思考搞得愈发含混。如此一来,人们就无法看到真正的问题,那就是要保留内在生活——即使我们拒绝接受清教徒与内在生活相联系的神学噩梦。倘若这个问题解决不了,危及的不仅仅是清教徒传统,而是我们当今生活的全部。然而,除非我们能通过充分自由地施展批评精神获得某种解决方法,否则我们就只是个现代主义者,而不是彻底的、完全的现代人;因为现代精神与批评精神本质上是一致的。

当一个人没有足够的思考深度,批评能力不够成熟,便要讨论这一层次的问题时,其情形可以在辛克莱·刘易斯(Sinclair Lewis)先生的《埃尔默·甘特利》①一书中看到。他被诱惑从艺术堕落至书写通篇的粗野谩骂,甚至仅就谩骂而言,其作品在很大程度上仍旧不得要领。若

---

① 《埃尔默·甘特利》(Elmer Gantry,1926)是一部讽刺小说,描写了19世纪20年代美国教会人士的活动及大众对其态度,主要讲述一位道德败坏的虚伪牧师如何获得成功。

说如今的新教教会岌岌可危，那并非因为教会中偶尔会出现埃尔默·甘特利这种人。它真正的过错在于，它在日趋现代主义的过程中，不但失去了对某些教义的掌握，还同时失去了对人性事实的掌握。尤其是，教会没能以某种具备批评精神的现代形式延续一条教义的真理，而此真理不幸地被人性事实一再证明——那就是原罪的教义。乍看之下，门肯先生似乎深信人性恶，例如，他将民主的本质贬低为"豺狼与蠢驴之间的较量"。这使他和严格的基督徒之间至少有了一线联系。

然而，这个表象却是误导性的。基督徒首先清楚自己心中的"老亚当"（Old Adam）①：并由此保持谦卑。而门肯先生的文章不会教人谦卑，反倒助长傲慢，且是根本上基于恭维的傲慢。读者，尤其是不成熟的年轻读者，会在想象中自我认同为门肯先生，自视为某种乖张阴郁、充满讥讽的神明，从高处俯瞰下界数不尽的"傻瓜"。对于任何考察过现代运动的人来说，这种态度都毫不新奇。我们尤其会想起福楼拜，他致力于收录中产阶级的愚蠢言行，勤勉程度堪比书写美国面貌的门肯先生。尽管福楼拜发现，这种做法并不能使人变得更幸福，但门肯先生一定会对此不屑一顾，因为他早就说过，自己不相信幸福。福楼拜的另一项发现对他来说也许更值得思考。"在喝骂傻瓜时，"福楼拜讲道，"我们自己也容易变成傻瓜。"

要想避免门肯先生一派过于自满的愤世嫉俗，也许唯一的方法就是再次认肯内在生活的真实。若是如此，似乎应当尽量把作为内在生活根基的克制原则从区区信条和传统中分离出来，并将该原则当作心

---

① 指原初之恶。

理事实加以重申;这种事实既不"冰冷"也不"湿黏"。很多所谓的现实主义之所以冰冷湿黏,是因为没能充分承认这一事实。"现实主义者"这一称呼如今已被辱没,而苏格拉底式批评家的一个主要任务正是还其高尚本色。忽略人心中抗衡纯性情冲动的那种力量,即体现人性的那种因素,这样的现实观可能被证明是极为片面的。宣称"那君临自己内心,治理情绪,治理欲望和恐惧的人,是更大的国王"①的清教徒弥尔顿,与用其特有腔调大谈"那些不断变化的化学作用决定了世间一切道德和不道德的事情"②的西奥多·德莱塞③先生,二者相比,难道前者的真实逊于后者吗?

事实上,以实行克制原则的程度和性质来判断,可以分出两种主要类型的现实主义:一种可称为宗教式现实主义,一种可称为人文式现实主义。而随着克制原则被搁置,第三种类型逐渐出现,它可被称为自然主义的现实主义(naturalistic realism)。随传统制约没落而来的,是向自然主义层次的坠落,这是毋庸置疑的。当下种种典型的罪恶源于缺乏约束,源于违反节度之法则,而非像现代主义者宣扬的那般,源于禁忌与传统压制的暴政。事实昭然,苍天可鉴。对解放的渴望与对控制的需要二者之间,有必要做出精微的调整,这一点歌德早就彻底说明过了,而且他是作为一个深谙世道之人而非一名清教徒在发言的。他讲,一切只解放精神却未使自控力相应增强的事物都贻害于人。这句话似

---

① 出自弥尔顿:《复乐园》,第二卷,第466—467行。译文出自朱维之译本。
② 出自德莱塞的代表作——小说《美国悲剧》(An American Tragedy)。
③ 德莱塞(Theodore Dreiser,1871—1945),美国自然主义小说家,作品中的人物往往受本能与社会因素驱动和控制,代表作有《嘉莉妹妹》《美国悲剧》等。

乎充分适用于当今的"愤怒青年"(flaming youth)①。

我们目前仍身处其中的这场运动从一开始对克制原则的处理就很成问题。从这场运动的残渣中期待该运动"当初蓬勃发展时就缺乏"的东西,这必将落空。卡尔·桑德堡②先生所谓"人对所有'禁止'标志发起的那场非凡反抗"。反对这种纯反叛态度的一个理由是,过去一个多世纪里这种态度在不断的自我重复当中,太过强烈地体现出的所谓"反抗的乏味"。针对这种态度的一个更严肃的反对理由是,它所鼓励的毫无约束、纯粹性情的自由无助于现代人逃离科学主义决定论者编织的那张将他们困住的网,尽管乍看之下十分矛盾。

实际上,当下主流类型的现实主义者与心理学家们形成了亲密联盟——包括强调分泌影响的心理学家、行为主义心理学家、精神分析学家。这些人无论有何内部矛盾,都团结一致站在决定论一边,因此与宗教现实主义者和人文现实主义者都有本质上的冲突。为自由意志辩护的恰当方法,是坚定地视其为一项体验事实,且是一项根本性事实,因此决定论者的立场相当于为了一个玄学幻梦而逃避了意识的一类直接数据。我们当然应该带着敬意接受自然主义心理学中真正实验性的成果;但它在实验中考虑的那些事实相比于被它忽略或否认的事实,未免分量不足。实际上,自然主义心理学走向了伪科学的荒唐极端,因此对

---

① 特指美国19世纪20年代反抗禁酒令等社会规约的年轻人。该称呼来自亚当斯(Samuel Hopkins Adams)的小说《火焰青年》(*Flaming Youth*)。

② 桑德堡(Carl Sandburg,1878—1967),美国诗人、传记作者和新闻记者,曾三次获得普利策奖,擅长以自由诗来书写工业化的美国。著有诗集《芝加哥诗歌》和传记《亚伯拉罕:战争的年代》等。

于苏格拉底式批评家来说是明晃晃的靶子。

无论如何,这个问题最终决定了其他一切问题。因为若道德自由的问题——人究竟是应负责任的行为人,抑或只是自己冲动和印象的玩物——尚无答案,任何问题都不会有答案;而若要在目前状况下得到这个问题的答案,就需要极敏锐的批评鉴别力。若无这种鉴别力的充分支持,创造则很可能太不成熟。

不妨以德莱塞先生的《美国悲剧》(American Tragedy)一书来举例说明,此书被某些人誉为近年来小说领域的"珠峰"。本书成功地给读者带来了真正的痛苦体验;但这种体验毫无意义。读者过度经历了悲痛的折磨,却并未得到最终的宣泄,精神也并未开阔,而这些正是真正的悲剧不用明显说教就能给予我们的。挣扎读完极度沉闷的八百多页文字,最后却只感到压抑,这几乎是在浪费生命。之所以有这种压抑感,是因为德莱塞先生没有充分超越"不断变化的化学作用"层面,即动物行为层面。悲剧可以承认命运——古希腊悲剧就承认命运,但不承认自然主义式的命运。这个问题若弄不清楚,长远来看,可能会让比德莱塞更显赫的作家也声名受损,例如托马斯·哈代①。这么多当代作品被笼罩在徒劳沮丧的沉重阴云之中,自然主义式的宿命论在很大程度上要为此负责。这让人渐渐体会到一位晚近诗人所说的:"尘埃"是一个共同源头,

> 蟋蟀的鸣叫与但丁的梦境皆生于其中。②

---

① 哈代(Thomas Hardy, 1840—1928),英国重要小说家、诗人,作品有浓重的悲观主义和决定论色彩。著有小说《德伯家的苔丝》《无名的裘德》等作品。
② 诗行出自惠洛克(John Hall Wheelock)的《大地》("Earth")。

无论聆听虫鸣还是阅读但丁,任何相信唯有生于尘埃之物才具有真实性之人,在宗教现实主义者和人文现实主义者看来,都要准备好做出重大牺牲。首先,他必须牺牲对人性二元论某种形式上的认可所带来的深刻与微妙。相比于描摹精神法则(law of the spirit)与身体法则(law of the members)二者较量可能引起的兴趣,被大多数所谓的现实主义者推崇的对于性本身的过度关注是个相当低劣的替代品。而且,纯自然主义的现实主义意味着牺牲美,不管从哪种意义上理解美这一难以捉摸的词。与此紧密相连的还有对细腻、高尚和超凡的牺牲。现实主义一词本身渐渐被用以指这些品质的反面。例如,当我们听说某人要写一部关于伟人的现实主义研究作品,我们预先就能确定作者会把力气主要花在证明"普鲁塔克(Plutarch)说了谎话"上。伟人越是被贬至凡俗甚至更低层次,我们越觉得他被"人性化"了。

舍伍德·安德森①先生高明地争辩道,因为我们自己粗陋,我们的文学若要避免虚假不实,就也应当同样粗陋。但是,想写出重要作品的作家不能过深地沉浸于一时一地的氛围之中。更不能像安德森先生、德莱塞先生和辛克莱先生那样,让读者觉得,即使他们的描写对象缺乏粗俗之处,因作者自己足够粗俗,他们便能以此弥补缺憾。这些并非仅仅事关超凡品质的丧失。事实上,这已经涉及每位紧抱自然主义的现实主义不放的作家必须要做出的最大牺牲。这些作家必须放弃获得不朽魅力的希望——而每位名副其实的作家都会多少抱有这种希望。因

---

① 安德森(Sherwood Anderson,1876—1941),美国作家,作品多关注美国小镇中人物孤独、压抑、沉闷、沮丧的生活体验,对福克纳和海明威等人有一定影响。著有《俄亥俄州瓦温斯堡镇》等作品。

为缺乏人文或宗教标准,这些作家容易混淆真实(real)与纷乱现实(actual),从而缺失"普遍性之崇高"。

当下流行类型的某些书如此热衷于生活中那些转瞬即逝的方面,就算它们会流传下去,也不会作为文学,而是作为社会学文献得以留存。再过一两代,书写它们的语言就需要个术语表才能理解。它们非但完全没有按照有序范式对经验原材料加以安排,反倒强调毫无范式这一点。这样做造成的效果,借用对晚近潮流有明显影响的已故的斯蒂芬·克莱恩①之语,是"杂乱而不连贯"(cluttered incoherency)。这种倾向的一个极端例子是约翰·多斯·帕索斯②的《曼哈顿中转站》(*Manhattan Transfer*)。借现实之名,多斯·帕索斯先生制造了一个文学噩梦。这样一部作品即便作为社会学文献似乎也没什么价值;除非我们准备承认当今曼哈顿的居民大都是患有癫痫的波西米亚人。

拉布吕耶尔讲:"写书就像制作钟表一样,是一份行业。"简言之,文学很大程度上是一门技艺。而《曼哈顿中转站》一书的技艺跟它蕴含的哲学一样可疑。这二者都无可辩解,除非我们认为,艺术的意义在于夸大世相的杂乱与不连贯,而非从中提炼深层意义。技艺在诗歌中比在散文中更为重要。仅出于技艺一项理由,便可以合理抗议当下对沃尔特·惠特曼的荒唐过誉。在如今这背弃了传统的年代,若不想让诗人缺少技艺,甚至更糟的,像某些晚近的自由诗写作者那样,被假技

---

① 克莱恩(Stephen Crane,1871—1900),美国著名的现实主义作家,因其对战场上人物的精准心理刻画而广受认可。代表作有《红色英勇勋章》。
② 帕索斯(John Dos Passos,1896—1970),美国小说家,其作品对美国社会有激进批判,创作中经常融入一些实验性手法。著有《美国三部曲》等作品。

艺所折磨,就要带着批评精神来阐明一些基本问题,以做出正确定义。显而易见,这既牵涉到诗文形式,又牵涉到诗文内容,不管我们像亚里士多德那样把诗定义为对代表性人类行为的描摹,还是像卡尔·桑德堡先生那样将诗定义为"神秘醉人的,由火焰、烟囱、华夫饼、三色堇、人和紫色落日所组成的数学运算"。

无疑,如今的美国有很多花哨的印象主义的产物。然而自然主义潮解也许还未像桑德堡或多斯·帕索斯的作品暗示的那样侵蚀太多东西。某些现实主义小说在公众中间引起的反响颇大;不过我们要考虑到"丑闻的成功"(succès de scandale)这一现象,并考虑到现代出版商的营销技巧。某些书籍的名声可被视为"创造性"营销的胜利。这种营销无中生有地创造出了杰作的幻觉(mirage)。应当记住的另一点是,成为人们谈论焦点的一些作品远非美国社会的真实写照,而是对某些欧洲运动迟来的回声。因为无疑我们在文学和艺术风格中都会模仿欧洲——通常落后于他们五年到四十年——正如我们在卫浴水暖、管道设备方面领先于欧洲一样。笔者有个人经验为证,任何90年代在巴黎住过的人,若之后移居到美国,都会有种经历同一场文学风潮两次的感觉。德莱塞先生让人想起左拉(Zola)及其学派。多斯·帕索斯先生的技巧则让人想起龚古尔兄弟①。我们进行自由诗实验,追随的不仅是沃尔特·惠特曼,还有法国的象征派,等等。

我们很快就会听到,法国文学和批评思想出现了某种新的发展,尽

---

① 龚古尔兄弟(Edmond de Goncourt, 1822—1896; Jules de Goncourt, 1830—1870),法国自然主义作家,兄弟二人共同创作,作品往往巨细无遗地描写细节而不试图呈现意义或统一性,著有小说《热曼妮·拉瑟顿》等。

管尚未明晰,却有一种趋势要彻底背离自18世纪以来、在某些方面自文艺复兴以来的主流。我们应当熟悉一下这些以各异的方式展现出这一最新趋势的作家们——比较明显的有马里顿、莫拉斯、拉塞尔①、塞利埃尔和班达;因为他们的文字中有一种思想品质,这在我们的文人中很稀少。与此同时,我们不应以惯常的驯顺全盘接受这些作家中任何一人的全部观点;因为他们中没有一个人确立了完全适用于我们需求的观点。总体上讲,一个处于力量巅峰的伟大国家不应一直对欧洲亦步亦趋。是时候主动开始属于我们自己的东西了。这并不是说应立即开始在内部培养我们自己的"原创性"。恰恰相反。如今我们能做到的最具原创性的事正是质疑宣称原创性即为单纯的性情流露与自我表达的整个理论,这一理论从18世纪那些"天才"那里一直流传到我们中一位渴望"喷洒其明亮无限的灵魂",却分量极轻的稚嫩诗人②手中。

若进行一番真正的批评性梳理,就会明白我们在创作上的努力之所以不尽如人意,是因为缺少标准,而这唯有文化能提供。我们文化上的粗陋贫乏则源于我们的教育,尤其是高等教育的不足。因此,门肯先生对"教授们"的攻击大体上是正当的;因为如果教授们尽了责,就不会出现门肯先生这种人了。公正起见,必须补充一句,教授们本人,或

---

① 拉塞尔(Pierre Lasserre,1867—1930),法国文学批评家、记者,主张恢复古典教育,批判浪漫主义,"一战"后对查尔斯·莫拉斯和"法兰西行动"多有批判,著有《浮士德在法国及其他研究》等。

② 应指卡明斯(Edward Estlin Cummings,1894—1962),美国诗人、画家,美国现代派诗歌的代表人物之一,在标点、拼写、句法等诗歌形式方面进行大胆实验,共创作了近2900首诗歌。文中引用出自"O Thou To Whom The Musical White Spring"一诗,原文为"I spill my bright incalculable soul"。

者至少他们当中一些人,已经开始意识到现状大有问题。下面这段文字就极其犀利,它摘自G委员会①最近向美国大学教授协会提交的一份报告:

> 美国教育自觉或非自觉地、直接或非直接地被政治、情感及教育方面明显虚假的理论所控制,并深受其害。倘若某些人的观点流行开来,本国的智力生活就在劫难逃;除了白痴以外,每个人都要进大学主修社会学、自然科学、儿童研究和社区服务——这样一来我们的社会就会无与伦比地平庸、无知、粗俗。即使对这般极端的观点,也最好别抱有不屑一顾的态度;这种观点太具指示性了。这类影响极强,它们一刻不停地施加压力;如果美国的教育大体上是失败的,那么它们就是罪魁祸首。

简而言之,平等主义民主(equalitarian democracy)的侵蚀导致我们高等教育的标准在两个特定方面受损:第一是学生质量;第二是学生所学内容的质量。第一点弊端是被广为承认的。甚至有迹象表明一些矫正措施将会出台。某些大学,例如哈佛,虽然尚未严格甄选学生,对较差学生的态度却更有批评性。但另一方面,对第二点更严重的弊端——不从质量上区分各门学科这一做法——进行矫正的希望却愈加渺茫。主流的趋势仍然是所谓的通用学位。(例如,达特茅斯学院最

---

① 美国大学教授协会下有多个委员会,其中G委员会当时全称为"本科生智力兴趣和智力标准提升方法委员会"(Committee on Methods of Increasing the Intellectual Interest and Raising the Intellectual Standards of Undergraduates)。

近合并了文学学士学位与理学学士学位。)然而可以认为,即使穷尽英文字母来设置新学位以便满足现代人真实的或设想的教育需求,也要比模糊某些区分的做法要好。对一个主修化学专业的学生和主要研读希腊文学杰作的学生,不加区分地给他们颁发文学学士学位,这便使该学位失去了任何有效意义。按照目前的节奏,总有一天,文学学士学位将不再能说明获得学位者之学养,就算按有人提议的那样,在每个美国孩子出生时就为其颁发此学位,也不会有何区别。

无须赘言,那些拉低和颠倒教育标准的人一直口口声声自称在"服务"。在对美国教育乃至当代美国生活的批评性考察中,该词必然是一个关键。苏格拉底式批评家对此的态度与门肯先生及"冷峻"派有所不同。门肯先生讲:"当一伙房地产经纪人、债券推销员和汽车经销商凑在一块为服务事业抹眼泪时,即使你不是弗洛伊德,也知道有人要被骗了。"不过,倘若真对这一当下流行的美国口号有所怀疑,为何要浪费精力来攻击这些小卒呢?除了甄利事公司(Zenith)的扶轮社成员以外,还有其他更显赫的人物,用辛克莱·刘易斯先生的话讲,在"为服务事业吠叫"。若要以苏格拉底的方式来对待服务这一观念,就需要连带考虑两位人物,他们被恰当地看作我们文化背景中的代表性人物——本杰明·富兰克林(Benjamin Franklin)和乔纳森·爱德华兹。富兰克林的服务观念已经是人道主义式的了。爱德华兹的服务观念仍旧是传统基督教式的——侍奉对象是上帝而非人类。富兰克林所代表的思想如今大行其道,就他的主要影响而言,他甚至也许算得上是师祖级别的扶轮社员。而爱德华兹所代表的思想则在很大程度上被废弃,或仅仅以习惯的形式保留下来,而这些习惯也因为缺乏教义支撑,与清教徒文化一同逐步衰落。

还可能存在以上两种的中间类型。一个人可能在人格上反映出清教徒背景,同时在关于服务的观念上继承富兰克林。这种结合恰恰出现在近几年我们最具影响力的教育领袖——过世的艾略特①校长身上。对他个人品质的正当欣赏不应干涉对他教育观念的敏锐考察批评,因为这两件事毫不相干。这实际上意味着审视人道主义理想——艾略特校长为推动这一理想所做的也许比其同辈的任何其他人都多。在此方面,本国大多数教学机构的领袖过去以及现在都只算得上艾略特校长的候补。

在其九十寿辰的致辞中,艾略特校长告诫听众,不要过多内省,以防它让我们从对服务事业的全身心投入中分神。在这种态度与宗教或人文立场之间,存在着首要原则上的冲突。人文主义和宗教都视内省为内在生活及其恰当活动的前提。若不再有内在生活的活动,我们便只剩下为功利主义所驱动的外在活动,这会直接导致对物质效益的一味崇拜,并最终导致标准化,而根据几乎所有外国批评家和许多本国批评家的看法,标准化正是美国一大危患。我们不能回归清教徒的自省。一位爱德华兹式人物会把怎样一套神学作为其"神圣的超自然辉光"的前提条件强加给我们,想一想就让人胆战心惊。但正如笔者所说,这不意味着我们应当将内在生活本身与那套神学一同抛

---

① 查尔斯·W. 艾略特(Charles W. Eliot, 1834—1926),曾任哈佛大学校长,他所推行的一系列教育改革使哈佛在理工科等实用性专业方面实力大大增强,从而更适应美国的科学、工业发展。艾略特在任期间哈佛大学跻身美国一流学府。

弃。可以承认，服务之信条有很多附带益处，然而我们仍不安地怀疑，从传统信仰到现代人道主义制度，某种关键的要素消失了，无论是功利主义者强调的外在工作还是感伤主义者推崇的扩张性同情心都无法取而代之。

内在生活的问题还与另外两个在本国高等教育中亟待解决却仍然毫无头绪的问题息息相关：专家的问题和闲暇的问题。闲暇之人在进行一种内心的、人类特有的活动形式，据亚里士多德讲，人若要达到终极目的——自身的幸福，这种活动形式就是必要的。问题是，我们是否应像专家那样，同意放弃这一活动，不完整地、仅仅作为某种外在目的的实现手段而活——使那个外在目的是全人类的进步。如今，我们越来越多地听到闲暇带来的"威胁"。据估计，随着机械工具的完善，未来的人类每天工作不超过四小时便可以满足自身的物质需要。领袖们，特别是高级知识分子们，若不指明方向，期待普通民众明智地运用从外在劳作中解放的时间，无疑是徒劳的。任何称得上自由（liberal）的教育，其标准的终极源头都在于真正闲暇的观念。哪怕只有几所本国大学或学院的校长开始有意义地思考闲暇的真义，才是时候谈论"美国开始成熟了"。

但现实情况是，本国的学术教育机构似乎正愈发彻底地变为"理想主义"的温床。一方面，他们在整体上没能树立起独立于理想的标准；另一方面，标准化四处蔓延，这些对于美国文明的未来而言也许是不详的。目前辛克莱·刘易斯先生等人针对标准化的庸俗主义的战斗，很大程度上仍在延续过去几个世纪以来强硬派及温和派性情主义者针对功利主义者主导的生活机械化的反对。这种反对过去成效甚微,今后可能也不会有起色。对于标准化的庸俗主义者,最有效的抗衡者并非波西米亚人,也不是门肯先生所设想的那种强硬派性情主义者或超人,而是闲暇之人。闲暇涉及一种内心勤勉,它依凭的标准能制衡单纯的情绪扩张,也能制衡任何形式的纯粹扩张。

人文主义标准在本国之所以不如人道主义理想受欢迎,原因之一也许是这些标准对敛财逐利式人生施加了限制;而将彻底的理想主义与无限制的商业主义狂欢相结合却是完全可能的。就这一点而言,尝试了解本国在他国眼中的形象,对我们是有益处的。我们在外国愈发不受欢迎,毫无疑问,其中原因部分在于我们的物质成功遭到了嫉妒,但另一部分在于,外国评判我们时倾向于依据我们真实的表现,而非依据我们的自我感觉。倘若我们自视为理想主义者的民族,在一位晚近的法国批评家安德烈·西耶格里埃德①(André Siegfried)先生看来,我们则是"法利赛人(Pharisee)②的民族"。西耶格里埃德先生告诉读者,欧洲人尚且关心文明的更高价值,而美国人已经准备好为批量生产和物质效能牺牲这些价值了。

这种看法明显流露出"外国人的某种优越感",它不过以一种新形式表现出来。文化标准的崩溃发生在美国,也同样发生在欧洲。甚至要怀疑,西耶格里埃德先生本人是否充分理解了唯一能制衡功利主义

---

① 参见他的著作《今日美国》(Les États—Unis d'aujourd'hui),1927 年出版,英译题目为《成年的美国》(America Comes of Age)。——作者
② "法利赛",一个犹太宗派。《圣经》提及法利赛人时常常有负面色彩,因此后世常用法利赛人代指伪善、自负、贪婪之人。不过圣保罗即为法利赛人出身。

者偏颇行动的那种勤勉。与此同时,他对我们最爱的服务理想所做的剖析倒是饶有趣味。这一理想没有对我们的扩张性设下有效屏障。而民族层面上的无限制扩张性总会具有帝国主义色彩。西耶格里埃德先生列举了可能酿成美帝国主义的种种因素,包括美国人"极度的自满,相当野蛮的利己主义,以及更危险的一条——自身对'全人类'负有'种种义务'的意识"。不过,西耶格里埃德先生承认美帝国主义很可能具有一种新型的微妙性质,并不主要涉及领土扩张。

若要充分讨论西耶格里埃德先生的观点以及笔者提出的其他一些话题,一篇文章的篇幅尚且不够。本文开篇提出,培养一般性批评智力十分重要,若本文多少说清了此观点的道理所在,笔者的目的就达到了。詹姆斯·罗素·洛威尔①的名言——美国在有自己的文学之前必须先有自己的批评——放在今天实在前所未有地正确。对于那些呼吁要少来些批评,多来些创作的人士,应当给出的明确回应是,最需要以批评精神去检验的,就是目前哪些算得上真正的创作。笔者已经试图说明,这样一番检验会超出文学范畴,延伸至我们国家生活的方方面面,并最终归于本国的高等教育。

我们不可将门肯先生一派主张的自我表达当作这种真正批评的替代品接受,除非我们真要像传闻中南美人评价我们的那样:"他们不是特别认真的民族!"当然,读者也许会寻思,笔者本人就是个批评家,或者要成为批评家。对此,笔者只能表示,希望自己在夸大批评功能时,

---

① 洛威尔(James Russell Lowell, 1819—1891),美国浪漫主义诗人、批评家、编辑、外交官,认为诗歌具有社会批评的功能,很多作品中表达了反对奴隶制的观点。著有《比格罗诗稿》等作品。

不至于太像莫里哀笔下的舞蹈教师,断言"人类的所有错误,世界史上一切灾难性的失败,政治家们的缺点,以及伟大领袖们的失误,皆因为他们不懂舞蹈"。①

---

① 该角色出自莫里哀的戏剧《贵人迷》(*Le Bourgeois gentilhomme*)。

第八章　浪漫主义与东方

当今时代的特有危险,是各个国家群体与民族群体间的物质接触增多,但精神上却依旧彼此陌生。若专门就东西方而言,双方更好理解彼此的主要障碍,是某一类西方人,他们总是几乎无意识地认定,东方在一切方面都要向西方学习,而几乎或完全没有可以教给西方的东西。这种充满优越感的想法在西方人身上主要有三种表现形式:其一为种族优越论,这是一种难以解释的信仰,认为与棕种人和黄种人相比,白种人(尤其是北欧金发碧眼的人群)具有更优秀的品质;其二为基于自然科学成就及其推动的那种"进步"的优越感,这种看法倾向于将东方在物质效能方面的劣势视为全方位的劣势;其三为宗教优越感,现在这种倾向已经不如过去那么明显了,它将所有身为非基督徒的亚洲人一并贬为"异教徒",或只依据亚洲人的宗教信仰有多符合基督教范式来认可其价值。而亚洲人则非常乐意利用西方科学的发现,但他们甚至比大战以前更不愿承认西方人的道德优越性。甚至在对西方借鉴比其他任何东方国家都多的日本,也似乎开始出现某种反感情绪。

的确,全面来看,亚洲人不仅丝毫没有轻视自身,还自有一种优越感,这种自负不仅是针对西方人的,还针对他们彼此。过去很多印度教徒都认为真正的灵性从未出现在印度这片神圣土地以外的国度，直到今日无疑仍有人这样认为。还有，没有任何一个国家，包括古希腊，比中国更加坚信，本国以外再无文明之邦。唐朝的一位官员就曾向皇帝上书反对佛教，其表文开篇言："佛陀为蛮夷。"①中国的一个传统称谓"普天下"本身就能充分说明问题。

总体来讲，亚洲的文化群体彼此之间差异甚远，若要试图对比亚洲立场与欧洲或西方立场，不免让人质疑是否有些刻意。类似的尝试几年以前曾在巴黎以专题论文集的形式出现过（《东方的召唤》[Les Appels de l'Orient]），有约140位法国及其他国家的作家学者撰稿。按照一位撰稿人，法兰西公学院的梵文教授西勒万·列维②的讲法，将"贝鲁特的叙利亚人、波斯的伊朗人、贝拿勒斯的婆罗门、德干的下级民、广州的商人、北京的官吏、西藏的喇嘛、西伯利亚的雅库特人、日本的大名、苏门答腊岛的食人族等等"归在同一个标签下，这样做非常荒谬。若非要将西方整体与东方整体进行比较，那怎样讲后者都可以了。甚至可以像弗雷德里克·伊福斯·卡彭特博士（Frederic Ives Carpenter）在他最近的著作《爱默生与亚洲》（Emerson and Asia）中那样，宣称在尤金·奥尼尔的戏剧中发现了东方元素！

但是，若能进行恰当的定义和限制，东西方比较的问题可能有极重

---

① 应指韩愈的《论佛骨表》。韩愈原文为"伏以佛者，夷狄之一法耳"，称佛教是夷狄的一种法术。白氏译文（This Buddha was a barbarian.）与原意有一定出入。

② 列维（Sylvain Lévi，1863—1935），法国佛教学者、东方学家，法兰西公学院教授，多次访问亚洲各国，校勘与翻译了多种佛经，在尼泊尔发现世亲菩萨《二十唯识论》梵文抄本，与日本学者高楠顺次郎合作编写了多卷本佛教辞书《法宝义林》，另撰有《印度与世界》等丰富著述。

大的意义。巴黎论文集中的几位撰稿人已经对此意义提示一二。他们关于欧亚对照的意识得益于另一对洲际对照——欧洲与美国的对照;在后一个问题上大家看法相当一致。美国代表了纯工业的、纯功利主义的人生观,代表了对力量、机械以及物质安逸的崇拜。欧洲倾向于转向东方正是为了逃离美国精神所代表的有害极端。论文集中写道:"欧洲由于近些年几乎致命的苦难所致,已经准备好俯首,学着谦逊些了。这样一来,东方的影响便可能显露出来。一片广袤的大洲将会成为西方精神的庇护所与堡垒;整个美国会更加强硬、傲慢地闭塞思想,而欧洲会听取东方的教导。"这类文字大意可总结为,欧洲在追求自然秩序真理的过程中逐渐忽略了谦逊的真理——内在生活的真理。从字面意义上讲,欧洲失去了自身的方向(orientation)①,因为欧洲最初就是从东方接受到那些真理的("光从东方来")②。我们仍记得马修·阿诺德对东西方从前接触的描述,首先,是醉心于力量的欧洲对亚洲的冲击:

东方在暴风面前低低俯身
带着耐心的、深深的蔑视;
她让兵马狂扫而过,
而后重新陷入沉思。③

---

① 此处白璧德用了一个双关语:orientation 词源即为东方(orient),今常指自身的定位、方向。
② 主要指希腊-罗马时代西方从近东和中东国家接受基督教的过程。"光从东方来"的原文为 Lux ex Oriente。
③ 此节和下面一节都出自《又见奥伯曼》("Obermann Once More")。

之后，逐渐厌倦自身物质主义的西方终于开始倾听东方的声音，即接受了表现为基督教形式的内在生活真理：

> 她听见了，享受胜利的西方，
> 披挂着刀剑与冠冕，
> 她感到了吞噬内心的空洞，
> 她颤抖了，她臣服了。

如今出现的那些与东西方关系有关的问题比起希腊罗马时代的要复杂太多。如今，东方不仅指近东，而更多地指远东。而且能看得出，无论是近东还是远东，东方都不像之前那样情愿在西方帝国主义侵略面前"带着耐心的、深深的蔑视"俯首。恰恰相反，一种西方人再熟悉不过的民族自许（self-assertion）开始在各个东方国家出现。尤其是日本，他们将佛像当作古董收起，转而去研究战舰。几乎可以说是人性终极现实的支配欲，在西方被科学效能造就的机械所武装，因此东方似乎唯有发展出同样的科学效能这一条出路，否则就会在经济和政治上被奴役。对于中国这一远东枢纽，选择那条出路似乎尤为紧迫。在西方冲击下，传承数千年的精神气质在愈发严重的精神惶惑中寸寸崩塌。简言之，东方本身也失去了自身方向。

如笔者前文提示的，所谓方向的本质，可以理解为以宗教形式对内在生活的真理的认肯。而我们对于东方宗教的解读在过去一个世纪甚至更久的时间里都染上了太重的浪漫主义色彩。笔者对古印度，确切来说是印度佛教进行过一手研究,对其所遭受的浪漫化曲解尤其触动不已。若事实如笔者认为的那样,佛陀代表着东方人的本质,这一问题便相当重要了。

一

笔者先来谈一谈浪漫化东方主义较为表面化的几个方面。如其他地方一样,东方引起浪漫派兴趣的,是它别具风韵的生活表象,而非它恒常不变的那些元素。这种对地方风情的追求正是早期浪漫派对东方的书写所呈现的——例如维克多·雨果的《东方诗集》(Les Orientales)。吉斯教授说这部作品是从莱巴蒂尼奥勒街区的视角(Les Batignolles)①看到的东方:"裹着头巾的土耳其人、希腊海盗、俏丽的女奴、发亮的弯刀、炮兵队、西帕希骑兵队、提马里奥骑兵、残暴的土耳其近卫兵、黑皮肤的宦官、香气熏人的后宫、碧蓝的海水,以及从大理石宫殿窗子中投入海中的身着宽袍的女人、战争、谋杀、屠杀——以及图画。"如今,任何渴望异国情调的人都能以更地道的形式满足自己,他们可以环游世界,或至少翻阅《亚洲》杂志。

本主题更具浪漫色彩的一个特征是,对逃离苦闷当下,躲到称心如意之乐土的一种渴望。浪漫派经常将梦之温柔乡安设在东方,以便自己从此时此地逃离。下面就是从巴黎论文集中摘取的一个极端例子。爱丽丝·路易-巴尔杜(Alice Louis-Barthou)女士说:"对于我,事情很简单。我对西方深恶痛绝。在我看来它代表着烟雾、灰暗、阴冷、机械、

---

① 巴黎的一个街区。

残忍的科学、罪行累累的工厂、噪音、熙攘和丑陋的胜利……而东方是安宁、祥和、美丽、多彩、神秘、魅力、阳光、欢乐、生活的安逸以及幻梦的化身;总之,完全是我们这可恨怪异文明的反面。再没有比我更彻底的反动、倒退、守旧之人了。因此你们千万别问我对这些事的看法。如果我说了算,那我就要在东西方之间筑起一座中国的长城,以免东方受西方毒害;我要将所有异教徒(giaour)①斩首,我要去住在视野清明的地方,没有欧洲人的地方。就这样!"

此类文字中流露出来的浪漫想象与自卢梭以来对亚理性的自发性的崇拜相结合。这种卢梭式浪漫主义正是施莱格尔兄弟所展现的特质,而他们实际上建立了德国的浪漫派(1798—1800),同时也是将印度文化译介至西方的先驱。弗里德里希·施莱格尔说,浪漫想象终极的绚烂宝藏为印度所有。他的《印度人的语言和智慧》(Language and Wisdom of the Hindus,1808)影响十分深远。大体在这段时期,东方主题整体都带上了原始主义色彩,这可以在叔本华哲学中得到反映,叔本华就自视为印度教的门徒。叔本华等原始主义者的一项最不一般的成就是,他们将佛陀塑造成了一个昏昏沉沉、整日沉浸于幻梦的悲观之人,然而在历史有记载的人物中,佛陀实际上本是最警醒、最精力充沛、最快乐的人。托尔斯泰(Tolstoy)及其他俄国作家的小说中所出现的卢梭主义常常被归到这个亚理性佛陀的名下。德·沃盖子爵(Vicomte de Vogüé)说:"借用不同的姓名与形象,每位俄国作家都将标榜这种植物般无知无觉的存在,供我们仰慕。人类的终极智慧是将低级的兽性神

---

① giaour 是伊斯兰教对非穆斯林,特别是基督徒的蔑称。

化,因为兽性被视作良善的,且隐约体现了友爱。"德·沃盖先生接着说,这种对简单生活的崇拜的最终来源是"佛陀的教诲"。①

这种带有原始主义色彩的浪漫主义还出现在勒贡特·德·列尔的诗中,许多法国人关于印度的观念都来自他。勒贡特·德·列尔将极致的怀旧感与对奇绚生活表象的出色感知相结合,但他却没有洞察到,在感官的虚幻面纱(摩耶)后存在着和谐统一,而真正的印度哲学对这一洞察近乎抱有执念。通常认为,美国人无法领会真正的东方精神。但笔者无惧对文献有第一手研究的人士质疑,斗胆断言,与勒贡特·德·列尔的《世尊》("Bhagavat")和《输那式钵》("Çunacépa")这种诗相比,爱默生的《梵天》一诗中包含了更多印度精神。

二

也许我们中大多数人对印度的了解并非来自德国或法国,而来自一位仍在世的英国浪漫主义者——鲁德亚德·吉卜林②。吉卜林对原始的和亚理性的事物具有很常见的浪漫主义兴趣;只不过,他不像早期原始主义者那样倾向于将本能视作怜悯之源,而更倾向于将其视作力量之源,对个人和种族来说都是如此。就此而言,他的确可以被定义为一个浪漫派帝国主义者。倘若笔者要尝试给吉卜林做一个完整的评估,那就要补充一句——世上唯有英国人能将水火不容的事物融合,而

---

① Vogüé, *Le Roman russe*, p. 312. ——作者
② 吉卜林(Joseph Rudyard Kipling, 1865—1936),英国小说家、诗人,其作品对英帝国的海外殖民多有描写和颂扬,生前声名显赫,但20世纪以来其作品因明显的帝国主义色彩而备受批评。著有诗作《白人的负担》、动物故事《丛林之书》等。

吉卜林正以英国人独有的这种方式将他的帝国主义与一种希伯来式的正义感结合到了一起。吉卜林能敏锐观察到生动鲜明的对照,尤其是源于英国在印度殖民的各方面种族对照,但相应地,他不善于呈现人性中正常的、有代表性的那些方面。他的诗歌还具有典型的怀旧倾向。当他身在英格兰时,吉卜林(至少是诗中的吉卜林)渴望身处印度;而在印度时,他又渴望回到英格兰。有时,这让人想起那首老歌:

哦,若我在我希望自己在的地方,
那样我就会在自己不在的地方;
现在我在我必须在的地方,
不能在我希望自己在的地方。①

我们可以举《春日里》("In Springtime")一诗为例来说明他多么得心应手地将怀旧与地方风情这两个浪漫派主要母题相结合:

我的花园里玫瑰与桃花竞妍夺目,
有噪鹃在上空歌唱,就在井边的合欢树间。
棚架上藤蔓如盖,其间有松鼠叽喳,
欢快的椋鸟巢边,有冠蓝鸦在扑腾尖叫,
然而玫瑰失去了芳香,噪鹃啼鸣也并不亲切;

---

① 一首古老的英国童谣,这首童谣还被改编入美国民谣《残酷的凯蒂》("Katie Cruel")中。

> 我厌倦了无尽的阳光,厌倦了缀满鲜花的枝丫。
> 还我绿叶未发的林地,和在其间呼啸的春风——
> 只还我英格兰的一日也好,因为那里已是春天!

吉卜林的另一首怀旧之作更为人熟知,几乎不需要再引述,那就是《曼德勒》("Mandalay")①,他纪念了一个英国大兵对"更洁净、更青葱之地的一位更灵巧、更甜美的女子"的渴慕。大家记得,此诗的中心段落如下:

> 载我去苏伊士以东的某地,那里最好的仿若最坏的,
> 那里没有十诫,那里一个人可以生出渴望;
> 因为寺庙的钟声在呼唤,那里正是我想去的地方——
> 在古老的毛淡棉②佛塔旁,慵懒地望着大海——

如果寺庙钟声在呼唤英国大兵"生出渴望",那我们要追问,这钟声在呼唤当地的缅甸人做什么?当然不是让他们"慵懒"和不负责任。吉卜林本人无疑会告诫我们不要做这种无益的追问,因为他相信"东方与西方是完全不同的二者,它们永无交汇之日"。然而现实是,东西方之间的交汇越来越多,而且伴随着一个危险——这种交汇只停留在物质层面。东方人厌恶吉卜林这句话,是非常正当的:虽不能说这句话

---

① 曼德勒,缅甸第二大城市。
② 缅甸第四大城市。

不对,但它其实等于在说,约翰与詹姆斯是完全不同的二者,他们永无交汇之日,如果非要说这两句话表达的意思不一样,那也只是程度不同,而非本质差异。

那么,若我们拒绝承认缅甸的佛教信仰无法为我们所知,并从真正的宗教文献中了解情况,就会发现,佛陀的核心教诲可以总结为一句话:勿生渴望。至于当代缅甸的情况,最好的了解渠道就是考察一番佛教组织成员给缅甸孩童们提供的教育。他们的教育主要内容为背诵某些神圣经文。从最近一部关于缅甸的书籍中可以得知,有一段经文屡屡被选诵,那就是佛陀对何为真正幸福吉祥(blessedness)的讨论,节选如下:

> 奉养父母亲,爱护妻与子,从业要无害,是为最吉祥!
> 布施好品德,帮助众亲眷,行为无瑕疵,是为最吉祥!
> 邪行须禁止,克己不饮酒,美德坚不移,是为最吉祥!
> 恭敬与谦让,知足并感恩,及时闻教法,是为最吉祥!
> 自治净生活,领悟八正道,实证涅槃法,是为最吉祥!①

那本关于缅甸书籍的作者还进一步告诉读者,因为记诵了这些经文,缅甸孩童具备了"无尽的仁慈心与严格的自控力"——这种说法不

---

① 出自《吉祥经》。原文"恭敬与谦让,知足并感恩,及时闻教法,是为最吉祥"一句的下文为:
> 忍耐与顺从,得见众沙门,适时论信仰,是为最吉祥!
> 自治净生活,领悟八正道,实证涅槃法,是为最吉祥!
> 八风不动心,无忧无污染,宁静无烦恼,是为最吉祥!

免令人有些怀疑。虽然是以完全不同的方式,这位作者其实跟吉卜林一样,也许以理想田园式的缅甸代替了现实的缅甸。哪怕他说的只有一部分是真的,我们就该试图把本国孩童的注意力从电台、电视上引开,让他们去记诵佛教经文了!

三

从遥远古代起,就有一个观念在印度占据着无与伦比的地位,那就是瑜伽(在词源上与此相关的一个词是拉丁语中的 jugum,即英语中的"yoke"——轭,或束缚)。佛陀本人就被尊为一位瑜伽大师。瑜伽,即"束缚"自我之技艺,指一种表现为沉思冥想的特殊形式的努力——可以说是一种精神勤勉。阿育王(Asoka),印度的佛门帝王(公元前3世纪),虽然在各种意义上都称得上一位行动派,但当他在其广袤帝国各地的岩石巨柱上刻下训诫,诸如"让所有的欢乐都由勤勉而得""让一切大小生灵尽皆勤勉"时,他考虑的主要是精神勤勉。通过这样训诫子民,他致力于推动的不仅仅是人文智慧,还有圣人的美德。当然,圣徒也分很多种,决不可混为一谈。几年前伦敦报纸上刊载了一则来自印度的新闻:"斯瓦特山谷(Swāt Valley)①中出现了一位新圣徒。警察正对其实施抓捕。"然而,阿育王心目中的圣徒与基督教圣徒并非天差地别。正如笔者在其他文章中指出的,阿育王推崇的美德实际上与圣保罗列出的"圣灵之果"是一致的:"爱、喜乐、和平、恒忍、恩慈、良善、信实、温柔、自制。"

---

① 位于巴基斯坦西北部。

由前文可知，我们需要提防的本质谬误，是将东方人通过沉思冥想运用的意志力与原始主义者的泛神主义幻梦相混淆。在《为西方辩护》(Defense of the West)这篇抗议各种形式的东方影响的作品中，亨利·马西斯①追问："难道在柏格森主义里没有一种类似于印度瑜伽的态度吗？"笔者的回答是，绝对没有。真正的瑜伽恰恰是柏格森所谓"生命冲动"的反面。另一方面，马西斯先生在拉宾德拉纳特·泰戈尔②身上发现一种原始主义的倾向，这是有道理的，马西斯先生说，"卢梭为了颂扬塔西佗③笔下的古斯基台人、早期波斯人和日耳曼人，谴责雅典的腐败、罗马的堕落、文艺复兴的人文主义"，而泰戈尔"以相同的口吻来痛斥西方机械技术的恶行"。泰戈尔具有真正的东方特点，但就他的整体人生观而言，比起他本民族的古代圣贤，他更贴近雪莱，甚至莫里斯·梅特林克④。简而言之，我们应当主要把他当作一位浪漫派诗人来评判，他在这方面也的确非常优秀，据说他在以母语孟加拉语写作的时候更加出色。那么甘地(Gandhi)呢？他是一位印度传统意义上的圣人呢，抑或其实是一位托尔斯泰式的乌托邦主义者呢？这个问

---

① 马西斯(Henri Massis, 1886—1970)，法国作家、批评家，主张复兴天主教和法国精神，著有《帕斯卡的现实主义》等。

② 泰戈尔(Rabindranath Tagore, 1861—1941)，印度诗人、小说家、社会活动家，将新的诗歌和散文形式引入了孟加拉文学，以《吉檀迦利》获得诺贝尔文学奖，其他代表作有《飞鸟集》等。

③ 塔西佗(Publius Cornelius Tacitus，约55—120)，古罗马历史学家、政治家、演说家，曾任罗马帝国执政官和元老院元老，作品以批判眼光记载和审视了初期的罗马帝国，著有《历史》《编年史》等。

④ 梅特林克(Maurice Polydore Marie Bernard Maeterlinck, 1862—1949)，比利时象征主义作家，其作品常涉及死亡与生命意义的主题，曾获诺贝尔文学奖，著有戏剧《青鸟》等作品。

题让人有些犹豫不决。必须承认,甘地在某些方面确实让人想起传统的圣人,但他人格和影响中有更重要的一面,将他与托尔斯泰,并最终与卢梭①联系起来。像托尔斯泰一样,甘地也犯了一个害人不浅的错误,他们都混淆了上帝之物(things of God)与恺撒之物(things of Caesar)②,这种错误与佛教精神和基督教精神都不一致。佛陀曾仅仅因为他的一群门徒谈论政治而斥责他们。甘地最为乌托邦主义之处在于,他以为以他独有的方式结合宗教与政治煽动,便能使它们与"非暴力"纲领彼此相容。我们能充分理解,当他面对自己梦想的实际后果,即1921年孟买的那场血腥骚动时,甘地遭受的巨大震惊。③ 按安德烈·西耶格里埃德的说法,欧洲为美国过度的标准化和批量生产而感到惊恐,从而想从亨利·福特④转向甘地。在做出任何这种选择以前,欧洲最好不要那么片面地看待美国,对于东方文化中有哪些是真正具有东方精神的,也应当具有更成熟、更有批评性的观念。

实际上,这整个话题充满了陷阱。不仅卢梭式浪漫主义曾在东方

---

① 马尔科维奇(Milan I. Markovitch)在《卢梭与托尔斯泰》(*Rousseau et Tolstoï*)、《托尔斯泰与甘地》(*Tolstoï et Gandhi*)两本书(1929)中考查了这一联系。关于这部书,巴黎索邦大学的梵语教授弗修尔(A. Foucher)在与笔者的通信中写道:"从这一基于文献材料的研究可知,我们的朋友让·雅克甚至影响了印度,而在如今的东西之争里,鞭笞西方的武器到底还是西方自己提供的。祈求上天,保护我们不受冒牌先知、冒牌圣人的蛊惑,赐给我们赋有分寸感(sense of measure)的圣贤!"——作者

② 耶稣说:"这样,恺撒之物当归给恺撒,上帝之物当归给上帝。"(《新约·路加福音》第20章第25节)

③ 参见 C. F. Andrews, *Mahatma Gandhi's Ideas*, Macmillan, 1930, p. 276。——作者

④ 福特(Henry Ford, 1863—1947),美国汽车工程师与企业家,以流水线批量生产革新了美国的工业生产方式,创立了福特汽车公司。

有过重要影响,东方也有过自己的原始主义运动,这场运动发源于老庄(Lao-tze, Chuang-tze)等中国早期道家人物。若马西斯先生所言可靠,在大战以后,道家思想对德国的年轻知识分子产生了强烈吸引。远东的几个主要文化流派基本都可追溯到三个源头:或是原始主义的老子,或是人文主义的孔子,或是宗教性的佛陀。要考查这些流派,不仅需要充足的历史知识,还需要极敏锐的辨别力。因为,这三家思想不仅各自都经历了不同发展阶段,而且三家之间彼此还有交集。例如,在佛教中,大乘佛教(Mahāyāna)与小乘佛教(Hīnayāna)就不能一概而论。进一步,大乘佛教中的不同分支也要区分。以至今仍兴盛于日本的禅宗为例。人们以为禅宗与佛陀的真正教诲很接近,因为"禅"字说明此派注重"沉思冥想"。① 但在笔者看来(也许并不正确),禅宗里包含了浓厚的道家色彩。这实际上意味着禅宗信徒的冥想相比于二元论,更偏于泛神主义,换句话说,禅宗信徒不如真正的佛教徒精神勤勉。此处涉及的根本问题在于更高意志,相对于个人的扩张性的一般自我来讲,我们体验到的更高意志是一种制约意志,并最终是一种克己的意志。而克己之果即宁静。东西方各种"回归自然"的运动都或多或少牺牲了这种意志。中国早期的道家思想家们以尤其激烈的形式提出了这一话题——在这个问题上庄子②也许走得比老子更远。道家主张放弃行动,推崇纯粹的无为。按哈佛大学中文系的梅光迪(Kuang-ti Mei)教授

---

① Zen 指中国的禅宗;"禅"字的本源是梵文 Dhyāna(沉思冥想,禅定)。——作者

② 参见 Ping-ho Kuo, "Chuang—tze as a Romantic", *Sewanee Review*, July, 1931。——作者

的观点,"道家像其他原始主义者们一样,以心灵、自然、本性之善、本能、无为、静默、无意识等等来反对仁爱、正义、礼仪、知识、忠诚等文明法则。他们试图通过这些符咒来召唤逝去的桃源"。诚然,像西方的华兹华斯等"明智的被动"的信徒一样,东方的原始主义者们也创作出了价值很高的艺术和文学。但我们仍应该问一问——笔者的确听到很多中国人也在自问——"无为"思想是否对中国的民族性格产生了削弱的效果?是否直至今日仍是如此?

外在行动的对立面并非无所行动,而是内在行动(inner action),这个道理在一段经鉴定的古老的佛经文字中有所记载。有一次佛陀向贝拿勒斯附近的一位富有的婆罗门农人化缘(从古至今,务农一直是代表外在行动的典型形式)。这位农人对托钵僧侣的看法似乎跟伏尔泰不谋而合——托钵僧侣向神立誓要让我们供养他们。他对佛陀讲:"我播种耕作,因此有饭可吃。而你却要不耕种就吃饭。"世尊回答说,他所从事的,是更重要的精神耕作。"信心为种子,苦行为时雨。智慧为犁轭,惭愧心为辕。正念自守护,是则善御者……精进无废荒,安稳而速进。直往不转还,得到无忧处。——如是耕田者,逮得甘露果;如是耕田者,不还受诸有。"①

四

丹尼斯·索拉先生②在给前文提及的卡彭特博士的著作所撰的书

---

① 出自《杂阿含经》。
② 索拉(Denis Saurat,1890—1958),英裔法国学者、作家、播音员,对诗歌与宗教、哲学思想的关联多有研究,著有《布莱克与弥尔顿》等。

评中讲:"爱默生对佛教激烈的抗议似乎说明,当他明白印度思想的真正意义时,他便强烈地排斥它,就如任何正常的欧美人一样。"的确,"正常的欧美人"不会接受佛教形式的克己。然而无法确定,欧美人就会接受基督教形式的克己。实际上,现代人的一个显著特征是:他们不打算克服否弃任何事,同时却希望能实现宁静与友爱。而这些在佛陀和基督看来,只有通过克己才能达到。如果这些宗教大师是正确的,那就意味着,当我们看透当代生活的表象时,会发现那下面藏着一团水火不容的欲望,混乱不堪。

内在行动不仅是个宗教观念,还是个人文主义观念。它不仅是真正调和的基础,而且也是真正冥想的基础。无法否认,宗教形式的内在行动,主要代表人物大都是亚洲人。因此,至少在过去,沉思的东方这种说法是有道理的。我们西方人不要说沉思了,就连沉思的观念也显然不太能理解。例如,一部基督传记的作者帕皮尼①认为:真正能抗衡他所谓"现代令人精疲力竭的对商业的迷信"的,是早期道家的无为思想。而他又进一步将这种思想与卢梭的主张,以及"基督教的超凡智慧"等同起来。帕皮尼显然以为,之所以比起马大的智慧,基督更偏爱马利亚的智慧,是因为马利亚邀请了自己的灵魂一道整日闲游②。而

---

① 帕皮尼(Giovanni Papini,1881—1956),意大利作家、文学批评家,作品带有激烈的反传统色彩,后皈依天主教,"二战"期间转向法西斯主义,著有《哲学家的黄昏》等。
② 《新约·路加福音》第10章记载,耶稣在马大家做客,马大伺候的事多,她的妹妹马利亚坐着听耶稣讲道。马大请求让妹妹来帮助伺候,耶稣答说:"马大!马大!你为许多的事思虑烦扰,但是不可少的只有一件;马利亚已经选择那上好的福分,是不能夺去的。""邀请了自己的灵魂一道整日闲游"之语出自惠特曼的《我自己的歌》("Song of Myself")。

与以上观点相反的另一个极端,其代表作品有布鲁斯·巴顿①先生的《无人知晓的人》(*The Man Nobody Knows*)。巴顿先生倾向于将基督呈现为一个现代商人的先驱,一个外在行动的信徒,甚至一个实干家。

我们所说的东方元素从基督教中被抹杀,这当然不是什么新说法。但丁尚在谈论可从静坐冥想中获得的智慧。但在但丁之前很久,这种真正的宗教态度就逐步被讨伐征战精神所取代了。公元1095年的克莱芒会议②将上帝意志解读为一种外在行动而非内在行动,在这次事件中是解读为前进去屠杀撒拉逊人(Saracen)③的一条命令。这标志着一个重大革命的开端。无须赘言,如今的讨伐通常不再以上帝的名义,而是以人道的名义进行。我们不禁好奇,对于基督所说的"我将我的安宁赐给你们"(My peace I give unto you)④这样的话,一位自称是基督徒的美国"提升者",将会加以怎样的解读呢?

再将笔者试图指出的区分应用在另一则当代实例上,我们应当如何看待苏联与东方的关系呢?据说,特别是斯大林,他的观念是亚洲式而非欧洲式的。"搔一搔一个俄国人,你会发现一个鞑靼人"(Scratch a Russian and you will find a Tartar)⑤,这句谚语无疑有些道理。还可以承认,斯大林这种统治者在亚洲也早已有之——尤其在未开化的亚

---

① 巴顿(Bruce Barton,1886—1967),美国广告人、政治家、畅销书作家、杂志报纸撰稿人,《无人知晓的人》出版后在美国大为畅销。
② 克莱芒会议(Council of Clermont),1095年天主教会在法国克莱芒举办宗教会议,教宗乌尔班二世在此次会议上对基督徒的呼吁引发了第一次十字军东征。
③ 十字军时代,欧洲的基督徒以"撒拉逊人"称呼亚洲与北非的伊斯兰教徒。
④ 出自《新约·约翰福音》第14章第27节。
⑤ "文明不会改变本性"之意。据传出自拿破仑之口。

洲。然而，值得强调的一点是，斯大林在利用他的权力推动对古代亚洲来讲完全陌生的思想，即马克思唯物主义。按朱尔·勒梅特尔的说法，很多被认为表达了俄罗斯"之魂"的说法，实则只是卡尔梅克人①对法国浪漫派思想的夸张转述。大约同理，布尔什维克所宣扬的强调经济和基于决定论的历史观，实则也只是卡尔梅克人对西方伪科学的夸张转述。

情感的浪漫主义和伪科学不同程度地渗入晚近席卷亚洲的民族主义和国际主义中，这些思潮都多少与亚洲的伟大传统冲突。例如，无论甘地如何看待自身角色，实际上他的主要成就在于为新印度民族主义效力。如果我们所说的亚洲主要指信奉佛陀、孔子和基督的亚洲（如果能说基督尚在亚洲有信徒），相比于马西斯先生所讲的欧洲害怕东方思想的侵蚀，亚洲目前有更多理由警惕西方思想的入侵。

不应忘记，笔者前文所说的民族主义和国际主义在西方也是相对晚近出现的事物，因此同样与西方很多传统相冲突。不考虑传统，从纯粹心理层面分析的角度讲的话，不同倾向间冲突的本质，是认肯某种形式内在生活的阵营与侵蚀、否定内在生活的阵营二者间的对立。从卢梭到列宁都属于后一个阵营，他们将善恶之争从内心移到了社会，由此损害了作为内在生活之根本的更高意志的权威。如笔者所说，更高意志可以在人文主义和宗教两个层面上实践。在笔者看来，内在生活的人文主义形式具有独立于宗教的正当性（尤其如果宗教仅指对终极奥

---

① 卡尔梅克人（Kalmyks，亦作 Kalmuck）。蒙古族的一支，分布于俄罗斯和蒙古国境内。

秘的某种神学表述),这种正当性远超切斯特顿先生①等人所愿意承认的程度。尽管亚洲的儒家传统对于一位人文主义者极具意义,但笔者试图说明的是,亚洲的最高成就在于孕育了基督和佛陀。由此可以总结如下,暂且按下关于人文主义和宗教各自价值的争论,以及无数其他附带的差异分歧,我们需要做出事关首要原则的一个选择,是选择真正的、没有被浪漫派歪曲的基督和佛陀所代表的精神呢,还是选择卢梭和列宁一类人物所代表的观念呢?这个选择,尽管涉及的主要是个人内在生活,却最终会牵扯到关于文明的所有重要话题。

---

① 切斯特顿(Gilbert Keith Chesterton,1874—1936),英国作家、文学评论家、神学家,写作中常用悖论手法。于1922年皈依天主教。著有《何谓正统》等作品,并创作了《布朗神父探案集》。

人名索引

（索引页码为原书页码，即本书边码）

Addison 阿狄森 43，82，176
Akenside 阿肯赛德 41
Aldrich, E. A. 奥德里奇 45 注
Anderson, Sherwood 舍伍德·安德森 218
Andrews, C. F. 安德鲁斯 252 注
Aretino 阿雷蒂诺 113
Aristotle 亚里士多德 xi, xvi, xxxi, xxxii, xxxv, 2，7，11，12，13，14，20，21，54，83，90，97，103，108，110，118，149，206，229
Arnold, Matthew 马修·阿诺德 12，57，58，60，68，131，143，239
Asoka 阿育王 250

Bacon, Francis 培根 155
Barbauld, Mrs. 巴鲍德夫人 119，129
Barton, Bruce 布鲁斯·巴顿 258
Basch, Victor 维克多·巴什 138，142

Baudelaire 波德莱尔 125，172，174，175，176，184
Baumgarten 鲍姆嘉通 140
Beach, J. W. 比奇 66
Beattie, James 詹姆斯·比蒂 45
Beatty, Arthur 亚瑟·比提 42 注，56
Beaumarchais 博马舍 135
Beaupuy, Michel 米谢尔·波裴 47
Benda, J. 班达 xxxix, 187—200，222
Bergson 柏格森 189，191，192，194，251
Berkeley, Bishop 贝克莱主教 46
Bernard, Saint 圣伯纳德 113
Bernbaum, E. 厄内斯特·伯恩鲍姆 34，35
Bodmer 博德默尔 164
Boileau 布瓦洛 85，169
Bonaventura, Saint 圣波拿文都拉 78，102，106

人名索引

Bouhours, Father 伯阿沃斯神父 9
Brahma 梵天 xxxv
Bremond, Abbé 布勒蒙院长 124, 174
Brownell, W. C. 布朗乃尔 6, 208
Buddha 佛陀 xxiii, xxxiii, xxxv, xxxvi, 54, 67, 113, 236, 248, 249, 253, 254, 255, 256, 257, 260, 261
Bundy, M. W. 邦迪 102 注
Burke 柏克 xliii, 140, 180, 181, 182, 183
Byron 拜伦 18, 54

Calvin 加尔文 40
Campbell, Mrs. O. W. 坎贝尔 121
Campbell, Oscar J. 坎贝尔 74 注
Carlyle 卡莱尔 xlii, xliii, 4, 69, 107, 108
Carpenter, F. I. 卡彭特 237, 256
Carruth, W. H. 卡路思 76
Cézanne 塞尚 16, 17
Charpentier, J. 夏宾蒂尔 115 注
Chaucer 乔叟 123, 124
Chesterton 切斯特顿 261
Christ 基督 2, 5, 23, 54, 121, 135, 198, 257, 258, 259, 260, 261
Chuang-tze 庄子 253, 254
Cicero 西塞罗 xv, xvi, xli

Clavière 克拉维埃 135
Coleridge 柯勒律治 4, 48, 49, 50, 61, 64, 72, 97—133
Colum, Mrs. Mary 玛丽·科拉姆夫人 2, 12
Compton, A. H. 康普顿 174
Confucius 孔子 xvi, 253, 260
Constant, B. 康斯坦 171n
Crane, Stephen 斯蒂芬·克莱恩 219
Croce, B., 克罗齐 174

Dante 但丁 xli, 7, 72, 73, 74, 101, 124, 154, 217, 258
Danton 丹东 135
Descartes 笛卡尔 51, 80, 82, 188, 195
D'Houdetot, Madame 乌德托夫人 18
Dickinson, Emily 艾米莉·狄金森 111
Diderot 狄德罗 3
Dos Passos, John 约翰·多斯·帕索斯 219, 220, 221, 222
Dryden 德莱顿 24
Dubos, Abbé 杜波斯神父 140
Duff 达夫 141

Eckermann 爱克曼 27, 138
Eddington, A. S. 爱丁顿爵士 xxvi, xxix

264

Edwards, Jonathan 乔纳森·爱德华兹 40, 209, 227, 228

Eggli, E. 艾里 134, 135, 137

Eliot, C. W. C. W. 艾略特 227, 228

Elliott, G. R. G. R. 艾略特 77

Emerson, R. W. 爱默生 31, 76, 100, 165, 176, 189, 244

Farquhar 法夸尔 91

Fausset, H. I. 福塞特 2, 76

Fichte 费希特 31

Flaubert 福楼拜 175, 212

Foerster, N. 福厄斯特 29 注

Ford, Henry 亨利·福特 253

Foucher, A. 弗修尔 252 注

France, Anatole 阿那多尔·法朗士 75, 153 注, 180

Francis, Saint 圣方济各 68

Franklin, B. 富兰克林 226, 227

Freud 弗洛伊德 62, 68

Gandhi 甘地 251, 252, 253, 260

Garrod, H. W. 伽罗德 47 注

Gautier 戈蒂埃 174, 175

Gerard, A. A. 杰拉德 141

Giese, W. F. 吉斯 180 注, 241

Godwin 葛德文 47

Goedeke 格德克 134 注

Goethe 歌德 xxiv, xxxvi, 12, 13, 27, 28, 29, 30, 31, 135, 138, 148, 158, 164, 172, 214

Goncourts 龚古尔兄弟 222

Hardy, Thomas 托马斯·哈代 217

Harper, G. McL. 哈珀 36

Hartley, David 大卫·哈特莱 42, 46, 49

Hawkins, Sir John 霍金斯 84

Hazlitt, Henry 亨利·黑兹利特 2

Hazlitt, William 威廉·黑兹利特 4, 25, 26

Hegel 黑格尔 xvi, 170

Herder 赫尔德 163

Herford, C. H. 赫福德 22, 37

Hill, G. B. 希尔 93 注

Hobbes 霍布斯 42, 83

Höffding, H. 霍夫丁 151 注, 171 注

Holderlin 荷尔德林 166

Home, H. (Lord Kames) 霍姆, 凯姆斯勋爵 141

Homer 荷马 13, 83, 101, 162

Horace 贺拉斯 14, 164

Hugo, V. 雨果 171, 172, 180, 184, 241

Hutcheson, F., 哈奇森 140

Hutchinson, Mary 玛丽·哈钦森 38

Ibsen 易卜生 91

James, W. 威廉·詹姆斯 xix

Jeans, Sir James 詹姆斯·金斯 xxvi

Jeffrey 杰弗里 38

Johnson, Samuel 塞缪尔·约翰逊 24, 75, 80—96, 146, 180

Joubert, J. 儒贝尔 14, 121, 122, 142

Jowett, B. 乔伊特 124

Joyce, J. 乔伊斯 25, 126, 132

Kant 康德 136, 137, 141, 142, 143, 145, 147, 148, 152 注, 158, 164, 170 注, 171 注, 177, 178, 181, 183, 196

Keats 济慈 21, 75, 177, 178

Kellett, E. E. 凯莱特 123, 124

Kipling 吉卜林 245, 246, 247, 249

Kuo, Ping-ho 郭斌和 254 注

La Bruyère 拉布吕耶尔 81, 220

La Martelière 拉马特里埃 135

La Motte-Houdard 拉莫特-乌达尔 90

Lamb, Charles 查尔斯·兰姆 25, 26, 116

Lao-tze 老子 253, 254

Lasserre, P. 拉塞尔 222

Leconte de Lisle 勒贡特·德·列尔 172, 244, 245

Legouis, E. 勒古伊 36, 47 注, 48 注, 49 注, 51, 94, 95, 105

Leibniz 莱布尼茨 140, 141

Lemaître, J. 勒梅特尔 16, 259

Lenin 列宁 260, 261

LeRoy, E. 勒鲁瓦 189

Lévi, S. 西勒万·列维 237

Lewis, Sinclair 辛克莱·刘易斯 211, 218, 226, 230

Lincoln, A. 林肯 174

Lippmann, Walter 沃尔特·李普曼 xix

Locke 洛克 44

Longinus 朗吉努斯 13, 180, 181, 182, 183, 184, 185

Louis-Barthou, Madame A. 路易-巴尔杜女士 242

Lovejoy, A. O. 洛夫乔伊 xx, 134, 159, 160

Lowell, J. R. 洛威尔 233

Lowes, J. L. 洛斯 98, 99, 100, 101, 107, 114, 115, 117 注, 118, 119, 123

Luther 路德 188, 204

Machiavelli 马基雅维利 43
Madariaga, S. de 马达里亚加 56, 58
Maeterlinck, M. 梅特林克 251
Malebranche 马勒伯朗士 80
Mambrun, Father 芒伯翰神父 8
Mandeville, B. 曼德维尔 42
Manzoni 曼佐尼 28—29 注
Maritain, J. 马里顿 188, 222
Markovitch, M. I. 马尔科维奇 252 注
Massis, H. 马西斯 251, 260
Mather, F. J., Jr. 马瑟 17 注
Maurras, C. 莫拉斯 187, 189, 222
Mei, Kuang-ti 梅光迪 255
Mencius 孟子 114
Mencken, H. L. 门肯 18, 19, 203—212, 223, 226, 231, 233
Meredith, J. C. 梅瑞狄斯 14 注
Michelangelo 米开朗琪罗 9
Millikan, R. A. 密立根 xxvi
Milton 弥尔顿 13, 70, 71, 77, 86, 101, 104, 213
Molière 莫里哀 146, 234
More, P. E. 穆尔 xiv, xxxii, xxxii, xxxv, 24, 25, 86, 145, 146
Murry, J. M. 穆瑞 121

Napoleon 拿破仑 xxxviii, 92
Neilson, W. A. 尼尔森 22
Nero 尼禄 174
Newman, Cardinal 纽曼主教 xxxvi, 196
Nietzsche 尼采 xi, 10, 149
Novalis 诺瓦利斯 170

O'Neill, E. 奥尼尔 2, 237

Papini 帕皮尼 257, 258
Pascal 帕斯卡 xxvii, xxxix, 40, 80, 82, 92, 101, 144, 145, 183 注, 195
Pater, Walter 沃尔特·佩特 166
Paul, Saint 圣保罗 xli, 250
Peacock, T. L. 皮科克 115
Percy, Bishop 珀希主教 81
Plato 柏拉图 7, 8, 9, 11, 23, 54, 173, 206
Plutarch 普鲁塔克 218
Poussin 普桑 16, 17
Prescott, F. C. 普莱斯科特 62

Read, H. 里德 37, 38
Renan 勒南 xxxiv, 166, 167
Renouvier 雷诺维叶 196
Robortelli 罗伯特利 84

Roland 罗兰 135

Rousseau, J. 卢梭 xv, xxxix, xlii, 18, 24, 40, 41, 69, 86, 87, 89, 112, 117, 121, 137, 145, 157, 160, 161, 164, 165, 184 注, 187, 188, 189, 192, 195, 206, 243, 251, 252, 260, 261

Ruskin 拉斯金 99

Sainte-Beuve 圣伯夫 1, 24, 194

Sandburg, Carl 卡尔·桑德堡 214, 221

Santayana, G. 桑塔亚那 xxii, 192

Saurat, D. 索拉 256

Schelling 谢林 108, 170

Schiller, 席勒 10 注, 86, 134—186

Schiller, F. C. S. F. C. S. 席勒 66

Schlegels 施莱格尔兄弟 164, 170, 185, 243

Schlegel, A. W. 奥古斯特·施莱格尔 30, 93, 167, 168

Schlegel, F. 弗里德里希·施莱格尔 152, 158, 165, 167, 168, 243

Schopenhauer 叔本华 171 注, 243

Schumann 舒曼 191

Séché, L. 塞舍 16

Seillière, E. 塞里尔 187, 197, 222

Selden, J. 塞尔登 xxxviii

Sélincourt, E. de 塞林科特 35, 48

Shaftesbury, third Earl of 第三代沙夫茨伯里伯爵 41, 139

Shakespeare 莎士比亚 xxiii, 38, 74, 78

Shelley 雪莱 22, 48, 251

Sherman, S. P. 薛尔曼 20, 132, 162

Siegfried, A. 西耶格里埃德 231, 232, 233, 252

Socrates 苏格拉底 xxxvii, 4, 7, 10, 198

Sophocles 索福克勒斯 2, 74, 143

Spencer, H. 斯宾塞 155

Spengler, O. 斯宾格勒 31

Spingarn, J. E. 斯平加恩 xvi, 8, 9, 18, 28, 29

Spinoza 斯宾诺莎 80, 83, 192

Staël, Madame de 斯达尔夫人 168, 169

Stalin 斯大林 259

Stephen, Leslie 斯蒂芬 58

Swift 斯威夫特 42, 198

Tacitus 塔西佗 251

Tagore 泰戈尔 251

Taine 泰纳 15

Tennyson 丁尼生 23, 173 注

Thompson, A. R. 汤普森 19 注

Thomson, James 汤姆森 41

Thrale, Mrs. 斯莱尔夫人 88
Tinker, C. B. 廷克 45 注
Titian 提香 113
Tolstoy 托尔斯泰 243
Turner 透纳 99

Vallon, Annette 安内特·瓦隆 36, 37, 38
Vigny, A. de 维尼 70, 184
Vogüé, Vicomte de 德·沃盖子爵 244
Voltaire 伏尔泰 104, 256
Vorländer 福兰德 138 注

Wagner, R. 瓦格纳 19
Warburg, P. M. 沃伯格 201 注
West, Rebecca 丽贝卡·韦斯特 16, 24, 25, 132

Whitman, Walt 惠特曼 220, 222
Wilde, O. 王尔德 26
Wilson, E. 威尔逊 2
Wilson, J. 威尔森 53
Wordsworth, Caroline 卡洛琳·华兹华斯 36
Wordsworth, Dorothy 多萝西·华兹华斯 36, 45, 48, 54
Wordsworth, W. 华兹华斯 xxxii, 34—79, 88, 94, 105, 106, 107, 108, 109, 111, 112, 113, 130, 184 注, 255

Young, Edward 扬 4, 82, 141

Zimmern, H. 齐默恩 149 注
Zola 左拉 222

术语对照表[1]

A

absolutism 绝对主义者
acedia 怠惰
aesthete 审美主义者
aesthetics 审美，美学
aesthetician 美学家
agent 行为者
analytical reason 分析理性
apriorist 先验的
architectonic 结构感
argument from design 设计论证明
art for art's sake 为艺术而艺术
associationism 联想主义
awakening 醒悟
autonomous 自主性

B

behaviorist 行为主义者

Brahmin 婆罗门
Buddhism 佛教

C

categorical imperative 绝对命令
character 品格
classicism 古典主义
communion 交流
concentration 集中，精约
constant factors 恒常因素
constitutional democracy 宪制民主
creative genius 创造性天才，创作灵感
creative imagination 创造性想象
creative imitation 创造性模仿
creativeness 创造性
critical 批判性的
criticism of life 人生批评

---

[1] 原书仅有人名索引，此表为译者编制。

D

decadent aestheticism 颓废派审美主义
decorum 礼仪
deist 自然神论者
determinist 决定论者
direct democracy 直接民主
discrimination 辨别力
diversity 多，多样
divine will 神圣意志
doctrine of imitation 模仿论
dogmatic and revealed religion 教条的天启宗教
dualistic 二元性的
dualism 二元对立

E

eclecticism 折中主义
élan vital 生命冲动
emotionalism 情感主义
emotional romanticism 情感的浪漫主义
empiricist 经验主义者
enthusiasm 热情
enthusiastic and meditative imagination 热情且沉思的想象力
equalitarian democracy 平等主义的民主

escape 逃避，逃遁
ethical will 道德意志
evolutionary theory 进化论
exclusiveness 狭隘排外、偏狭
expansion 扩张
expansiveness 扩张性，扩张冲动
expressionist 表现派

F

fallen state 堕落状态
fancy 幻想
fatalism 宿命论
fiction 虚构
formalist 形式主义者
frein vital 生命制约
fruits of spirit 精神之果

G

general critical intelligence 一般性批评智力
genius 天才，灵感
genteel tradition 文雅传统
Godwinism 葛德文主义
good life 完满生活
grace 神恩
grandeur of generality 普遍性之崇高

H

heart 心灵
high seriousness 庄重感
higher self 更高自我
higher will 更高意志
human and dramatic imagination 人文且戏剧化的想象力
humanitarian idealist 人道主义的理想派
humanitarian 人道主义者
humanist 人文主义者
humanistic poise 均衡的人文精神
human substance 人文意涵
humility 谦卑

I

idealism 唯心主义/理想主义
idealist 理想主义者
idea of spontaneity 自发论
idleness 懒散
idyllic 田园牧歌式的
illusion 幻象/虚幻
imperialism 帝国主义
impressionist 印象派
inductive defining 归纳定义法
imagination 想象力
imaginative reason 想象性理性

immediacy 直接性
impressions of sense 感官印象
Incarnation 道成肉身
indolence 怠惰
inner action 内在行动
inner check 内在制约
inner form 内在形式
inner life 内在生活
inner working 内在工作
insight 精神洞见
integral nationalism 统合式民族主义
internationalism 国际主义
introspection 自省
intuition 直觉

J

Janenist 詹森派教徒
je ne sais quoi 莫名之物
judgement 判断力, 鉴别力
justice 公正, 正义

L

law for man 人之法则
law for thing 物之法则
law of measure 节度法则
law of the members 身体法则
law of the spirit 精神法则

leisure 闲暇
liberal 自由主义者
liberty 自由
Logos 逻各斯
lust of knowledge 知识欲
lust of sensation 感官欲
lust of power 权力欲

M

materialism 物质主义
mechanist 机械论者
meditation 冥想
melodrama 情节剧, 煽情故事
mind 心智
model 典范
moderate 节制的
modern movement 现代运动
modernist 现代主义者
moral aestheticism 道德唯美主义
moralism 道德主义, 说教
moral order 道德法则
moral sense 道德感
mysticism 神秘主义者

N

nationalism 民族主义
natural goodness 性本善

naturalism 自然主义
naturalistic realism 自然主义的现实主义
natural man 自然人
natural order 自然法则
natural self 自然之我
Nemesis 报应
neo-classicism 新古典主义
neo-scholasticism 新经院学派
non-violence 非暴力
nostalgia 怀旧之情
noumenal 本体

O

obscurantism 蒙昧主义
Oedipus complex 俄狄浦斯情结
ordinary and impulsive self 普通的、冲动的自我
original genius 原创性天才
original sin 原罪
otherwiseness 差异性
outer working 外在工作

P

pantheism 泛神论
pantheistic revery 泛神式幻想
particular 个体, 个别情况

pathetic fallacy 同感谬误
pattern 范式
peace 安宁，宁静
personality 品格
phantasy 幻想
phenomenal 现象
physical nature 物质性
play theory 游戏理论
pleasure 愉悦感
poetic inspiration 诗性灵感
positive and critical humanism 实证的、批判性的人文主义
practical reason 实践理性
primitivism 原始主义
primitivist 原始主义者
principle of control 克制原则
probability 可信性
proportionateness 均衡有度
psycho-analysis 精神分析理论
pure 纯粹的
Puritan 清教徒
purpose 意义，目的性

R

radicalism 激进主义
rationalist 理性主义者
rationalistic individualism 理性个人主义
realist 现实主义者，现实派
reason 理性
renunciation 克己
representative quality 代表性，典型性
representative fiction 具备典型性的虚构故事
Restoration 复辟时期
revery 幻想
Romanticism 浪漫主义

S

school of conceits 奇喻派
scientific intellect 科学理性
second nature 第二自然
self-assertion 自许
self-knowledge 自知之明
self-sufficient 自足
sensationalism 感觉主义
sense of beauty 美感
sensibility 感性
sentiment 情感
sentimental naturalist 情感的自然主义者
sentimentalism 感伤主义
sentimental writer 感伤作家
service 服务

Socratic dialectic 苏格拉底辩证法
specialist 专家
spiritual energetic/strenuous 精神奋发/勤勉之人
spiritual slothful/supine 精神怠惰/懒惰之人
speculative scientist 思辨科学家
spirituality 精神性
spontaneity 自发性
standard 规范，标准
standardization 标准化
state of nature 自然状态
Stoicism 斯多葛学派
Storm and Stress 狂飙突进运动
stream of consciousness 意识流
subconsciousness 潜意识
sublime 崇高
subrational 亚理性(的)
supernatural 超自然(的)
superrational 超理性(的)
supersensuous 超感觉(的)
surréalist 超现实主义者
symbolist 象征派
sympathy 同情，共鸣

T

Taoism 道家

taste 品味
temperamentalist 性情主义者
temperamental self 性情自我
transcendent 超验(的)
the absolute 绝对
the age of genius 天才时代
the artificial 人工的
the coordinating principle 整合性原则
the conscious 意识
the divine Word 圣言
the Enlightenment 启蒙时代
the French Revolution 法国大革命
the Great Vehicle 大乘佛教
the Small Vehicle 小乘佛教
the modern 现代人
the natural 自然的
theory of inspiration 灵感论
the order of material nature 物质秩序
the order of mind 理智秩序
the order of charity 仁爱秩序
the Spirit 圣灵
the soul 灵魂
the three unities 三一律
the unconscious 无意识
the will of heaven 天意
things of God 上帝之物
things of Caesar 恺撒之物

total depravity 全然败坏论
traditionalist 传统主义者
transcendent 超验的

U
unity 一，统一
universal validity 普遍有效性
unmoved Mover 不动的推动者
uplifter 提升者
utilitarian 功利主义者
utopist 乌托邦主义者

V
Vernunft 理性

Verstand 知性
vital repose 蕴含生命力的静态

W
will to power 权力意志
wise passiveness 明智的被动
wise strenuousness 明智的勤勉
wonder 惊叹之感

Y
yoga 瑜伽

Z
Zen Buddhism 禅宗

图书在版编目（CIP）数据

论创造性及其他 /（美）欧文·白璧德著；唐嘉薇译. —北京：商务印书馆，2023
（白璧德文集；第 6 卷）
ISBN 978-7-100-22641-7

Ⅰ.①论… Ⅱ.①欧…②唐… Ⅲ.①文学评论—文集 Ⅳ.① I06-53

中国国家版本馆 CIP 数据核字（2023）第 134965 号

权利保留，侵权必究。

白璧德文集
第 6 卷
论创造性及其他
唐嘉薇　译

商　务　印　书　馆　出　版
（北京王府井大街36号　邮政编码 100710）
商　务　印　书　馆　发　行
上海雅昌艺术印刷有限公司印刷
ISBN　978-7-100-22641-7

2023 年 11 月第 1 版	开本 710×1000　1/16
2023 年 11 月第 1 次印刷	印张 14¾

定价：128.00 元